롼링위 阮玲玉

사람들 시비가 두렵다

롼링위阮玲玉, 사람들 시비가 두렵다

초판 1쇄 인쇄   2010년 12월 5일
초판 1쇄 발행   2010년 12월 5일

지은이   다이옌
옮긴이   안재연
펴낸이   김진수
펴낸곳   사문난적

편집   김동섭
영업   임동건
기획위원   함성호 강정 곽재은 김창조 민병직 엄광현 이수철 이은정 이진명

출판등록   2008년 2월 29일 제 313-208-00041호
주소   서울시 성북구 동선동 5가 20번지
전화   편집 02-324-5342, 영업 02 324-5358
팩스   02-324-5388

ISBN 978-89-94122-18-2

롼링위 阮玲玉

사람들 시비가 두렵다

다이옌(戴彦) 編, 안재연 譯

사문난적

일러두기

1. 중국어 고유명사는 국립국어원의 외래어 표기 및 용례를 따라 1911년 이전은 한자음으로, 이후는 중국어 발음으로 표시했다. 중국어를 포함하여 모든 외국어는 처음 한 번 괄호 안에 원어를 함께 적었다.

2. 인명이나 지명 같은 고유명사는 최대한 본디의 음을 따랐으나, 우리나라에서도 두루 쓰이는 발음은 그대로 따랐다. 예를 들어 매염방, 행화루, 홍콩 등이 그렇다. 또 우리나라에서도 쓰이는 행정구역이나 명사 등은 중국어 발음과 한자음을 섞어 썼다. 예를 들어 베이징시(北京市)나 렌화화보(聯華畫報)와 같다. 신문, 잡지, 책, 영화 등의 제목은 우리말로 번역하고 괄호 안에 원어를 적어서 나타냈다.

3. 보충 설명을 역자가 덧붙인 경우 '옮긴이'로 표시했다. [ ]는 괄호 안에 다시 설명을 붙이거나, 본문에 없으나 이해를 돕기 위해 내용을 첨가한 경우에 쓰였다.

"사람들 시비가 두렵다"를 논함
- 루쉰 -

"사람들 시비가 두렵다"는 영화배우 롼링위가 자살한 뒤 그녀의 유서에서 나온 말이다. 한동안 떠들썩했던 이 사건 때문에 공론이 벌어졌으나 이미 잦아들고 있고, 〈링위가 향기롭게 떠났네(玲玉香消記)〉 연극이 끝나고 나면 작년 아이샤(艾霞) 자살 사건처럼 완전히 잊힐 것이다. 그녀들의 죽음은 끝없는 사람의 바다에 소금 몇 알을 더한 것과 같아, 떠버리들이 느끼기에 무슨 맛이 있는 듯하나 오래지 않아 결국 싱거워지고 만다.

"사람들 시비가 두렵다"는 말은 처음에 작은 풍파를 일으켰다. 어떤 평론가는 그녀가 자살하고 만 비극이 신문 기사가 그녀의 소송 사건을 떠벌렸기 때문이라고 했다. 곧 다른 기자가 공개적으로 반박하기를, 현재 신문의 위상이나 여론의 위신은 지극히 가련할 정도로 떨어졌고 누구의 목숨을 좌지우지할 만한 힘이 터럭만큼도 없으며, 더욱이 언급된 기사들은 대개 관청에서 조사한 사실로 절대 날조한 유언비어가 아니며,

옛 신문이 보존되어 있으니 다시 조사할 수도 있다고 했다.

　이 모두가 맞는 말이라 할 수 있다. 그러나 다 그런 것은 아니다.

　현재 신문이 신문답지 못한 것은 사실이다. 평론을 마음대로 쓸 수 없고 위력을 상실했다는 것 또한 사실이다. 눈이 밝은 자라면 누구나 신문기자를 지나치게 나무랄 수 없다. 그러나 사실 신문의 위력이 모두 땅에 떨어진 것은 아니어서, 갑에게 해를 끼치지 않으나 을에게 상처를 줄 수 있다. 강자에 대해선 약자요, 더 약한 자에 대해선 강자인 까닭에 어떤 때는 울분을 참지만 어떨 때는 거들먹거린다. 그래서 롼링위와 같은 이들이 알량한 위력을 부리는 데 좋은 먹잇감이 되었다. 그녀는 퍽 유명하나 힘이 없기 때문이다. 소시민은 다른 이들의 추문을 즐겨 듣고 잘 아는 이의 좋지 못한 소문이라면 더 그렇다. 상하이 골목골목의 아줌마들은 근처 둘째 아줌마 집에 낯선 남자가 들락거리는 것을 알자마자 흥미롭게 입방아를 찧는다. 그러나 간쑤(甘肅)성의 누가 서방질을 했다더라, 신장(新疆)의 누가 재가를 했다더라 이야기를 하면 도통 들으려 하지 않는다. 롼링위는 현재 은막에서 활동하여 모두가 아는 사람이라 더욱 신문이 신나서 떠벌리는 재료가 되었고 적어도 신문 판매량을 늘렸을 것이다. 독자들은 이를 보고 어떤 이는 "나는 롼링위처럼 예쁘지 않지만 그녀보다 정숙해"라고 하고, 어떤 이는 "나는 롼링위의 재능에 못 미치지만 그녀보다 출신은 고상해"라고 말한다. 심지어 롼링위가 자살하니 '나는 롼링위처

롼링위阮玲玉,
사람들 시비가 두렵다

럼 연기를 잘하진 못하나 그녀보다 용기는 있어, 자살은 안 했으니까'라는 생각을 들게 할 수도 있다. 동전 몇 푼 써서 자신의 우월한 점을 발견했으니 물론 대단히 수지맞는 일이다. 그러나 연기로 먹고사는 배우가 대중에게 위와 같은 감정을 갖게 했다면 이미 막다른 골목에 도달한 셈이다. 그러므로 우리는 자신도 잘 모르는 사회 조직이니, 의지가 강하니, 약하니 등의 진부한 말로 열을 올리기보다 먼저 처지를 바꿔 한번 생각해보아야 한다. 그러면 아마 롼링위가 "사람들 시비가 두렵다"고 한 것이 사실임을, 또는 그녀의 자살이 신문 기사와 상관있다는 사람들의 말도 사실임을 알게 될 것이다.

그러나 신문기자의 변명, 즉 대개 관청에서 나온 사실을 썼다는 말 역시 사실이다. 상하이의 대형 신문과 소형 타블로이드 신문 사이에 끼어 있는 일부 신문의 사회 소식란은 대부분 공안국(公安局: 우리나라의 경찰에 해당한다—옮긴이) 또는 공부국까지 간 송사들을 다룬다. 그러나 기를 쓰고 없는 말을 지어내어 묘사하기를 좋아하며 여성에 관해서라면 더욱 더 그러한 나쁜 버릇이 있다. 이런 안건은 절대 유명 인사들이 관련될 리 없기 때문에 한층 마음대로 있는 말 없는 말 더해서 묘사한다. 사건 속의 남자의 연령과 외모는 대개 사실과 들어맞게 쓰나, 일단 여자가 나오면 재주를 발휘하여, "쉬(徐) 아줌마는 늙은이가 다 되었으나, 아름다운 풍모가 여전하다"라거나, "꽃띠 소녀, 깜찍하고 사랑스럽네"라고 쓴다. 재주 좋은 기자는 어떤 계집아이가 달아나면 "젊은 아씨가 독수공방했으나, 결국 낭군 없이 지내지 못했네"라고 단언하나, 그녀가 스스로 간 것인지 아니면 꼬임에 넘어간 것인지 어찌 알겠는가? 시골 아낙이 재가하는 일이 원래 후미지고 으슥한 시골에서 흔하나, 솜씨 있는 기자의 붓끝으로 큼지막한 제목을 덧붙여 "음란함이 무측천(武則天, 628-705: 중국 역사상 유일한 여성 황제-옮긴이) 못지 않네"라고 한다. 이런 정도인 줄 당신들은 알기나 하는가? 이러한 경박한 문구를 시골 아낙네에게 붙인다면 아마 어떤 영향도 끼치지 않을 것이다. 그녀는 글자도 모르고, 그녀와 관계 있는 사람들이 꼭 신문을 보는 것도 아니다. 그러나 지식인의 경우라면, 특히 사회에서 활동하는 여성이라면, 그녀에게 상처 주기에 충분하다. 고의로 떠벌리며 과장한 글이라면 더욱 그렇다.

그러나 중국의 관습상 이런 글은 붓을 놀리면 더 생각할 것도 없이 바로 나온다. 그러면서도 이 역시 여성을 희롱하는 것이며 자신이 사람들의 대변인이라고도 생각지 않는다. 그러나 어떻게 묘사했는가를 떠나 강자(强者)는 눈곱만큼도 긴장할 필요가 없다. 편지 한 장을 쓰기만 하면 곧 정정 보도를 게재하거나 사과문을 신문에 싣는다. 그러나 힘도 용기도 없는 롼링위는 바로 골탕을 먹는 먹잇감이 되어 얼굴 가득 먹칠을 당해도 씻어낼 재간이 없다. 그녀더러 싸우라고 할 것인가? 그녀는 기관지(機關紙)가 없는데 어떻게 싸울 것인가? 억울하고 원망스러우나 대거리할 사람이 없으니 누구하고 싸우겠는가? 우리가 다시 입장을 바꾸어 생각해보면 그녀가 "사람들 시비가 두렵다"고 여긴 것은 사실이며, 어떤 사람들은 그녀의 자살이 신문 기사와 관련 있다고 여기는 것 역시 사실임을 알 수 있다.

그러나 앞에서 이미 말했듯이 오늘날 신문은 힘을 잃었다는 것 역시 사실이다. 하지만 기자 선생이 겸손하게 말하듯 한 푼의 값어치도 없고 털끝만큼도 책임이 없는 그런 지경까지는 이르지 않았다고 여긴다. 왜냐하면 신문은 롼링위처럼 더욱 약한 자에게는 그녀의 목숨을 좌지우지할 약간의 역량을 갖고 있기 때문이다. 다시 말하면, 신문은 악한 짓을 할 수도 있고 당연히 선한 일을 할 수도 있다. "들은 바는 반드시 기록한다"거나 "아무런 능력이 없다"와 같은 말은 진보적인 책임감 있는 기자라면 할 말이 아니다. 왜냐하면 실제 이와 달리 그가 기사를 선택하고 [또 그 기사가] 영향력을 미치기 때문이다.

롼링위 자살에 관해서 나는 그녀를 변호할 생각이 전혀 없다. 나는 다른 이의 자살을 찬성하지 않거니와, 나도 자살하지 않을 것이다. 그러나 내가 자살하지 않으려는 이유는 하찮게 여겨서가 아니라, 할 수 없기 때문이다. 누가 자살하든 현재 강직한 평론가의 호된 질책을 받아야만 하고 롼링위 역시 예외가 아니다. 그러나 내 생각에 자살이 본래 그다지 쉬운 일이 아니다. 우리처럼 자살하지 않으려는 사람이 멸시하는 것처럼 그렇게 손쉽게 해치울 수 없다. 만약 쉽다고 생각하는 사람이 있다면 어디 한번 시험해보시라!

물론 시험해볼 용감무쌍한 자가 어쩌면 퍽 많을지도 모른다. 그러나 그것은 가치 없는 일이다. 왜냐하면 사회에 대한 위대한 임무가 있기 때문이다. 이는 말할 필요도 없이 더 좋은 일이다. 그러나 모두들 공책 한 권을 마련하여 자신이 완수한 위대한 임무를 적어두었다가, 증손(曾孫)이 태어나면 다시 꺼내어 어떠한가를 한번 따져보기를 바란다.

5월 5일

*이 글은 1935년 5월 20일 반월간 잡지 《태백(太白)》에 사오링위 (趙令儀)라는 필명으로 발표되었다.

차례

시론(時論) "사람들 시비가 두렵다"를 논함/루쉰 · 5

제1장 **롼씨네 딸**
　　1. 슬픈 출생 · 15
　　2. 아름다운 꼬마 펑건 · 17
　　3. 자상한 아버지의 때 이른 죽음 · 20
　　4. 불쌍한 과부와 안쓰러운 딸 · 22
　　5. 충더여학교의 여학생 · 27
　　6. 특별한 사랑 · 31

제2장 **피할 수 없는 악연**
　　1. 그대는 다정(多情)도 병이어라 · 35
　　2. 만남 · 41
　　3. 부지불식간에 싹튼 불행 · 44

제3장 **스크린에 첫발을 내딛다**
　　1. 은막의 첫 오디션 · 53
　　2. 슬픔과 기쁨을 바닥까지 맛보다 · 64
　　3. 처량한 혼례 · 69

제4장 **밍싱에서 비약(飛躍)하다**
　　1. 밍싱회사의 스타 · 77
　　2. 다중화회사(大中華公司)로 옮기다 · 80
　　3. 사라진 동거의 사랑 · 86
　　4. 죽음의 유혹 · 91

제5장 **무성영화의 금지**
    1. 〈고도춘몽(古都春夢)〉· 99
    2. 〈기녀(野草閑花)〉· 105
    3. 〈사랑과 의무(戀愛與義務)〉· 114
    4. 무성영화의 금지 · 119
    5. 영화 황후보다 더 훌륭하네 · 124

제6장 **새로운 돌파**
    1. 원숙함에 이르다 · 135
    2. 〈세 모던 여성〉· 139
    3. 〈작은 장난감(小玩意)〉· 149
    4. 〈신성한 여인(神女)〉· 153

제7장 **은막의 비극에서 비극의 인생으로**
    1. 노래가 끝나고 사람들이 흩어지네 · 167
    2. 버드나무 우거지고 백화가 만발했네 · 176
    3. 인연은 꿈과 같이 · 184

제8장 **사람들 시비가 두렵구나**
    1. 최후의 절창, 〈신여성〉· 193
    2. 가장 아프고 쓰린 것은 감정 · 210

제9장 **영원한 아름다움**
    1. 최후의 만찬 · 223
    2. 상하이의 아픔 · 224
    3. 향기로운 영혼은 모두 흩어지고, 생사(生死)가 영원히 갈리네 · 226
    4. 그리움인가, 가식(假飾)인가 · 235
    5. 진짜 유서와 가짜 유서 · 243
    6. 그녀는 불꽃보다 적막했네(她比煙花寂寞) · 247

후기 · 251

부록   1. 롼링위 필모그래피 · 256
      2. 롼링위 연표 · 260

제1장
롼씨네 딸

〈눈 속에 핀 향기로
운 매화(춍雪梅)〉의
스틸컷.
롼은 이 영화에서
농촌 아낙네를 연기
하였는데, 남편은
전쟁에 나가 감감무
소식이고 아들은 중
병에 걸려 일어나지
못한다.

롼링위의 영롱한 귀
고리가 눈부시게 빛
난다.
이 한 쌍의 귀고리
는 여섯 살 때 그녀
와 한 약속을 지키
기 위하여 아버지가
임종할 즈음 사주신
것이다. 롼은 자살
할 때 이버지가 사
주신 바로 그 조잡
한 싸구려 귀고리를
하고 있었다.

1. 슬픈 출생

1930년대부터 중국에도 스타를 쫓아다니는 팬들이 나타났으나 오늘날만큼 그렇게 극성스럽지 않았다. 그러나 롼링위(阮玲玉)에게 매혹된 이들이 어디 천 명, 만 명뿐이겠는가. 당시 롼링위에게 등나무로 만든 아름답고 작은 상자가 있었는데, 그 안은 무수한 청년들이 흠모와 구애를 호소하며 보낸 편지로 가득 차 있었다. 그녀는 비웃기는커녕 자기에게 반한 이들의 편지를 차마 찢어버리지도 못하여 작은 등나무 상자에 세심하게 모은 다음, 자물쇠로 봉하고 '꼬마들 편지'라고 적은 메모를 붙였다.

그녀는 도대체 어떤 아름다운 여인인가? 미녀가 널려 있고 영화가 산처럼 쌓인 오늘날도 왜 여전히 잊히지 않는 것인가? 한때 구(舊) 상하이탄(上海灘: 상하이 동쪽을 남북으로 길게 연결한 거리로 대표적 번화가-옮긴이)에서 거들먹거리던 '캐럿'(carat: 본래 보석의 질량을 재는 단위이나, 20세기 초 상하이에서 돈 많고 세련된 신사를 가리키는 말로 쓰였다-옮긴이)들은 롼링위의 아름다움은 다른 이들이 배워서 따라 할 수 있는 유가 아니라고 말한다. 이런 여성에게 수많은 사람이 매혹된들 이상한 일이 아니다.

1910년 롼링위는 상하이 노동자 가정에서 태어났다. 본적은 광둥성 광저우부 샹산현(廣東省光州俯香山縣: 성, 부, 현은 중국의 행정구역 이름-옮긴이)이다. 롼링위의 아버지, 롼융룽(阮用

榮)은 호(號)가 디차오(帝朝)로 조상 대대로 농사를 지었다. 당시 농촌이 피폐해져 더 이상 생계를 잇기 곤란하자 샹산을 떠나 상하이로 와 일거리를 찾았는데, 상하이 푸둥(浦東)에 있는 아시아 등유 창고 기계부의 노동자로 취직되었다. 롼링위의 어머니 허(何)씨 역시 광둥성 샹산 사람으로 스물하나에 동향 사람 롼씨에게 시집을 갔다. 이 한 쌍의 부부는 당시 중국 사회에서 지극히 평범하고, 사회 최하층에 속하는 가장 선량한 이들이었다.

1910년 4월 26일 롼링위는 상하이 주자무차오 샹안리(朱家木橋 祥安里)의 어둡고 비좁은 집에서 태어났다. 청(淸) 말 상하이는 혼잡하고 어수선했다. 제국주의 국가들은 풍요롭고 매력적인 상하이를 여러 조계로 분할, 점령했다. 그 땅에서 서양인은 부를 빨아들이고, 청 관리들은 백성의 피와 땀을 착취했다. 지극히 평범한 노동자에게 그곳 생활은 지옥과 다를 바 없었다. 고된 노동에 시달리던 아버지와 어머니 역시 생활을 꾸려가기 힘겨웠고 장녀가 두서너 살밖에 되지 않았던 터라, 둘째 아이가 갓 태어났는데도 별달리 기뻐하지 않았다. 다만 둘째가 남자애라면 팔자가 좀 좋아질지 모르겠다고 기대했을 따름이었다. 산파가 롼융룽에게 또 딸이라고 말하자 아버지의 괴롭고 근심 어린 이마에는 주름이 더 깊게 파였다. 실망하고 상심한 어머니는 가까스로 눈을 떠 예쁜 갓난아기를 보았으나 기뻐해야 할지, 슬퍼해야 할지 알 수 없었다.

자식이 세상에 나온 지 얼마 되지 않아, 아버지 롼융룽은 지인(知人)에게 아름답고 정숙한 이름을 지어달라고 부탁해 '펑건'(鳳根: 봉황처럼 소중한 자식이라는 뜻-옮긴이)이라는 이름을 받았다. 아무도 어여쁘고 가냘픈 이 갓난아이가 [다음 해] 청 왕조에서 중화민국으로 순식간에 시대를 건너뛸 줄 몰랐다 (1911년 쑨원[孫文]의 지휘로 청 왕조가 전복되고 중화민국이 들어선 일을 가리킨다-옮긴이). 황제가 없어지고 국호가 변했으나 수천 수만 중국인의 생활은 나아질 기미를 보이지 않았다. 유일한 변화란 남자들의 머리 뒤에 치렁대던 변발이 줄어들었다는 점 뿐이었다. 꼬마 펑건의 집은 여전히 기아와 풍요 주변을 맴돌았다. 세상에 나오자마자 비애와 근심에 둘러싸인 롼링위는 평생 슬픔에 매인 운명인 듯했다. 비좁은 집은 근심으로 가득 찼고 생활 역시 팍팍했다.

2. 아름다운 꼬마 펑건

부모가 딸에게 펑건이라는 남자아이의 이름을 지어준 까닭은 남자아이처럼 건강하게 자라기를 바라서였다. 또한 어머니는 갓난아기의 작고 부드러운 얼굴에서 눈초리가 봉황처럼 올라간 한 쌍의 눈을 보았으며, 아버지는 첫눈에 예쁜 여자아이에게 사로잡혀 그녀를 롼씨네 소중한 보배(중국어로 밍건[命根]이라고 한다-옮긴이)로 삼았던 것이다. 펑건이 세 살 되던 해, 줄곧 병약하던 장녀가 불행히 죽고 말았다. 롼융룽 부부는 점점 식어가는 장녀의 몸을 바라보며 이루 말할 수 없는 슬픔에 휩싸였다. 그들은 눈앞에 남은 유일한 딸, 꼬마 펑건을 더더욱 어여삐 여기고 사랑했다.

아름다운 펑건은 점점 자라났다. 어린 날의 기억 속에서, 그녀는 어둑어둑해질 무렵이면 늘 문 앞에서 풀을 뜯거나 콩을 까면서 아버지를 기다렸다. 펑건이 다정하게 "아빠" 하고 부르며 몸을 일으켜 아버지에게 달려가면, 그는 피곤하여 힘없이 낡고 허름한 의자를 찾아 벽에 기대앉아 정신을 차릴 때까지 조금 기다리곤 했다. 그러고 나선 〈저팔계가 데릴사위가 되다(猪八戒招亲)〉와 같은 재미있는 전래동화를 들려주었다. 그때 펑건은 얼마나 즐거웠던가! 다른 아이들과 마찬가지로 어쩌다 구하기 힘든 사탕을 하나 먹을 땐 그 맛이 비할 데 없이 달콤했다.

시간이 얼마 흐르고 아시아 등유 창고의 외국인 사장이 선심을 베풀어, 먼 곳에 사는 노동자들이 석유 창고 부근의 노동자 주택으로 이사 오도록 허락했다. 그 시절은 잊기 어렵다. 조그만 펑건은 매일 단정하고 깨끗한 바지저고리를 입고 얌전히 자기 집 대문턱에 앉아 아버지가 퇴근하기를 기다렸다. 아버지는 집에 오자마자 얼굴 씻을 틈도 없이 차를 한 모금 들이켜고는, 눈이 아름다운 딸을 목말 태우고 공터로 가 빙빙 돌며 이웃들에게 자랑하곤 했다. 얼마나 많은 어린아이들이 어릴 적 아버지의 이러한 깊은 사랑을 누렸을까! 아버지의 이런 깊은 사랑은 롼링위가 성년이 된 후 마찬가지로 주위 사람들에게 사랑을 베풀고 그녀 또한 어린 날처럼 지극히 사랑받기를 갈망하게 만들었다.

　그러나 이런 행복한 나날이 겨우 1년을 넘겼을 무렵, 외국인 사장은 노동자 주택을 골프장으로 바꾸고 강제로 노동자들을 전부 이사시켰다. 집이 허름한 것은 별문제가 아니었으나 펑건은 이때부터 아버지와 함께할 시간이 줄어들어서 슬펐다. 매일 새벽 채 날이 밝기도 전에 아버지는 자리에서 일어나, 거친 손바닥으로 깊은 잠에 빠져 있는 펑건의 작은 뺨을 가볍게 어루만지고 어둠을 헤치며 문을 나섰다. 머리 가득 별을 이고 황푸강(黃浦江) 나루에 도착해서 배를 타고 강을 건넜고 저녁에는 언제나 하늘이 어둑해져서야 피로에 지친 몸을 끌고 집으로 돌아왔다. 펑건은 이렇게 하루하루 아버지를 기다렸다.

　아버지의 깡마른 그림자가 눈에 들어오자마자 꼬마 펑건은 초롱초롱한 어여쁜 두 눈으로 아버지를 부르며 와락 품으로 달려들었다. 펑건은 다정하게 두 손으로 아버지 머리를 끌어당겨 작은 얼굴을 턱수염 가득한 두 뺨에 찰싹 비비며 소리를 질렀다. 이때 아버지가 한마디도 없이 투박한 손바닥을 펼치면 그 안에 펑건이 좋아하는 것들, 이를테면 광둥산(産) 올리브나 갖가지 작은 장난감들이 들어 있었다. 비록 자신이 발품을 더 팔거나 만두 하나를 덜 먹을지언정 그는 날마다 조금씩 돈을 아껴 예쁜 딸에게 조그마한 선물이라도 사려 했다. 그것은 작은 딸을 더욱 사랑스럽게 꾸며주는 귀여운 머리핀, 리본과 장난감 팔찌 따위였다. 한편으로는 딸을 극진히 아끼는 마음에서, 또 한편으로는 딸을 예쁘게 꾸미고 체면을 최대한 살려주어 다른 애들이 놀리지 못하게 하기 위한 배려에서였다.

자애로운 아버지는 진심으로 자신의 아름다운 펑건이 앞으로 잘될 희망이 있다고 믿었다. 딸 펑건이 사람들이 맛보는 각종 행복을 누릴 수 있기를 그가 얼마나 바랐던가. 젊은 아버지는 정해진 운명 같은 것에는 마음 쓰지 않고 언젠가 살림살이가 좀 더 나아지리라 굳게 믿으며 가족의 행복에 온 마음을 쏟았다. 펑건은 의심할 바 없이 아버지의 극진한 사랑으로 길지 않은 일생 중 가장 기쁘고 아무런 근심 걱정 없는 시기를 보냈다.

3. 자상한 아버지의 때 이른 죽음

아버지는 용돈이 생길 때마다 무대와 가까운 값싼 좌석의 가극(歌劇)표를 사서 펑건을 데리고 갔다. 무대의 휘황찬란한 색채, 연기자의 노래와 동작은 작은 펑건을 멍하게 만들었고 눈부신 무대 조명은 깊은 인상을 주었다. 펑건은 집에 돌아오자마자, 침대에 앉아 침대 시트와 어머니의 수건으로 자신이 본 배우처럼 꾸미고 노래하며 몸을 흔들었다. 그녀는 아주 어린 시절부터 자신만의 레퍼토리가 있어서 친척이나 친구가 올 때마다 노래를 불렀는데, 종종 뛰어나게 잘하여 박수갈채를 받곤 했다. 그럴 때면 약간 갸름하고 보석같이 빛나는 그녀의 얼굴에 웃음이 번졌다.

그러나 불행한 가정에 행복과 기쁨은 그리 오래가지 않았다. 마른하늘에 날벼락처럼 아버지 롼융룽이 오랜 영양부족과 그동안 쌓인 피로 탓에 병이 나고 말았다. 젊은 롼융룽은 등유 저장소에서 작업을 했는데 그곳은 각종 휘발성 휘발유, 등유, 디젤유 등으로 가득 차 있었다. 노동자 작업장이나 창고는 알맞은 노동환경이 제공되지 않은 것은 물론이고 통풍시설조차 없었다. 코를 찌르는 냄새로 가득한 환경에서 일을 오래 하다 보면, 자신도 모르게 폐에 메탄화합물이 쌓여 폐가 크게 상하고 신체의 다른 부분 역시 해를 입게 된다.

아버지는 폐병 증상을 보이더니 나날이 몸무게가 줄면서 말라갔다. 폐병 치료는 요양이 따라야 하지만, 그것은 곧 그들처럼 가난한 집에 부족한 세 가지를 의미했다. 첫째, 휴식. 둘째, 영양. 셋째, 신선한 공기와 풍족한 햇빛. 아버지의 몸은 하루가 다르게 축 늘어져 운명을 하늘에 맡길 처지에 놓였다. 어느 날 아버지는 피를 몹시 토하더니 이때부터 몸져누웠다. 아버지가 병으로 쓰러지자 곧 일자리를 잃었고 집의 유일한 수입원도 사라졌다.

어머니는 병약한 남편과 어린 펑건을 보면 울고 싶었지만 눈물도 나오지 않았다. 그녀는 굳세게 가정의 무거운 짐을 지는 한편, 남편을 도와 무사히 고난을 이겨내기를 남몰래 부처님께 빌었다. 그러나 롼융룽은 불행히 세상을 떠나고 말았다. 마지막 날 밤, 한밤중에 아버지는 집에 돌아오다 그만 집 앞의 웅덩이에 고꾸라졌다. 손에는 물에 젖은 작은 종이봉투를 꼭 쥐고 있었는데, 그 속에 펑건에게 약속한 선물인 알록달록한 구슬을 꿰어 만든 귀고리가 들어 있었다. 아버지가 딸에게 준 마지막 선물이었다. 아버지는 그날 세상을 떠났고 유감스럽게 지키지 못한 약속도 같이 가져갔다. 언젠가 가족이 영화관에 가서 신나게 영화를 보자던 약속을. 롼링위가 은막에 데뷔한 것도 어쩌면 아버지의 깊은 사랑 때문이었는지도 모른다. 아니면 아버지가 약속을 지키도록 도와주기 위해서였는지도.

작은 펑건은 "이승과 저승 두 세상이 영원히 떨어져 있으니, 삶과 죽음 다시 통할 길 없네"라는 말을 이해할 수 없었다. 단지 그녀를 지극히 사랑하는 아버지가 세상을 떠났다고 느낄 뿐이었다. 어린아이가 근본적으로 이해할 도리 없는 이별, 삶과 죽음의 이별인 것이다. 1915년 아버지 롼융룽은 광자오산장(廣肇山庄)에 묻혔다. 그곳은 주로 가난한 사람들이 묻히던 곳이었다. 44세의 롼융룽은 한스럽게 과부 허씨와 겨우 다섯 살 난 딸을 세상에 남기고 떠났다.

4. 불쌍한 과부와 안쓰러운 딸

아버지가 세상을 떠나자 어머니 허아잉은 한층 고독하고 슬펐다. 그녀는 여전히 외국인 가정에서 일했으나 생활은 몹시 쪼들렸고 하루하루 쇠약해져갔다. 게다가 어려서부터 몸이 약했던 펑건은 병치레가 끊이질 않아 걸핏하면 감기에 걸리고 열이 났다.

어둑한 호롱불 아래 옷가지를 열심히 수선하여 생활비를 보태는 어머니를 보면서, 어려서부터 총명하고 지식욕이 유난히 강했던 펑건은 어른스럽게 물었다.

"엄마, 왜 우리는 가난뱅이여야 해?"

"네 아버지가 능력이 없으셨단다."

어머니의 대답이 궁금증을 해결하지 못하자 꼬마 펑건은 다시 캐물었다.

"그럼 아빠를 원망해?"

어머니는 대답하지 않았다. 묵묵히 고개를 끄덕이는 듯도 했고, 가로젓는 듯도 했다. 오랫동안 아이의 머릿속을 맴돌던 궁금증이 졸음을 쫓아냈다. 한동안 입을 다물고 있던 펑건은 어머니에게 바투 다가앉으며 또 물었다. "왜 우리는 공장에 출근해서 일을 못해?"

"우린 여자잖니." 어머니가 탄식하며 말했다.

"여자면 일 못해?" 펑건은 천진난만하게 여자도 아버지처럼 똑같이 나가서 일한다고 여겼다.

"사회가 허락하지 않는단다." 어머니는 그녀의 작은 얼굴을 한 번 쓰다듬더니 말했다. "자거라, 제멋대로 생각하지 말고. 궁하면 통한다고, 하늘에 맡기자꾸나."

펑건은 믿을 만한 대답을 듣지 못하자 공연히 걱정이 더했다. 그녀의 어린 시절은 흑(黑)과 백(白)처럼 둘로 나뉘었다. 아버지가 계셨던 나날은 감미로웠으나 돌아가신 뒤부터 인생의 쓴맛을 알기 시작했다. 롼링위는 너무 어린 탓에 이 모든 것을 이해할 수 없었으나, 아버지의 죽음과 가난의 고통을 마음 깊이 새겼다. 그녀는 모호하나마 이 모든 것이 자신이 남자가 아니라는 사실과 관련되어 있다고 느꼈다. 그러나 어린 그녀에게는 현실을 바꿀 힘이 없었고 단지 의젓한 행동으로 가엾은 어머니를 위로할 뿐이었다.

당시 펑건은 어머니를 따라 장 나리 대저택의 후원(後園)에 있는 고용인 거처에 살았다. 철이 든 그녀는 모든 면에서 조심했고 혹 부주의한 사고를 일으켜 주인집의 미움을 살까 염려했다. 낯선 환경은, 누추했지만 자유로운 거리와 완연히 달랐고 어린 펑건을 긴장하고 두렵게 만들었다. 대저택에서 오랫동안 행동의 제약을 받고 놀아줄 또래가 없는 생활이 이어지자, 본디 활발하고 초롱초롱했던 계집아이는 말수가 줄고 조용해졌다. 롼링위가 세상을 떠난 뒤, 이러한 배경을 잘 모르던 이들은 그녀가 어려서부터 줄곧 말없이 단정하게 앉아 있었고, 태어나면서부터 단아하고 현숙한 품성을 갖추었다고 말한다. 그러나 이는 사람을 질식시키는 환경이 무참하게도 그녀의 활발한 천성을 죽인 것을 모르고 하는 말이다.

가난한 집 아이는 일찍 철이 든다. 펑건은 어머니를 따라 장 나리 집에서 계집종 노릇을 했다. 매우 어릴 때부터 뒤치다꺼리와 빨래하는 법을 배우고 영감님의 구두를 닦아드리고 마님 대신 어린 도련님을 안았다. 서로 굳게 의지하며 살아가던 어머니만이 이 모든 것을 마음에 담아두며 남몰래 가슴 아파

했다. 불볕더위가 한창인 여름, 펑건은 힘들어 이마 가득 구슬 땀을 흘리며 얼굴이 온통 빨갛게 되었다. 매서운 바람이 부는 겨울에는, 양손이 동상이 걸려 봉긋이 부풀어 올랐다……. 어머니는 주인들이 집을 나가는 것을 보면 딸에게 손에 든 바느질을 내려놓고 가서 쉬라고 조용히 일렀다.

어머니는 딸이 어려서부터 효심이 깊은 걸 보고 위로를 받아 절로 생활하는 데 용기가 나는 것 같았다. 그러나 불공평한 현실이 펑건을 직접 가르쳐 그녀의 여린 마음에 어머니의 고난을 덜어주고픈 강렬한 소망이 생겼다. 그녀가 영화 스타가 된 것도 어머니를 염두에 둔 것이었으며 죽음을 맞이하는 그 순간까지 어머니의 훗날을 세심하게 대비해놓았다. 란링위의 효심은 당시 영화계에서 널리 알려진 바였다.

펑건은 쉬는 동안 줄곧 부근 초등학교를 어슬렁거리며 교문 틈으로 남녀 학생들이 수업하는 광경을 훔쳐보곤 했다. 공교롭게 학교가 파할 때면 그녀는 멀찍이 몸을 숨기고 아이들이 웃고 떠들거나 싸우는 모습을 지켜보았다. 아이들은 모두 깨끗하게 옷을 차려입고 새로 산 가방을 메고 있었으며, 어떤 부모는 교문 앞에서 기다리다 아이들을 맞았다. 이는 펑건의 여린 영혼에 깊고 깊은 인상을 남겼다. 소원 하나가 그녀의 머릿속에서 맴돌고 또 맴돌았다. 그녀는 어머니가 바쁜 일을 끝내고 기분이 비교적 좋은 때를 틈타 끝내 참지 못하고 어머니에게 학교에 보내달라고 졸랐다. 어머니는 그녀의 애원을 듣는 순간 마치 손가락이 바늘에 찔린 듯 급히 눈살을 찌푸린 채 한동안 말이 없었다. 그러나 그녀가 어머니의 손을 잡아당기며 한 번, 두 번 학교에 보내달라고 조르자, 그것이 얼마나 어려운 일인지 알면서도 마음이 흔들리기 시작했다.

어머니는 딸의 간청에 뭐라 대답할 수 없었다. 그건 분명 간단치 않은 일이었다. 학비, 잡비, 교재비, 줄줄이 이어진 비용을 하녀인 그녀로서는 감당할 수 없을 터였다. 게다가 딸이 학교를 다니면 주인집에서 먹고살 수 있을까? 어머니는 답을 찾지 못했다. 어머니는 어떻게 해도 떨쳐낼 수 없는 펑건의 간청을 마음속 깊이 새겼다. 펑건은 세상의 유일한 혈육이자 기댈 곳이었다. 더군다나 펑건은 어려서부터 몸이 약해 병치레가 잦았다. 남편이 막 세상을 떠났을 때 딸을 의자매(義姉妹) 집에 맡겼는데, 큰 병이 나 두 달을 꼬박 채우고 나서야 겨우 조금씩 나아질 기미가 보였다. 그때 하마터면 펑건의 가냘픈 생명을 잃을 뻔했다.

어머니는 배운 지식이 없었으나, 번화한 도시에 살면서 어렴풋이나마 공부를 해야 가난을 벗어날 날이 오리라는 것을 알았다. 이때부터 어머니는 묵묵히 돈을 저축했고 죽을힘을 다해 일하여 주인님과 마나님의 환심을 샀다. 그래서 펑건이 여덟 살이 되자 학교에 입학하여 공부할 수 있었다. 그녀는 정식 이름을 롼위잉(玩玉英)으로 고쳤다. 맨 처음 그녀는 사숙(私塾: 일종의 서당-옮긴이)에 다녔고 이듬해 충더여학교(崇德女校)로 전학했다.

5. 충더여학교의 여학생

십리양장(十里洋場: 십 리에 걸쳐 서양 거리가 있다는 뜻으로 상하이의 별칭-옮긴이)의 구 상하이에서 롼링위는 어렴풋이 무엇이 부유함이고 무엇이 가난인지 이해하게 되었다. 그래서 롼링위는 어머니에게 무언가 더 요구하기를 꺼렸으나 공부만은 예외였다. 어머니가 힘쓴 덕택에 롼링위는 소원대로 사숙에 들어갔다. 어머니 역시 어려서 사숙에서 공부했는데, 십몇 년이 지나도 여전히 여자아이들에게 〈삼자경(三字經: 글을 처음 배우는 어린이들을 가르치기 위해 세 글자로 된 단어를 모아 엮은 책-옮긴이)〉이나 〈여아경(女兒經: 여자를 훈계하고 덕을 수양시키는 책-옮긴이)〉 같은 고리타분한 책을 읽히고 있었다. 어머니는 서양 학문과 전통 학문의 구분을 잘 이해하지 못했으나 직감적으로 롼링위를 서당에서 상하이의 이름난 충더여학교로 전학시킬 필요를 느꼈다.

당시 서양 학교에 입학하여 공부하는 것이 크게 유행했는데, 학기마다 적지 않은 학비와 잡비를 내야 할 뿐 아니라, 교재비, 문구비, 교복비, 공예비, 오락비와 소풍비를 납부해야 했다. 만약 학교에서 잔다면 기숙사비와 식비 등의 추가 비용이 있었다. 평범한 가난한 집 아이들에게 서양 학교는 그야말로 언감생심(焉敢生心)이었다. 마침 장 나리가 충더여학교의 재단 이사라, 어머니의 간청으로 롼링위는 비용의 반만 내는 좋은 조건으로 겨우 입학했다. 서양 학교에는 기숙사가 있어

학생들이 잘 수 있었는데, 집이 먼 학생들이 공부에만 매달리도록 보살피는 한편, 서구식 교육으로 학생들의 단체 생활 습관과 독립적인 생활 능력을 기르기 위해서였다. 기숙사에서 롼링위는 상대적으로 자유로운 환경을 누렸고 장 나리 댁 후원에 비하면 정신적 압박이나 행동의 제약이 없었다.

어머니는 롼링위가 갓 입학했을 때, 자신이 하녀임을 누구에게도 말하지 말라고 신신당부했다. 부와 권세를 소중히 여기는 사회에서 가난한 이들은 이익만 좇는 이들의 생각을 두려워했고 어쩔 수 없이 '가난'이라는 글자를 숨기려 했다. 일단 이 글자와 엮이면 대개 치욕이 평생토록 따라다녔다. 어머니의 당부를 롼링위는 가슴 깊이 새기고, 학교에서 자신의 가정과 신세에 대해 내내 비밀로 한 채 다른 사람과 깊게 이야기를 나누지 않았다. 롼링위의 생전에 영화계와 언론 매체 역시 그녀의 환경에 대해 깊이 알지 못했다.

충더여학교는 1855년 창립된 미션스쿨(missionary school)로, 중국 최초의 여학교이자 상하이에서 가장 오래된 신식 학교 가운데 하나였다. 롼링위는 아홉 살에서 열여섯 살까지 줄곧 충더에서 공부했다. 당시 여학생은 학교에서 똑같은 모습을 하고 있었다. 뒷머리는 목선까지 단발로 자르고 앞머리는 눈썹까지 가지런히 늘어뜨렸으며, 교복 상의는 허리춤 남짓한 길이에 나팔 모양의 반소매와 사선으로 여민 옷섶이 있는 흰색 적삼이었고, 하의는 무릎 아래까지 내려오는 푸른 치마였다. 롼링위는 똑같이 소박한 무명옷을 입었으나 옷이 늘 단정하고 몸에 딱 맞아 그녀의 타고난 아름다움이 두드러졌다.

란링위가 죽은 뒤, 롄화회사(聯華公司)가 출간한 《란링위 기념 특집호(阮玲玉紀念專號)》에 실린 간략한 란링위 전기를 보면, 그녀는 어려서부터 "결벽증이 있고, 우아하며 꾸미는 것을 좋아했으며, 옷 한 벌, 신발 한 짝도 반드시 깨끗해야 하고 몸에 딱 맞아야 했다." 또 란링위 어머니의 말에 따르면, 란링위는 소녀 시절 항상 혼자서 "머리 장신구나 귀고리로 자신을 꾸미고 거울로 비춰보며 늘 한참이나 앉아 있었다." 이는 란링위가 자신의 아름다움을 알고 있었으며 다른 소녀들처럼 자신을 더 예쁘게 꾸미고 싶어했음을 말해준다. 또 란링위가 14세가 되어 초등학교를 졸업할 당시를 다음과 같이 묘사하고 있다. "키가 껑충하고 옥 같은 꽃처럼 아름다운 자태를 뽐내니 사람이 환하게 빛났다. 소박한 옷차림으로 꾸미지 않아도 운치 있고 아름다웠다."

당시 학교는 초등학교·중학교 연계과정이라 란링위는 초등학교 졸업 후 바로 충더여학교 중등부로 진학했다. 그해가 1923년으로 란링위는 열네 살의 한창 피어나는 나이였다. 란링위는 학교에 다니며 시야가 넓어지고 인생에 대해 생각할 기회도 많아졌다. 타고난 우울한 성격 역시 더욱 심해진 듯했다. 한가할 때면 늘 무언가를 응시하며 깊은 생각에 빠졌고, 어떤 때는 한 차례 환하게 웃다가도 곧 웃음을 거두고 천천히 미간을 찌푸리며 원망스러운 표정을 드러내기도 했다. 그녀의 동창 한 명은 란링위가 충더여학교에서 공부하던 시절을 다음과 같이 회상한다.

"그녀는 아름답지도 모던하지도 않았다. 그러나 얼굴에 약간 얽은 자국이 있었는데 귀여웠고 태도 역시 약간 까불거렸다. 특히 그 한 쌍의 두 눈은 반짝거리며 정말 사람의 영혼을 빨아들였다."

학교에 다니는 것은 과부와 어린 소녀 한 쌍에게 그야말로 설상가상의 부담이어서, 집에서 통학했던 초기에 롼링위는 학교가 끝나면 계집종으로서 평상시보다 더 열심히 일해야 했다. 롼링위는 어려서 골골했으나 이런 환경에 꺾이지 않았고, 세월이 흐름에 따라 나날이 성장하고 지식이 쌓였으며 공부를 통해 자신감을 얻고 굳건해졌다. 내면에서 솟은 정신의 힘은 그녀에게 어려서부터 무궁무진한 지식욕을 추구하게끔 만들었다. 그녀는 다른 부잣집 아이들보다 더 열심히 공부했고 훨씬 빨리 향상됐다. 조그만 아이라면 누구인들 실컷 잠자기를 마다할까. 그러나 그녀는 항상 바빴고 주인이 잠들고 나서야 공부할 수 있었기에 늘 밤늦게까지 깨어 있었다. 하늘이 희부옇게 밝아오면 곧 일어나 몰래 복습하고 다시 일해야 했다. 그녀는 힘들다고 느끼지 않았고 피곤한 것도 꺼리지 않았으며, 온 정신을 쏟아 책을 읽고 글자를 익혀 '자립한 여자'가 되고자 했다.

6. 특별한 사랑

란링위는 점점 성장하고 성숙했다. 학교 공부가 그다지 힘들지 않게 되자 한가할 때면 주인집 극장에서 연극을 보거나 소설 등을 한 아름 빌려와 읽곤 했다. 각양각색의 연극이나 소설은 내용이 다채롭고 굉장히 풍부했다. 란링위는 다양한 인생과 힘들고 어려우며 고생스러운 갖가지 삶을 경험했다. 그녀는 책을 목숨만큼이나 좋아했고 이는 평생 바뀌지 않았다. 책을 고르고 읽는 과정을 거치며 어린 그녀는 잠재의식 속에서 세상 물정과 세태의 야박함을 맛보았다. 또한 자신도 모르게 그녀 몸 안의 예술 세포를 자극시켜 이후 그녀가 영화배우의 길을 걷는 데 상당히 큰 영향을 주었다. 그녀는 어려서부터 중국 전통극을 유난히 좋아해 한가할 때면 종종 광둥극장(廣東戲院)에 가서 구경했다. 극장 관리인은 천진난만하고 영리한 그녀가 오는 것을 기뻐했다. 청소년 시기는 보통 지혜가 발전하고 재목으로 성장하는 결정적인 시기이다. 란링위는 이 시기에 연기를 열렬히 좋아하고 자주 보고 들었는데 이 경험 역시 뒷날 그녀가 은막에서 큰 성공을 거두는데 퍽 좋은 밑거름이 되었다.

당시 충더여학교에 다니던 란링위는 열심히 공부하고 노력해서 성적이 우수했고, 문예 활동을 좋아해 학예회의 문예 프로그램에서 활동했다. 휴일마다 그녀는 마음 맞는 여자 친구들과 함께 극장에 가서 영화나 전통극을 보았고, 연기를 마음속으로 흠모하기 시작했다. 진작부터 그녀는 마음속 깊이 영화를 아꼈고, 할리우드 꼬마 스타인 셜리 템플(Shirley Temple)의 사진을 수집하기를 제일 좋아했다. 장차 은막에 헌신한다면 분명 행복할 테지만, 몹시 어렵고 실현하기 어려운 일임을 알고 있었다.

1922년 초 상영된 〈바다의 맹세(海誓)〉는 위잉과 그녀의 친구들에게 신선하고 깊은 감동을 주었다. 비록 지금의 눈으로 보면 지극히 평범한 영화에 지나지 않지만, 중국 최초의 3부작 장편 영화 가운데 한 편으로, 나무랄 데 없는 플롯을 갖추고 비교적 성실하게 제작되었다. 주연 여배우 인밍주(殷明珠)역시 칭찬받을 만하다.

〈바다의 맹세〉가 초등학교 고학년 학생 롼링위에게 중국 영화에 대한 흥미를 일으키고 일종의 어렴풋한 열망을 갖게 했다면, 1924년 말 상영된 중국 영화사상 기념비적 작품인 밍싱영화사(明星電影公司) 촬영·제작 장편 영화 〈고아가 할아버지를 구하다(孤兒救祖記)〉는 롼링위를 영화에 흠뻑 빠져들게 만들었다. 여주인공 왕한룬(王漢倫)의 걸출한 연기는 위잉에게 처음으로 영화배우가 되고 싶다는 욕망을 자극했다. 인밍주와 왕한룬의 성공은 그녀들보다 몇 살 어린 롼링위, 후뎨(胡蝶) 등의 세대가 세간의 편견을 깨뜨리고 순조롭게 은막에 데뷔하는 길을 열었다고 할 수 있다.

제2장
피할 수 없는 악연

1934년의 롼링위.

"어떤 요구건 부탁만 하면 그녀는 곧바로 연기할 수 있었을 뿐 아니라 그렇게 적합하고 정확하고 딱 맞을 수 없었다.
어떤 때는 배역에 대한 내 상상과 요구가 그녀의 세밀하고 진지한 표현보다 못했다. 영화를 촬영할 때 그녀의 감정은 외부 환경의 영향을 받지 않고 처음부터 끝까지 거침 없었고 극중 인물 그 자체였다.
마치 물이 흐르는 수도꼭지처럼 틀라 하면 곧 틀고, 잠그라 하면 곧 잠갔다."

-〈신성한 여인(神女)〉의 감독 우융강.

1. 그대는 다정(多情)도 병이어라

　롼링위 일생에 가장 큰 영향을 준 사람은 장다민(張達民)이다. 2년 뒤 동거하기 시작했고 그 뒤로 합치네, 갈라서네 하며 괴로운 8년을 보내고 죽을 때까지 달라붙었던 그는 롼링위가 꽃처럼 피어나던 열여섯에 그녀 인생에 발을 들여놓았다. 장다민이 애초부터 그녀 인생의 재앙이었음을, 피하려야 피할 수 없고 도망가려야 도망갈 수 없는 액운이었음을 그녀는 알았을까? 사실 그녀가 끝내 벗어날 수 없었던 것은 받아들이고 싶지 않았던 버겁고 비루한 감정이었다. 최후에 롼링위가 독약을 먹고 목숨을 끊을 때 속세에 던진 마지막 눈길, 그 가라앉은 원망 서린 눈길은 바로 그 남자의 송곳처럼 날카로운 마음에 대한 사랑과 원망이었으리라. 그러나 이승과 저승이 유별(有別)하여 악연 또한 바람결에 흩어졌다.

　　장 나리는 본적이 광둥 샹산으로 펑건 아버지와 같은 고향으로, 상하이 혁명 후 청조의 3품(三品: 세 번째로 높은 관직-옮긴이) 관직을 박탈당하자 상업으로 전업했다. 그는 모든 가족을 끌고 광둥에서 상하이로 이사한 뒤, 장리창(張利昌)과 장형창(張亨昌)이란 두 개의 상호를 열어 리창은 상하이-난징(南京) 철로에 목재를 독점 공급하고 형창은 페인트를 전담했다. 그는 상업에 수완이 있고 경영에 요령이 있어 형편이 넉넉했다. 위의 두 사업만으로도 "장사가 흥하여 사해(四海)에 이르고, 자금이 풍부하여 삼강(三江)에 미치네"라고 일컬을 만했다. 더

군다나 막대한 지세(地稅) 수입도 있었다. 또 당시 광둥은 영국인이 아편을 인도에서 중국 중심지로 옮기기 위해서 반드시 거쳐야 하는 길목이었다. 그는 광둥에서 관직에 있을 당시 이 길을 훤히 알고 안팎의 인맥 또한 즐비하여, 상하이에서도 암암리에 생아편 장사를 계속했다. 그 덕택에 온종일 주색에 빠져 방탕한 생활을 누릴 넉넉한 돈줄이 있었다.

장 나리는 아내와 첩을 합쳐 모두 아홉 명을 거느렸고 자녀는 열일고여덟을 낳았다. 본부인은 남편이 첩을 두는 것을 상관하지 않았으나 자신의 지위를 지키기 위한 방책으로, 남편이 여인들을 집으로 데리고 들어오는 것과 밖에서 낳은 자식을 장씨 가문의 후손으로 호적에 올리는 것을 절대 허락하지 않았다. 장 나리의 고택은 상하이 자푸로(乍浦路)에 있었는데 외부에서 보면 거대한 돌로 된 창고 모양의 집이었다. 이런 종류의 저택은 오늘날 남방 도시나 읍에서 자주 볼 수 있다. 말끔한 흰 벽과 푸른 기와가 특징으로, 대문이 네모반듯하고 길쭉한 화강암으로 테를 두른 구조여서 석고문(石庫門)이라고 불렸다. 장 나리의 석고문 저택은 건물 세 채, 뜰 세 개, 대청 세 칸을 갖춘 규모로, 맨 앞 뜰 작은 화단에 월계화, 봉선화 등이 심어져 있고 담에는 늘 푸른 등나무 줄기가 휘감고 있었다. 각 채는 몹시 큰 마당으로 구분되며 전면의 두 채가 안채로 당연히 주인 식구가 거주했다. 고용인들 거처는 뒤채 벽 쪽으로 길게 늘어선 단층집이었다. 평일에 막일꾼이나 하인들은 그곳에서 일을 했고 마음대로 안채에 드나들 수 없었다.

그는 아들이 넷이었는데, 장남은 후이충(慧冲), 차남은 칭푸(晴浦), 삼남은 후이민(慧民), 그리고 막내가 다민이었다. 형제 넷은 당시 그리고 훗날 상하이 영화계와 다소 관련되어 있었고 이름도 얻었다. 그 가운데 장후이충과 장다민이 가장 유명했다. 장후이충은 1898년생으로 19세 되던 해에 상하이의 항해(航海)전문대학에 진학하여 늘 언젠가 바다를 건너 외화를 벌겠다는 꿈을 꿨다. 그는 항해전문대학 졸업 후 일본으로 건너갔으나 도착한 지 얼마 되지 않아 전공에 대한 흥미를 잃었다. 대신 동양 마술에 빠져 열심히 노력하고 연구한 끝에 청출어람의 경지에 이르러 솜씨가 최고였다. 1920년대 초 귀국하자 이번에는 영화에 빠져 중국 최초의 영화 촬영 및 제작소 가운데 하나인 상우인수관(商務印書館) 영화부에 가입하여 영화배우가 되었다. 장후이충은 〈연꽃이 떨어지다(蓮花落)〉, 〈착한 형제(好兄弟)〉 등에서 주연을 맡았는데, 뛰어난 외모와 시원한 이목구비로 자못 영화광들의 환영을 받았다. 그 후로도 영화계와 마술계에서 한껏 솜씨를 발휘하여 위세가 대단했다.

반면 장다민의 유명세는 무슨 업적이 있어서가 아니라 뒷날 그가 롼링위와 특별한 관계였고, 마침내 그녀를 죽음으로 몰아간 장본인이었기 때문이다. 장다민은 1904년생으로 펑건보다 꼭 여섯 살이 많았다. 펑건은 어머니를 따라 장 나리 집에 들어갔을 때 장다민은 이미 열네 살로, 여덟 살짜리 아이 따위에게 무슨 호기심을 보일 리 없었다. 장 나리와 마님은 다민을 특히 총애하여 모든 일을 그의 맘대로 하게 했다. 그는 어려서부터 호강하며 응석받이로 자란 도련님이었다. 이런 영향 탓에 그는 돈을 물 쓰듯 하고 도박에 깊이 중독되었고, 이는 훗날 몇십만의 집안 재산을 도박으로 탕진하는 화근이 되었다. 그는 학교를 자퇴한 후 일을 하겠다고 말했으나 실제로 일정한 직업이 없었다. 롼링위와 처음 사귈 때 자신을 우마로(五馬路)에 있는 마오성양행(茂盛洋行)에서 일한다고 소개했다.

1925년 롼링위는 이미 충더여학교 중학부의 2학년 학생이었다. 그녀는 졸업 후 아름답고 새로운 생활을 시작하리라, 어머니에게 진심을 다해 효심과 공경을 다하리라 줄곧 생각하고 있었다. 롼링위는 중학교에 진학하고 학교로 거처를 옮겼다. 롼링위가 장 나리 집에 오는 횟수도 차츰 줄어들었으나 짬이 날 때마다 몰래 후원으로 가서 어머니를 찾아뵙곤 했다. 간혹 얼굴을 비추는 그녀는 곧 넷째 도련님의 주의를 끌었다. 만약 장다민의 개입으로 롼링위가 학업을 중단하지 않았더라면 롼링위는 아무도 예측할 수 없는 그런 삶을 살았을지도 모른다. 중국 초기 영화사의 빛나는 스타, 롼링위 역시 출현하지 않았으리라.

그러나 주인과 계집종 관계에서 시작해 동거에 이르게 된 사건의 진상은 줄곧 여러 해 동안 다른 이들에게 알려지지 않은 비밀이었다. 이런 일을 파헤치는 게 업이고 롼링위가 죽은 뒤 온갖 방법을 다 동원해 진상을 밝히려 했던 기자들도 결국 하나같이 속고 말았다. 그들은 모두 장다민이 우연히 롼링위를 보고 '천상의 선녀' 모습에 놀라 갖은 궁리 끝에 롼의 친구에게 소개시켜달라고 부탁했고, 나날이 가까워진 끝에 동거한 것으로 알고 있다. 어째서 당시 신문이나 잡지 등은 이렇게 천편일률적으로 설명할까? 그건 롼링위와 장다민이 줄곧 대외적으로 그렇게 설명했기 때문이다. 롼링위가 일찍이 월간 《현상(現象)》 기자에게 "장다민과 알게 된 것은 열여섯 살 되던 해의 일로 처음에 친구가 소개해주었다⋯⋯"고 한 뒤 이 설명이 다른 간행물에도 실리고 인용되었다. 롼링위가 세상을 떠나고 출간된 《장다민이 구술한 롼링위 정본(張達民口述阮玲玉正本)》에서, 장은 "사건마다 사실이고, 말마다 진실이다"라고 떠벌리며 "나는 하이닝로(海寧路), 롼은 자푸로에 살아서, 두 사람은 수시로 길에서 마주쳤고, 점점 안면을 익히다 우정으로 발전했다" 운운했다. 장다민의 말이 위에서 말한 설명을 한층 더 사실로 굳혔고, 나중에 장다민–롼링위 두 사람의 관계를 다루는 보도 대다수가 이를 바탕으로 삼았다.

그러나 사실은 전혀 이와 다르다. 당시 진보적 영화계의 선구자이자 저명한 감독 차이추성(蔡楚生)은 1957년 1월 8일 롼링위 서거 22주년을 기념하기 위해 한 편의 권위 있는 글을 썼는데 롼링위의 성품과 예술적 성취에 대해 정곡을 찌르는 평가를 하는 동시에 장–롼 두 사람이 주인과 노예 관계였음을 공표했다. "그녀가 16세가 되자마자 이리저리 떠돌아다니던 분별없는 관료 자제가 그녀를 독차지했다(그는 그녀의 어머니를 고용했던 주인집 도련님이었다)." 1985년 롼링위 서거 50주년을 기념할 때 영화계 원로 인사 선지(深寂) 선생 역시 이 주장을 뒷받침해주었다.

장다민은 중학교 졸업 후 작고 이름 없는 대학에서 되는대로 1년을 보내며 중문학을 전공했다. 중문학이 상인 가문의 자제에게 물론 무슨 쓰일 데가 있는 것도 아니었고 교수나 작가가 그의 꿈도 아니었다. 게다가 당시 교수와 작가는 '궁상'이라는 조롱조의 별명으로 불렸다. 장다민이 중국문학을 전공한 것은 일시적인 흥미에 지나지 않았으나, 그럭저럭 졸업 증명서가 있다면 체면상 보기 좋을 듯했다. 그러나 한 해가 지나자 무미건조하고 고독을 참을 수 없어 자퇴한 뒤 아버지 곁에서 경영을 배웠는데, 경영 수업도 다 마치지 못했건만 교제와 접대의 요령만큼은 적지 않게 배웠다.

장다민은 그해 막 스물두 살이 된 '플레이보이'로, 운치 있는 분위기와 외모의 소유자였다. 당시 아름다운 생각만으로 가득 찬, 갓 사춘기에 들어선 소녀 롼링위가 좋아하기에 충분했다. 중키의 몸매에 얼굴은 희고 말끔하며, 턱은 살짝 치켜든 채 무성한 검은 머리를 길게 기르고 당시 크게 유행하던 스타콤(Stacomb) 포마드 기름을 발라 빛나고 윤기 나게 빗어 넘겼다. 한때 중국문학을 전공하여 '선비' 풍모에 젖은 탓인지 장다민은 평소 양복을 입지 않고 대개 발끝까지 오는 중국식 두루마기를 입었다. 보통 때 그는 검고 둥근 테의 근시 안경을 썼고 의외로 의젓하고 말쑥한 분위기를 풍겼다.

2. 만남

어스름한 저녁의 쿤산(昆山) 화원은 따뜻하고 향기로웠다. 롼링위는 여자 친구 두 명의 손을 잡고 화원의 오솔길을 걸었다. 그날 롼링위는 허리춤까지 내려오는 전통 적삼에 무릎길이의 검은색 치마를 입었다. 저녁노을에 그녀의 순결하고 아름다운 용모가 돋보였다. 다른 작은 길 위로 한 젊은이가 불쑥 나타났다. 껑충한 키에 매끈한 양복 차림이었고 하얗고 말끔한 각진 얼굴에 검고 둥근 테의 안경을 쓰고 있었다. 호방하면서도 선비 같은 풍모를 지닌 그 사람이 바로 장다민이었다.

두 사람은 '우연히' 만났다. 그날 롼링위와 장다민은 예의 바르고 간단하게 서로의 안부를 물었을 뿐이다. 그 뒤로 장다민은 날이 어둑어둑해질 무렵이면 곧장 쿤산 공원에 가서 롼링위를 만났다. 시간이 흐르자 여자 친구들이 장다민의 우호적이고 은근한 태도에서 눈치를 채고 핑계를 대며 더 이상 롼링위와 가지 않으려 했다. 항상 혼자 남겨진 롼링위와 장다민이 공원에서 산보도 하고 한담도 나누었다. 장다민은 애써 학교와 관계된 화제를 찾아 이야기를 이어갔다.

당시 열여섯의 롼링위는 피부가 백옥 같고 뭇사람들이 좋아하는 오이씨 모양의 갸름한 얼굴을 지녔다. 길고 둥근 봉황의 눈은 평소에는 천생 근심스럽고 슬픈 감정을 드러냈다. 그러나 일단 웃으면 두 눈이 반달꼴이 되고 입가에 볼우물이 생겨 사람의 마음을 흔드는 고운 남방 여성의 자태를 드러냈다.

장다민은 단박에 마음이 끌리는 이 여자에게서 이제껏 경험해 보지 못한 온유함을 느꼈다. 롼링위는 장다민이 유별나게 은근히 대하자 불안하고 긴장하여 마음이 요동치는 것을 느꼈다.

쿤산 공원에서 헤아릴 수 없는 '우연한 만남'은 점점 일종의 약속으로 변해갔고 그들의 사랑이 시작되었다. 아버지가 돌아가시고 난 후 10년 동안, 특히 충더여학교에 입학하고 롼링위는 줄곧 여자만 있는 세계 속에서 생활했다. 열여섯의 롼링위는 이전에 읽은 수많은 원앙호접파(鴛鴦胡蝶派: 1930~40년대 중국에서 유행하던 신파 소설-옮긴이)의 얽히고설킨 구슬픈 사랑 이야기로 인해 백마 탄 왕자를 꿈꾸었고 사랑에 눈을 떴다. 장다민은 서서히 그의 수완을 발휘해 롼링위 마음에 특별히 자리 잡았다. 시간이 흘러감에 따라 롼링위는 서서히 주인과 하인이라는 생각이 옅어졌다. 꽃다운 나이의 소녀 롼링위는 어려서 아버지를 잃었는데 오빠 같은 이성이 나타나 자신에게 관심을 보이고 친근하게 대하자 몹시 기뻤다. 성심성의를 다해 장다민은 여러 번 롼링위에게 작은 선물을 보냈으나, 어려서부터 몸가짐을 깨끗이 하고 자존심과 자의식이 강한 롼링위는 완곡히 거절했다. 선물의 크기와 무관하게 젊은 남성으로부터 첫 선물을 받는 행위가 매우 신성하고 중요한 일이라고 느꼈기 때문이었다.

장다민은 그녀에 대한 관심을 표시하기 위해 당시 위잉(玉英)이란 이름으로 불리던 롼링위에게 이름을 고치라고 은근히 요구했다. 그는 롼위잉과 동명(同名)의 여성이 버려진 일이 있으니 이름을 바꾸는 편이 좋겠다고 권했다. 그때부터 롼위잉은 이름을 롼링위로 바꿨다. 장다민은 롼링위와 더 가깝게 지내기 위해 돌연 하이닝로의 새집에서 자푸로의 옛집으로 다시 이사 왔다. 옛집으로 돌아온 장다민은 그때부터 줄곧 몰래 후원으로 달려가 롼링위의 어머니를 더우면 더울세라 추우면 추울세라 지극 정성으로 돌봤다.

장 나리 댁의 하인이던 롼링위의 어머니는 어렴풋이 장다민이 롼링위를 좋아하고 있음을 느꼈다. 이렇듯 세심하고 살갑게 구는 넷째 도련님을 대하자, 외롭고 선량한 과부이며 허드렛일로 어린 딸을 키워야 했던 어머니는 눈곱만치도 경계하지 않았다. 그가 진심으로 내 딸을 좋아해서 만약 경사를 맺게 된다면 딸도 평생 의탁할 곳이 생기고 나 역시 기댈 곳이 있으련만, 하는 생각뿐이었다. 그날이 오면 일찍 세상을 떠난 남편도 구천에서나마 웃을 수 있겠지.

어쨌든 롼링위는 열여섯 살 되던 가을 첫사랑을 시작했다. 첫사랑은 달콤했다. 그녀는 하루 일과가 끝나면 연인의 팔을 잡아끌고 가을 화원의 오솔길을 유유히 걸었다. 연인 한 쌍은 한 편의 시처럼 충만했고 한 폭의 그림처럼 아름다웠다. 그러나 그 가운데 괴로움도 있었으니, 그것은 바로 장래에 대한 불안감이었다. 명백한 '주인과 하인의 사랑'이 과연 풍성한 결실을 맺을 것인가?

3. 부지불식간에 싹튼 불행

'주인과 하인의 사랑'은 소녀가 꿈꾸는 연애에 들어맞는 듯 보였다. 소녀는 모든 장애를 물리치고 겹겹의 험난함을 극복하며, 그와 함께 걸어가고 그에게 따뜻한 위안을 주기를 원했다. 장다민을 만나기 전 롼링위는 진정한 의미의 남자 친구가 없어서 그를 가늠하고 비교할 잣대가 없었다. 그의 달콤한 말, 신사 같은 풍모와 연애의 감미로움은 소녀의 심금을 울렸다. 그녀는 그것이 곧 사랑이라 여겼다. 열여섯의 그녀가 어찌 연애의 달콤함이 현실 생활을 대신할 수 없음을 알았겠는가!

장다민과 롼링위의 성격은 사실 매우 달라 두 사람은 공통된 흥미나 취미가 없었다. 장다민은 움직이기를 좋아하고 문제를 찬찬히 생각하는데 서툴렀다. 책을 보기만 하면 골치가 지끈거려 중학과정 역시 열심히 파고들지 않았다. 그러나 롼링위의 성격은 내성적이고 침울하며 조용히 앉아 철리(哲理)를 담은 책을 읽기를 좋아했다. 장다민은 어려서부터 아버지에게 이끌려 사교와 접대를 섭렵했고 댄스홀, 가요 무대, 경마장과 경구장(競狗場)에 부지런히 출입했다. 롼링위는 평민 가정 출신으로 이런 오락은 장다민을 알기 전에 금시초문이었으니 열중한다는 것은 말할 나위가 못 되었다. 롼링위는 영화와 독서를 퍽 좋아했으나, 장다민은 오히려 마작하러 가는 쪽을 더 선호했고 한번 쳤다 하면 하루 종일 했다. 만약 그들이 진심으로 사랑하고 서로 상대방에게 양보했더라면 아름다운 일이 아니라고 하지는 못하리라. 불행하게도 그들의 지위, 그들의 신분, 그들의 인생관은 그들 사이에 메울 수 없는 간극을 벌려놓았다. 한때의 달콤함으로 부부의 연을 맺을 수 있으나 평생의 행복은 얻을 수 없는 법이다.

1925년 장다민의 어머니는 막내가 롼링위에 대해 치정(癡情)을 품고 아내로 삼으려는 사실을 알았다. 그녀는 몹시 성이 나 그들의 교제를 결사반대했다. 마나님이 아무리 설득해도 효과를 보지 못하자 애꿎은 롼링위 모녀에게 화풀이하며 집에서 쫓아냈다. 무릇 모든 사람은 연애할 때 자신의 사랑이 바다보다 깊고 산보다 높다고 여기며 기꺼이 사랑을 위해 목숨을 바치려는 법이다. 장다민은 자신이 이미 사랑에 빠졌으므로 끝까지 사랑하리라 생각했다. 장다민은 황급히 롼링위 모녀에게 달려가 위로하며 가족 몰래 베이쓰촨로 훙칭 거리(北四川路 鴻慶坊)에 거처를 마련해 잠시 머물게 했다.

그는 우선 롼링위와 동거하여 엎지른 물이 된 사실혼으로 만들고 정식으로 부인으로 맞아들일 속셈이었다. 한편 롼링위의 미천한 출신도, 부모의 반대도 아랑곳하지 않은 채 그녀와 결혼하려는 장다민의 일편단심은 롼링위를 감동시켰다. 1925년 말, 막 충더여학교 2학년에 올라간 롼링위는 훙칭 거리에서 장다민과 동거를 시작했다. 오래지 않아 롼링위는 자퇴하고 자신이 한때 추구했던 인생을 버리고 말았다. 그때가 열여섯이었다. 1935년 봄 롼링위는 《현상》 기자에게 다음과 같이 말했다. "그때 전 의지가 아직 약한 데다가 나이 또한 어쨌든 어렸어요. 알고 지낸 지 얼마 되지 않았지만 그의 속임수에 넘어가 두 사람이 곧 동거를 감행했던 거예요.” 그러나 이는 9년이 지나 롼링위가 장다민이라는 악몽을 겪고 후회하며 한 말이라 때늦은 감이 있다.

쿤산 공원에서 만나 사랑에 이르기까지, 사랑해서 동거에 이르기까지, 두 사람은 번갯불에 콩 볶아 먹듯 신속히 일을 진행했다. 장 나리는 장다민과 롼링위의 관계를 인정하지 않았으나 두 사람은 동거를 함으로써 결혼을 이미 정해진 일로 여겼다. 그러나 이렇게 '번갯불에 콩 볶아 먹듯' 한 동거 때문에 링위는 암암리에 괴로워하고 방황했다. 앞으로 나는 어떤 길을 걸어가야만 할까? 원래 우선 공부를 마치고 일을 하여 자립하고자 했는데. 그러나 롼링위가 이런 생각을 어머니에게 토로할 때마다 어머니의 얼굴에서 내내 고통과 자책감을 읽었고 뒤이어 한바탕 탄식을 들었다. 어머니는 이렇게 다 큰 성인이 사리를 잘 모르다니, 장다민과 한 결혼이 좋은 활로가 아니겠느냐? 라고 그녀를 책망했다.

봉건의식에 젖어 있고 지식이 부족한 어머니는 안목이 짧았다. 그녀는 딸이 장 나리 댁에 시집갈 수만 있다면 더 이상 바랄 게 없었다. 그때부터 자신은 평생 기댈 곳이 생기고 지위도 변하리라. 평생 하녀로 일한 사람으로서 주인집처럼 비단 걸치고 먹고 쓰는 데 걱정 없는 생활을 누린다면 곧 사람 가운데 귀인(貴人)이요, 복 가운데 최고의 복이었다. 따라서 어머니는 처음부터 끝까지 열심히 이 일을 추진하려 애썼고 딸에게 마땅히 동거해야 한다고 권했다.

어느 정도 교양과 지식을 갖춘 롼링위 역시 열애의 소용돌이에서 헤어나올 길이 없었다. 내가 장다민과 알고 지내면서부터, 특히 그와 쿤산 화원에서 만난 뒤, 그는 줄곧 나를 웃는 얼굴로 맞이하고 도련님이라고 거드름을 피우지도 않았어. 어머니를 깍듯하게 높여 부르고 다정하게 대했지⋯⋯. 그래, 설마 결혼보다 더 좋은 길이 있겠어? 그녀는 이렇게 가볍게 아는 듯 모르는 듯 자신의 일생을 막내 도련님과 결부시켜버렸다. 고생스러운 생활로 롼링위는 다른 소녀들보다 더 일찍 철들고 성숙했다. 동시에 이 때문에 지나치게 일찍 자신의 운명을 오만불손한 도련님과 하나로 엮어버렸다. 이는 그녀의 비극적 운명의 시작이자, 비참한 파국을 빚은 요인 중 하나였다.

롼링위와 장다민은 동거 초기에 비교적 달콤한 시간을 보냈다. 장다민은 여전히 연애할 때처럼 신사의 풍모를 유지하며 온유함과 자상함을 보였다. 자주 가던 가요 무대와 도박장도 발걸음을 끊어 평상시 부모가 주는 용돈으로 세 사람의 지출을 충분히 감당할 수 있었다. 평일 두 사람은 공원을 산책하거나 영화를 보거나 산보하거나 바람을 쐬었다. 롼링위가 음악을 좋아하는 것을 알게 되자 장다민은 곧 피아노를 세내고 외국인 교사를 초빙하여 그녀를 가르치게 했다. 예술적 재능이 상당한 롼링위는 오래지 않아 피아노를 치게 되었고 뜻밖의 성과도 거두었다. 그러나 교사는 그녀의 손가락 조건이 그다지 이상적이지 않아 일정한 수준에 도달할 수 있으나 뛰어나게 잘 치기는 어렵다고 말했다. 롼링위는 곧 피아노 치기를 그만두고, 장르를 바꿔 전통극을 연마했다.

장다민은 경마와 경구, 춤을 좋아했다. 물론 장다민은 롼링위를 데리고 댄스홀에 가서 춤추는 것을 가장 좋아했다. 다음 글에서 묘사한 것처럼 당시 밤이 되면 상하이인들의 마음을 움직이는 장소와 댄스홀은 곧 동의어였다.

> "한 밤, 상하이의 무수한 보석이 반짝반짝 빛을 낸다. 밤이 되면 생활의 중심은 곧 거대한 등이 불빛을 밝히는 곳[댄스홀]이 된다. 인도 탬버린의 박자, 은은한 교향악, 100명도 넘는 밴드가 연주하는 음악 소리, 발을 끌며 춤추고, 몸을 흔들며, 끝에 이르면 욕망의 짙은 연기가 피어오른다. 넘실대는 전등 속 욕망, 그것이 곧 환락이자, 생활이다."

사교댄스는 중국인의 열렬한 환영을 받았고 크게 유행했다. 당시 보도에 따르면 1920년대 초 댄스홀 몇 곳이 최초로 개장했을 때 상하이 사람들이 구름처럼 쏟아져 나와 구경했다. 말하자면 댄스는 '체내의 역량을 발산'할 수 있는 '자연스러운 행위'로 받아들여졌다. 외국인과 중국인 부유층은 캐세이 아파트 펜트하우스, 인터내셔널 호텔 스카이라운지, 파라마운트 극장과 댄스홀, 메트로폴리스 댄스홀, 세인트 안나(St. Anna), 록시스(Roxy's), 비너스 카페, 비엔나 댄스홀 이외에도 소규모 클럽 등 늘 최고급 댄스홀에 갔다.

란링위는 어려서부터 총명하고 이해력이 아주 빨랐다. 그래서 사회에 발을 들여놓자 타고난 데다 갈고닦은 자질이 충분히 발전했다. 오래지 않아 란링위는 점점 우아하고 능숙하게 스텝을 밟았고, 명성을 얻은 뒤에도 줄곧 댄스홀에서 춤추기를 즐겼다. 1930년대 영화 스타 가운데 란링위가 춤을 비교적 정확하고 우아하게 추었을 것이다.

란링위는 배우고 있던 월극(粵劇: 중국 강남지역의 대표적인 지방극-옮긴이) 실력이 나쁘지 않아 짬이 생기자 이를 핑계로 '검덕회(儉德會)'에 가입했다. 검덕회란 이름 그대로 적선과 자선 활동을 하는 모임이다. 검덕회는 그녀를 대환영하며 특별히 회비를 면제해주었다. 오래지 않아 천성적으로 자애심이 많은 란링위는 회장으로 추대되었고, 그 후로 더욱 적극적으로 일하고 기부를 독려했으며 장다민이 자신을 도와주기를 북돋았다. 란링위는 학업을 중도에서 그만두고 재빨리 어린 여학생에서 현명한 부인으로 변모했다. 어머니는 더 이상 남의 허드렛일을 하지 않고 두 사람의 생활을 돌봤다.

그러나 장다민이 어찌 평온한 삶을 달가워할 사람인가. 달콤한 신혼에 푹 빠진 시기가 지나자 그는 곧 동거생활이 단조롭다고 느끼고 평소 집에서 하듯 씀씀이를 늘렸다. 란링위 모녀는 몹시 절약했으나 그는 여전히 부모가 준 용돈의 대부분을 쓰려 했고, 부모는 그전처럼 자식 한 명에게만 돈을 많이 주려 하지 않았다. 그래서 그의 부잣집 도련님 근성이 폭발하여 란링위 모녀에게 수시로 악담을 퍼부었다. 장다민은 처음에 롼링위가 상심하여 눈물 흘리는 것을 보면 자신도 언짢아 한바탕 위로를 하곤 했다. 그러던 것이 점점 보고도 못 본 체 하더니, 성질부리고 싶으면 성질부리고 기분 나쁘면 외면하고 곧 나가버렸다. 얼마 없는 돈을 도박장에서 다 날리면 며칠 동안 얼굴을 비치지도 않고, 우연히 돈을 따면 기뻐하며 롼링위를 떠올리고 그제야 문을 들어섰다.

줄곧 동거 상태에 있던 롼링위는 빨리 이런 상태를 끝내고 속히 결혼하기를 원했다. 그러나 매번 장다민과 결혼하자고 요구할 때마다 그는 기분이 좋다가도 곧 의기소침해졌다. 그는 롼링위가 낡은 예의범절 관념이 너무 뿌리 깊고, 신사상을 갖지 못했다고 나무랐다. 또 남녀 간의 사랑은 무엇보다 마음이 중요한데, 무엇하러 세속적인 형식을 중시하느냐고 비판했다. 한바탕 장광설을 늘어놓고 장다민은 재빨리 화제를 경마로 돌리거나 흥미진진하게 자신이 키우는 말과 참가했던 룰렛 게임에 대해 이야기했다. 이런 상황을 지켜보며 롼링위는 처음에 자신이 내린 결정이 조금 경솔했다고 여겼으나, 여전히 장다민을 탓하지 않았다. 결국 요 근래의 변화는 그들의 결혼이 부모의 허락을 얻지 못해서라고 생각했다.

제3장
스크린에 첫발을 내딛다

스캔들을 겪기 전의 눈부신 미소.

롼링위가 연기한 비극적 색체가 가득한 스크린 상이 여성들은 당시 중국의 수천수백만 고난받는 여성의 축소판이었다.

1. 은막의 첫 오디션

1926년 3월 상하이 밍싱영화사(明星影片公司: 밍싱은 '스타'라는 뜻-옮긴이)에서 감독으로 몸담고 있던 부완창(卜萬蒼)은 신작 〈이름만 부부(掛名夫婦)〉를 준비하며 회사 사장인 장스촨(張石川)에게 한 가지 건의를 했다. 전국에서 판매되는 상하이 신문 두 종류에 공개 오디션 광고를 싣고 이를 통해 여주인공을 뽑자는 것이다. 장스촨은 흔쾌히 동의했다. 《뉴스신문(新聞報)》에 실린 광고는 롼링위의 희망에 불을 지폈다.

"밍싱영화사는 곧 신작 〈이름만 부부〉를 촬영하려 합니다. 이에 여주인공 역 리허설에 참가할 연기자를 공개 모집합니다. 젊고 아름다우며 연기에 타고난 재능이 있고, 영화에 뜻 있는 여성들의 많은 응모 바랍니다."

롼링위는 줄곧 연기를 좋아했고 충더여학교의 학생 시절부터 무대 위에서 기량을 발휘할 수 있는 날이 오기를 동경했다. 그런데 막상 기회가 오니 주저하며 남몰래 고민했다. '밍싱'처럼 그렇게 인재가 차고 넘치는 큰 회사가 나를 마음에 들어 할까?

롼링위가 살았던 1920년대 말은 상하이처럼 번화한 도시에서조차 여전히 배우를 백안시했고, 특히 여자가 배우가 되는 것을 지극히 불명예스럽고 체면 깎이는 일로 여겼다. 연기는 이른바 '삼교구류'(三敎九流: 삼교는 유[儒], 불[佛], 도[道]의 삼교, 구류는 전국시대 유[儒], 도[道], 음양[陰陽], 법[法], 명[名], 묵

[墨], 종횡[縱橫], 잡[雜], 농[農]의 아홉 학파를 일컫는다—옮긴이) 가운데에서 말류에 속했다. 당시 이름난 영화 및 드라마 작가 홍선(洪深)은 1920년대 미국에서 유학하고 귀국하여 연극을 하는 한편, 상하이 푸단(復旦)대학에서 교수직을 겸하고 있었다. 그런데 그가 영화에 손대려 하자 학생 몇 명이 그에게 타락했다고 비난하는 편지를 보낼 정도였다.

며칠이 지나고 장다민의 큰형 장후이충이 신바람이 난 채 갑자기 그녀 방으로 들어와 물었다.

"제수씨, 영화 찍을 생각 있어요?"

장후이충은 그녀가 멍하게 넋을 잃고 있자 자신의 말을 이해하지 못했다고 여기고 더 구체적으로 설명했다. "상하이에 밍싱회사라고 있는데 유명한 영화사죠. 지금 그 회사가 영화배우 오디션을 하는데 만약 생각이 있다면 제가 소개해드리겠습니다."

그는 그녀가 체면을 걱정할까봐 두 마디를 덧붙였다. "오디션 봐서 떨어져도 상관없어요. 어쨌거나 한번 시험 삼아 해보시죠."

롼링위는 마음이 흔들렸다. 장다민과 그녀 사이는 더 이상 예전 같지 않았다. 장다민은 동거하고 몇 개월이 지나고부터 수중에 넉넉한 돈이 없자 불시로 그녀에게 성질을 부렸다. 그리고 반년도 채 안 되어 거의 롼링위에게 일전 한 푼 주지 않게 되었다. 롼링위가 사회에 발을 들여놓고 독립적이고 자주적인 길을 걸으리라 생각한 것도 이 무렵이었다. 자연스럽게 그녀의 머릿속에 '영화를 찍자(拍電影)'라는 세 글자가 떠올라 맴돌고 있던 차에, 롼링위는 기뻐하며 큰시아주버니에게 시험을 치르게 해달라고 간청했다. 시댁이 영화와 관련이 깊은 가문이라 장다민 역시 반대하지 않았다. 당시 사회가 배우를 그다지 높게 평가하지 않아 자신이 체면을 잃을 수도 있으나, 그의 두 형수, 우쑤칭(吳素聲)과 쉬쑤어(徐素娥) 모두 배우였다. 게다가 이는 돈을 벌 수 있는 길이기도 했다. 어머니는 시키면 그대로 따르는 사람이라 딸이 한번 운수를 시험해보는 데 찬성했다. 평생 진절머리 나게 가난과 고통을 겪은 어머니는 딸이 이후로 돈을 벌 수 있다는 말에 더 안도감을 느꼈다. 장다민이 최근 거의 생활비를 주지 않고, 연로하고 쇠약한 어머니가 더 이상 나가서 다른 집 허드렛일을 할 수 없자, 롼링위는 고통을 감내하기가 어려웠다.

1926년 봄 경치가 눈부신 어느 날, 장후이충은 롼링위, 어머니와 함께 밍싱으로 가서, 그녀가 〈이름만 부부〉 여주인공 오디션에 응시하도록 주선했다. 장후이충은 영화계에 발을 들여놓은 지 꽤 오래되어 영화계 사람들과 비교적 안면이 많았다. 공교롭게 부완창은 부재중이었고 린(林)씨 성을 가진 광둥 사람만 있었다. 그는 롼링위의 수려한 얼굴과 사람의 마음을 움직이는 자태를 보자, 장후이충의 체면도 세워줄 겸 부 감독에게 롼링위를 추천하겠다고 승낙했다. 롼링위보다 앞서 배우 지원처에 이미 몇 명의 아가씨들이 원서 접수를 마쳤다. 단순히 외모만을 따지면 양귀비같이 통통하거나 조비연(趙飛燕: 양귀비와 함께 중국 4대 미인의 하나로 그녀의 작은 발이 전족의 시초가 되었다고 한다-옮긴이)처럼 날씬하고 얼굴이 예쁜 사람이 적지 않았다. 다만 그녀들은 너무 수줍은 척하지 않으면 지나치게 요염했다. 어떤 여성이 〈이름만 부부〉의 여주인공 스먀오원(史妙文)으로 낙점될지 알아맞히기가 퍽 곤란해 보였다.

이튿날 부완창은 먼저 배역이 확정된 두 남자 배우, 공자농(龔稼農), 황쥔푸(黃君甫)와 이야기를 나누고 있었다. 창밖 정원의 복숭아나무 몇 그루에서 꽃이 한창이었다. 분홍빛 꽃잎이 햇살 아래 찬란한 자태를 뽐내고, 맑은 향기를 뿜어 사람의 마음을 파고드는 동시에 탁 트이게 만들었다. 롼링위가 혼자 밍싱에 다시 왔을 때 부완창은 이미 린이 전하는 말을 듣고 머릿속으로 어떤 그림을 그리고 있었다. 촬영기사 출신인 그가 한번 찬찬히 보니 젊은 여성이 비록 절세미인도 아니고 자태와 용모가 뛰어난 것도 아니나, 청아하고 수려하며 인텔리 분위기를 풍겼다. 특히 상하이 모던 여성처럼 서양풍에 물들었거나 속된 느낌이 아니라 청순한 학생 같은 상당히 드문 느낌을 주었다. 부완창 감독은 즉시 그녀가 〈이름만 부부〉 여배우 오디션에 참가하도록 허락했다. 부완창은 그녀에게 열정적으로 말했다. "미스 롼, 내 보기에 연기를 잘할 것 같으니 기회를 한번 주겠소."

의외로 일이 술술 풀리자 롼링위는 기쁘기도 하고 걱정도 되었다. 자신이 존경하는 감독에게 특별한 주목을 받아서 기쁘기는 한량없으나 정말 이 주연 역할을 잘할 수 있을 것인가? 롼링위가 복잡하고 불안정한 심정으로 집에 돌아갔을 때, 밍싱에서 그녀가 주연배우를 맡는 문제를 두고 얼굴을 붉히며 언성을 높이고 있을 줄 상상이나 했겠는가. 어떤 이는 풋내기 계집애는 호소력이 없다고 주장하고, 어떤 이는 그녀의 외모나 연기 기량이 출중하지 못하다고 했다. 대다수의 의견이 부정적이었으며 어떤 이는 다시 뽑을 것을 주장했다. 부완창은 강경하게 사람들의 의견을 물리치며 고집을 부렸다. 그는 그녀의 연기력을 아직 시험해보지 않았고 더욱이 그녀가 영화를 찍을 수 있을지 없을지도 몰랐으나, 첫눈에 막연한 느낌이 들었다. 그녀는 키워볼 만한 인재이다. 다른 이들이 부러워할 정도로 출중하게 예쁘지는 않으나, 아름다운 눈은 숨겨진 힘, 자신도 모르게 흘러나오는 일종의 비애와 처량함을 담고 있었다. 부완창은 신중을 기하기 위하여 다음 날 그녀의 연기를 테스트해보고 가부(可否)를 결정하기로 했다.

다음 날, 밤을 꼬박 새운 롼링위는 어머니가 재촉하여 정신을 가다듬고 정성스레 치장했다. 충더에 입학했을 때보다 만배나 더 긴장한 채 기세등등하고 유명한 영화사로 들어갔다. 오디션장에 회사의 주요 정책 결정자인 장스촨 등이 그녀를 보러 왔고 분위기가 사뭇 엄숙했다. 부 감독은 롼링위에게 스먀오원이 무엇을 욕망하는가, 어떻게 이 가련한 여자를 연기할 것인가 등을 친절하게 설명했다. 그녀가 연기할 대목은 〈이름만 부부〉의 신혼 장면으로 다음과 같았다.

황쥔푸가 연기하는 팡사오롄(方少璉)은 침대에서 쿨쿨 자고 있고, 롼링위가 연기하는 스먀오원은 쑥스러워 주저하며 조용히 앉아 있다. 몇 번이나 가서 황쥔푸를 흔들어 깨울까 망설이나 차마 그럴 용기가 없다. 롼링위는 몸을 일으키지만 생각을 바꿔 다시 앉는다. 황쥔푸는 깨어나자 앙 울음을 터뜨리고 어머니를 찾으며 차를 마시겠다고 한다. 롼링위는 처음에는 내버려둔다. 황쥔푸가 침대에서 기어 나와 낯선 여자가 방에 있는 것을 보자 놀라서 다시 침대로 돌아가 웅크린 채 울며 소리친다. 엄마, 방에 호랑이가 있어. 이때 롼링위는 자신이 결국 이렇게 바보 같은 남편에게 시집갔다는 것을 깨닫고 자신도 모르게 가슴이 아려와 대성통곡한다.

롼링위는 애써 열심히 귀를 기울였으나 집중할 수 없었다. 주위에 낯선 이들의 인기척이 많아 자꾸 주의가 흩어졌다. 촬영기 주변에서 한 무리의 사람들이 수군대고 있었고, 조명 아크등이 롼링위의 눈을 극도로 자극했다. 감독의 말 또한 이해할 수 있는 것 같기도 하고 없는 것 같기도 했다. 부 감독이 그녀에게 몇 토막을 연기해보라고 시켰을 때, 롼링위는 뚱뚱한 남자 배우 황쥔푸와 호흡이 잘 맞지 않거니와 너무 당황한 나머지 걸음조차 뗄 수 없었다. 연기가 맨 끝 장면에 이르렀으나 울음도 나오지 않았다. 배역에 몰입조차 못한 롼링위가 어떻게 인물 내면의 감정을 절절하게 표현할 수 있겠는가. 무대 경험이 없는 롼링위는 결국 놀라고 불안한 심정에 모든 것을 엉

롼링위阮玲玉,
사람들 시비가 두렵다

망으로 만들었다. 자신이 믿을 수 없을 정도로 일을 망쳐버렸고 장스촨과 부감독이 크게 실망한 것도 당연했다.

오디션이 끝나자 롼링위는 하마터면 눈물이 왈칵 나올 뻔했다. 지켜보던 이들이 하나씩, 둘씩 자리를 떴다. 감독 부완창 또한 점점 침울해져 말이 없었다. 그는 자신이 무모했다고 몹시 후회했다. 이런 낭패스러운 성적을 갖고 어떻게 다시 동료들 앞에서 입을 떼겠는가? 이는 정말로 세상 사람들의 큰 웃음거리였다. 감독은 얼굴 가득 낙심천만한 표정을 짓고 있는 여성에게 가벼운 목소리로 약간 곤란해하며 말했다. "좋습니다, 미스 롼. 고생 많았습니다. 집에 가시죠." 롼링위는 그의 목소리에서 깊은 실망을 감지한 순간 '영화 촬영'이라는 문이 닫혔음을 느꼈다. 그녀는 이를 꽉 문 채 정신을 수습하고 어머니에게로 가 떠날 채비를 했다. 한편, 냉정을 되찾은 부감독과 시나리오 작가 정정추(鄭正秋)는 롼링위의 분장한 모습부터 동작까지 모두 비극에 잘 어울리며, 더욱이 그녀의 눈은 풍부한 의미를 담고 있어 매우 연기를 잘할 것 같다고 고집부렸다. 오늘 연기가 형편없었던 까닭은 주눅이 들었기 때문이며 무대 경험이 없는 탓이었다. 그들은 뭇사람들의 의견을 애써 물리치며 롼링위에게 다시 한 번 기회를 주자고 주장했다. 부완창은 벌써 천천히 오디션장을 나가는 모녀에게 재빨리 다가가 말했다. "내일 다시 한 번 오디션을 치릅시다." 이 말에 실망했던 롼링위는 주체하지 못하고 눈물을 흘렸다.

또다시 불면의 밤이 찾아왔다. 롼링위는 봉건제도가 독단적으로 결혼 상대를 정해버린 소녀의 신세를 곱씹으며, 자신의 연기를 다듬고 또 다듬었다. 그녀는 연기 속으로 몰입하려 애썼다. 비록 영화 속 소녀와 처지가 같지 않으나, 스먀오윈이 자신의 그림자를 갖고 있지 않은가? 자기와 장다민이 이름만 부부라고 말할 수 없다 해도 내 결혼은 자유롭고, 행복한가? 롼링위는 자신과 연기하려는 불행한 스먀오윈이 비슷한 점이 있다고 어렴풋이 느꼈다. 그녀는 마음에서 신념, 희망, 힘이 솟아올라 학예회에서 연기할 때의 감각을 되찾은 듯했다. 이런 감각은 부지불식간에 롼링위로 하여금 반드시 배역을 잘 연기할 수 있으리라는 신념을 북돋았다.

다음 날 롼링위가 어머니와 함께 다시 오디션장에 들어섰을 때 마음과 몸가짐이 차분하고 자연스러웠다. 부완창은 롼링위 모친의 애청과 탄원은 들은 척도 않고 격려의 눈빛으로 롼링위에게 말했다. "별거 아니에요. 평소에 사진 찍는 것과 똑같아요!" 조감독이 롼링위에게 기쁜 표정을 지으라고 주문하자, 롼링위는 경쾌하게 머리를 한쪽으로 기울이더니 얇은 입술을 살짝 벌리며 생긋 웃었다. 웃음을 짓자 눈이 반달 모양이 되고 입가에는 사람을 홀리는 보조개가 생겼다. 이야기가 스먀오윈이 자신의 운명 때문에 우는 대목에 이르자, 롼링위의 얼굴에는 즉시 애잔한 표정이 나타나 조금 전까지 있던 미소가 돌연 사라졌다. 아름다운 눈빛에 바로 촉촉함이 어리더니 눈물 속에 애원하는 기색이 떠올랐다.

롼링위는 이미 자신이 오디션을 보고 있다는 사실도, '스타가 되리라'는 소원도 잊어버린 지 오래였다. 그녀의 발걸음과 안색은 찰나에 소녀 먀오원의 그것으로 변했다. 그녀는 본래 청년 왕딩장(王定章)과 사랑했으나 집에서 독단으로 그녀의 혼처를 정해버리고 멍청한 부잣집 자제 팡사오롄에게 시집가도록 했다. 이 때문에 그녀는 고통을 견디고 있다. 이러한 이야기나 인물이 새로울 것도 없고 그다지 뚜렷한 특색도 없었으나, 롼링위가 진심을 다해 실감나게 연기하고 너무 절실한 표정을 지은 나머지 사람의 마음을 움직였다. 특히 오디션장에 모인 이들은 맨 마지막 장면에 이르러 황쥔푸가 그녀를 보자마자 호랑이가 있다고 고함을 지를 때에는 하하 웃음을 터뜨렸으나, 롼링위가 비 오듯 눈물을 쏟고 눈자위가 붉어져 애원할 때에는 모두 멍하니 얼이 빠져버렸다.

감독 부완창은 보면 볼수록 흡족하여 엄숙하던 낯빛이 칭찬의 기색으로 바뀌었다. 오디션 한 단락이 끝나자 부 감독은 더 생각할 것도 없이 바로 시험에 붙었다고 말했다. 그의 과단성 있고 신속한 결정에 모두 놀랐다. 롼링위의 느릿느릿 멀어지는 아름다운 모습을 보며 감독은 흥분하여 말했다.

"자, 보세요. 저 사람은 영원히 다 할 수 없을 것 같은 비애가 사람의 마음을 끄네요. 틀림없이 가능성 있는 비극 배우입니다."

마치 점쟁이처럼 부 감독의 말은 롼링위가 9년간 은막에서 찍은 29편의 영화를 통해 입증되었다. 〈이름만 부부〉를 시작으로 그녀는 영화에서 갖가지 역할을 연기했고 사회 각 계층의 여성을 형상화했다. 그 가운데에는 농촌 소녀, 계집종, 여공, 여학생, 어린 수공예 조수, 작가, 사교계의 꽃, 가수, 무녀, 기녀, 비구니와 거지도 있었다. 선한 역도 있었고, 악역도 있었으며, 소녀부터 노파까지, 봉건사회에서 순장당한 이부터 대중의 이익을 위해 분투하는 선각자까지 두루 연기했다. 이러한 인물들은 모두 비참한 결말을 맞았는데, 어떤 이는 자살하고 어떤 이는 투옥되며 어떤 이는 억압받은 나머지 미치고 어떤 이는 거리에서 병사한다. 비극적 색채가 가득한 스크린 상의 이 여성들은 구 중국의 수천수백만 고난받는 여성의 축소판이다. 그녀들과 불행의 우연한 만남은 사람들의 마음을 뒤흔들었고, 관중의 무한한 동정과 공감을 불러일으켰다.

오디션에 합격하자 롼링위의 마음은 따뜻함으로 일렁거렸고, 연기에서 완전히 벗어나 현실로 돌아오자 비로소 영화의 큰 문이 그녀에게 활짝 열렸음을 의식했다. 4개월 후 〈이름만 부부〉 영화가 처음 상영되자 그녀는 마침내 영화계에 데뷔하는 데 성공한 한편, 스먀오윈의 비극을 실감나게 연기하여 관중에게 좋은 인상을 주었다. 그러나 회사의 선전과 포스터에서 롼링위의 이름은 황쥔푸 아래에 적혔는데 황쥔푸는 이미 〈바이리잉의 고귀한 혼〉(玉梨魂: 바이리잉[白梨影]의 헌신적인 사랑을 그린 1910년대 동명의 베스트셀러를 영화한 작품-옮긴이), 〈인적 없는 계곡의 난꽃(空谷蘭)〉 등 10여 편 영화에서 배역을 맡고 관중에게 얼굴을 알린 상태였기 때문이다. 롼링위는 잇따라 몇 편의 영화에 출연했고 관중에 미치는 영향력은 처음

62

롼링위阮玲玉,
사람들 시비가 두렵다

의 예상을 훌쩍 뛰어넘었다.

란링위는 짧디짧은 연기 인생 중 부완창 감독이 자신의 재능을 알고 발탁해준 은혜를 끝내 잊지 못한다. 부완창 역시 예술계의 원로로 란링위를 키우고 보살폈다. 부 감독은 1932년 자신이 감독한 〈세 모던 여성(三個摩登女性)〉에서 마지막으로 그녀에게 여주인공 수징(淑靜) 역을 맡겼다. 영화가 개봉되었을 때 란링위의 연기는 또다시 성공을 거두었다. 부완창은 흥분에 들떠 다음과 같은 글을 썼다.

내가 란링위를 안 것은 그녀가 아직 영화계에 데뷔하기 전의 일로, 나와 그녀는 어느 정도 돈독하고 진실한 관계를 맺었다 하겠다. 그 시기 그녀는 매일 스타의 꿈을 꾸었으나, 실현할 용기도 영화계에 입문할 기회도 없었다. 훗날 내가 그녀를 발굴할 당시 아주 짧게 이야기를 나누었으나 곧 확신에 차서 말했다. '미스 란, 당신은 연기를 잘할 수 있을 것 같으니, 기회를 주도록 하지요.' 그 뒤 나는 그녀에게 〈이름만 부부〉의 여주인공을 맡겼다……. 영화가 완성된 후…… 일시에 적지 않은 명예를 얻었다. 게다가 자신의 천재적인 소질과 끊임없는 노력에 기대어 현재 중국 여성 스타 가운데 가장 빛나는 인물이 되었다. 그녀는 성격이 매우 좋고 사람을 대하는 태도가 몹시 부드럽고 온화하다. 특히 그녀는 영화에 몸담기 시작했을 때부터 지금까지 줄곧 나와의 우정을 잊지 않았다. 칭찬할 만하다.

이런즉 롼링위가 부완창을 예술 면에서 더 존경하고 처음부터 끝까지 스승의 예로 대하며 그의 지시를 따르지 않는 바가 없었다. 그녀가 전국적으로 주목받는 대스타가 된 이후에도 의연히 초심(初心)을 유지했다. 롼링위는 1929년 이후 부완창과 앞서거니 뒤서거니 롄화회사(聯華公司)에 들어갔다. 롄화에는 감독이 많았으나 부완창은 영화 촬영에 가장 많이 공을 들이는 사람 중 한 명이었다. 입사 전 〈옥처럼 맑고 얼음처럼 깨끗하다(玉潔氷淸)〉〈이름만 부부〉 등 영화를 찍었고, 입사 후 다시 〈사람의 길(人道)〉〈세 모던 여성〉〈모성의 빛(母性之光)〉 등을 제작하여 꽤 성공했다. 부 감독의 영화는 관중 심리를 잘 이해하여 흥행 성적이 좋았다. 롄화회사의 사장 뤄밍유(羅明佑)는 이로 인해 그를 매우 중시했다. 그러나 부완창의 월급은 작업량에 비해 턱없이 적어 매월 300원밖에 안 되었다. 롄화회사가 롼링위의 명성이 점점 높아져 그녀의 월급을 올리려 하자 롼링위는 정색하고 말했다. "부 감독님이 매월 300원 봉급을 타시니 저도 300원을 받겠어요. 만약 제 월급을 올리시려면 먼저 감독님 월급을 올려주세요."

2. 슬픔과 기쁨을 바닥까지 맛보다

롼링위는 장다민과 동거를 감행한 후, 장씨 일가로부터 심한 모욕과 공격을 받아 장차 자신이 장씨 가문의 사람이 되리라는 환상을 버린 지 오래였다. 동거한 지 1년이 지나고부터는 오로지 장다민이 자립적이고 전도유망한 사람이 되기를 바랄 뿐이었다. 그녀는 장다민에게 일을 하라고 요구했으나 그는 갖은 구실로 물리쳤다. 또 장모의 최대 관심사는 결혼이었으나, 이 역시 어머니가 결혼에 동의하지 않아 자신이 유산을 날려버릴 수도 있는 진퇴양난에 빠졌다고 핑계를 대며 차일피일 미뤘다.

1926년 롼링위는 밍싱에 입사했다. 그녀의 첫 영화 〈이름만 부부〉를 각색하고 편집한 이는 중국 영화계의 대선배이자 최초의 편집자인 정정추였다. 정정추는 매우 정직한 지식인으로 '사회성 있는 영화'를 만들자고 극력 주장했다. 그의 영화는 대부분 당시 여성의 생활을 제재로 하여 봉건 혼인제도의 추악함을 폭로했다. 〈이름만 부부〉의 줄거리는 다음과 같다.

총명하고 지혜로우며 아름다운 여성 스먀오윈은 어려서부터 사촌 오빠 왕딩장(王定章)과 허물없이 지냈고 성년이 되자 자연스레 서로 사랑에 빠졌다. 스먀오윈은 왕딩장과 결혼하리라 철석같이 믿었으나, 누가 알았겠는가. 오래전 그녀가 어렸을 때 부모들끼리 혼사를 정하여 아직 출생도 하지 않은 남자에게 그녀를 시집보내기로 했던 것이다. 부모의 명령은 거역하기 어려워 얼굴도 본 적 없는 남녀가 성장한 후 마땅히 결혼해야 한다. 신혼 첫날밤에 비로소 스먀오윈은 자신의 남편이 될 남자가 본래 백치임을 발견했다. 스먀오윈은 한을 가슴에 품고 평생을 살며 사촌 오빠 왕딩장은 분기탱천하여 타향으로 멀리 떠났다. 훗날 스먀오윈이 병을 얻자 남편이 돌봐 겨우 회복되었으나 생각지도 못하게 남편이 전염되어 사망한다. 스먀오윈은 평생 재가하지 않고 그녀의 사촌 오빠 역시 종적이 묘연하다.

란링위는 몇 번 카메라 테스트를 해보고 서서히 적응하기 시작했다. 그전처럼 긴장하지도 않았고 표정 역시 태연자약했다. 란링위의 진지한 감정 연기는 사람들을 움직이는 예술적 매력이 있어 촬영장에 일하는 이들을 감동시켰다. 특히 바보 남편이 병사한 후 스먀오윈이 영정을 모신 방에서 통곡하는 장면을 연기할 때 퍽 성공적이었다. 사실 란링위가 멍청한 남편의 죽음 때문에 진심으로 격정이 솟은 것이 아니었다. 란링위는 아버지가 일찍이 돌아가신 후 지금껏 겪은 별의별 역경과 자신의 가련한 신세가 떠올랐다. 어머니의 고생과 고단함, 시댁에서 겪은 갖은 굴욕들, 자신의 지금 처지, 동거한 지 이미 오래되었건만 아직 가문의 정식 지위를 얻지 못한 신세, 최근 장다민의 여러 변화에까지 생각이 미치자, 란링위는 자신도 모르게 슬픔이 솟구치고 눈물이 흘러내려 말이 나오지 않았다. 성공적으로 촬영을 마치자 부완창 감독은 미친 듯이 기쁘고 흥분한 나머지 대본을 공중으로 던졌다. 조명이 꺼지고 촬영기가 역시 동작을 멈추었으나, 란링위는 여전히 슬피 통곡하며 울음을 멈출 수 없어 조용히 옆에 앉아 눈물을 흘리며

란링위阮玲玉,
사람들 시비가 두렵다

깊은 생각에 잠겼다.

이를 마지막으로 〈이름만 부부〉 영화는 모든 촬영이 끝나고 후반부 편집 작업을 남겨두었다. 롼링위가 누구를 따라가야 할지 몰라 옆에 앉아 있는데 영화 스태프가 그녀에게 봉투를 건네주었다. 밍싱회사 계약서에 서명하고 받은 첫 월급 40원이었다(당시 중국은 계약을 맺은 감독과 배우에게 매월 일정액을 지불하고, 따로 성과급을 주었다-옮긴이). 롼링위에게는 뜻밖의 기쁨이었다. 그것은 그녀의 첫 월급일 뿐 아니라 자신이 드디어 사회에서 자립하여 다시는 남에게 얹혀살지 않아도 됨을 의미하기에 더 소중했다. 어릴 적 꿈이 결국 실현되자 그 의미는 돈 액수를 훨씬 뛰어넘었다. 롼링위가 그 돈을 엄숙하게 어머니 앞에 내놓았을 때 평생 고생만 하신 어머니께 같이 드린 것은 분명 거대한 정신력이었다.

〈이름만 부부〉 면접을 볼 때 롼링위는 혼인 상태에 관하여 질문을 받았으나, 어떻게 대답해야 할지 몰라 잠시 머뭇거렸다. 만약 결혼했다고 하면 정식으로 결혼하지 않은 것이 마음에 걸렸다. 만약 결혼하지 않았다고 하면 이미 장다민과 동거 중인 것이 걸렸다. 그렇다고 사실대로 말하자니 당시로서는 몹시 체면을 깎이는 일이고 정숙하지 못한 여자로 오해받을 수도 있었다. 롼링위는 망설임 끝에 감독에게 말했다. "결혼했다고도 할 수 있고, 아직 안 했다고도 할 수 있어요." 말을 마치자 말하기 어려운 고통이 굴욕감과 함께 마음에서 솟아나 롼링위는 자신도 모르게 슬프고도 처량한 기색을 지었다. 롼링위와 장다민이 비록 동거를 하고 있었으나 정식으로 결혼할 방도가 없었다. 시댁에서는 받아들이겠다는 어떤 언질도 없었고 그녀의 지위를 인정하지도 않았다. 롼링위는 장다민 부친이 한때 첩을 감추어두던 베이쓰촨로의 홍칭팡에 기거할 수 있을 뿐이었다. 자푸로의 본가는 롼링위에게는 공간상의 거리이자 신분상의 거리이기도 했다.

롼링위는 모든 여자가 바라마지 않는 결혼을 영화에서 비로소 할 수 있었다. 그녀는 다른 사람이 '이름만 부부'인 상태를 연기했으나 실제로 자신이 '이름만 부부'임을 간파하고 있었다. 홍칭팡의 롼링위는 고독하고 적막했다. 명목상의 남편은 오래전부터 생활비를 대지 않았고 아주 가끔 와서 그녀를 볼 뿐이었다. 동거 초기의 달콤함과 언약은 이미 사라진 지 오래였다. 충더여학교에서 같이 책을 읽고 영화 보고 수다 떨던 친구들은 그녀가 장다민과 동거하자 연락을 끊었다. 그리고 그녀 주위의 유일한 혈육, 어머니는 얼굴을 마주하면 곧 양심의 가책을 느끼는 표정을 지어, 롼링위가 억지로 기쁜 낯빛을 꾸며 어머니를 위로할 뿐이었다.

슬픔과 기쁨을 바닥까지 맛본 롼링위는 반은 기쁘고 반은 근심에 휩싸인 채 결국 끝에는 어떻게 될지 모를 새 생활로 들어섰다. 안절부절못하는 내면과 달리 자유스러워 보이는 길을 걷기 시작했다.

3. 처량한 혼례

란링위와 장다민의 동거가 남들 눈에 그다지 내세울 일이 아니었던 탓에 란링위 모친은 남들의 눈총을 적지 않게 받았다. 이전 생활에 비해 란링위와 어머니는 의식(衣食) 때문에 걱정할 필요가 없었으나, 란링위의 불명확한 지위가 근심거리였다. 그러나 란링위가 장다민에게 결혼 문제를 언급할 때마다 장다민은 교묘한 말로 대강 얼버무리며 끝내 확실한 답을 주지 않았다. 마음이 무른 란링위는 그에게 어떻게 하라고 다그치기도 무안했다.

그들이 동거하고 얼마 지나지 않아 장다민의 아버지가 갑자기 중풍에 걸려 돌아가셨다. 초상을 준비하고 치르느라 모두 바쁜 와중에 장다민의 머리 역시 계산으로 바빴다. 장씨 가문의 오랜 법도에 따르면 적자(嫡子)만 유산을 분배받고 혼인한 자녀만 자신의 유산을 마음대로 처리할 수 있었다. 미혼 자녀들은 우선 자기 몫의 절반만 받고 결혼하고 나머지 절반을 받았다. 장다민은 어머니에게 란링위와 동거하는 정황을 말하고 받아야 할 유산 전체를 요구했다. 그러자 어머니는 벌컥 성을 내며 란링위를 절대 받아들일 수 없다고 딱 잘라 말했다. 게다가 한술 더 떠 장차 란링위가 살고 있는 홍칭팡의 집도 거둬들이겠다고 했다.

장다민은 란링위를 찾아갔다. 그는 친척과 친구들이 모두 모인 영당(靈堂: 영정을 모신 방이나 대청―옮긴이)에서 그녀와 결혼할 생각이었다. 당시 중국 풍습에 따르면 조상이 돌아가신 지 3년 동안 자녀는 결혼할 수 없었다. 그러나 광둥 민간 풍속은 결혼식장에서 결혼해도 되고, 영당에서 결혼할 수도 있었다. 돌아가신 이의 자녀가 생전에 어떤 이유로 결혼하지 못한 경우, 둘이 같이 조문을 와서 밤샘하고 무릎 꿇어 절하면 곧 혼인이 성립되어 혼례복을 상복으로 갈아입는다. 후손의 본분을 다하고 나면 자연스레 한 가족이 되는 것이다. 대개 부득이한 사정으로 영당에서 결혼하는 경우 열에 여덟, 아홉은 성공한다. 장다민은 당연히 3년이나 지루하게 기다려 탈상하고 결혼하기를 원하지 않았다.

다만 롼링위는 이렇게 하는 것이 뻔뻔한 느낌이 들었고 결혼 문제로 굽실거리기도 싫었다. 그녀는 이런 결혼에 동의하지 않았다. 그러나 장다민이 재차 졸라댔다. 만약 그녀가 한때의 체면을 상관치 않고 영당 혼례가 성공한다면 그의 이름 밑으로 십몇만의 집안 재산이 들어올 터였다. 그에게는 돈이 체면보다 더 중요했다. 그는 집요하게 롼링위에게 가서 조문하고 밤샘을 하자고 요구했다. 롼링위의 어머니도 장다민의 편을 들었다. 영당에서 결혼만 하면 자신의 딸 롼링위가, 장 나리 가문이 중매인을 통해 정식으로 맞아들인 며느리와 매한가지 될 거라는 속셈에서였다.

롼링위의 마음은 흔들렸다. 이미 장다민을 따랐으니 평생 그의 결정을 따르자. 하지만 이전에 그가 핑계를 대고 결혼을 거절했을 때, 아무 말도 하지 않았지만 민감한 내 마음이 산산

롼링위阮玲玉,
사람들 시비가 두렵다

이 부서지지 않았던가. 그는 당시 왜 공부하고 서양식 교육을 받은 여자가 세속적인 그런 형식을 중시하느냐고 나를 가르쳤지. 그러나 이번에 만약 정식으로 결혼한다면 좋은 일이 아니라고 할 수 없고 자신과 장다민은 정식 부부가 될 테니 다시는 남몰래 동거할 필요도 없다. 게다가 줄곧 자신의 동거를 부끄러워하던 어머니도 이제는 안심하시겠지. 그러나 위면 위, 아래면 아래, 온 가족이 그들의 결합을 반대하고 특히 시어머니가 그녀의 가문과 지위를 무시했기에 뵈러 갔다가 냉대받을까 두려웠다.

시댁에 가자 롼링위가 맞닥뜨린 상황은 예상했던 것보다 훨씬 엉망이었다. 반은 심리적이고 반은 환경적인 영향으로, 롼링위는 시댁 모든 이들이 자신을 무시한다고 느꼈다. 롼링위는 본래 매우 예민하여 여기에 생각이 미치자 매우 사소한 일에도 주의하고 신중해졌다. 그녀는 매사에 조심하고 마음을 쓰며, 무엇을 말하고 무엇을 하든지 시댁 사람들이 자신을 다시 깔볼까 몹시 신경 썼다. 롼링위가 이렇게 말과 행동거지에 주의하고 신중한 것도 이상할 게 없다. 구(舊) 예의범절 관념이 뿌리박혀 있던 시댁 사람들은 다른 이의 과실을 좀처럼 용서하지 않고 오로지 사람을 천시하는 눈빛과 비웃는 말로 공격할 뿐이었다. 아마 이런 소리 없는 질책보다 더 사람을 고통스럽게 하고 억울하게 만드는 것은 없을 것이다. 그들은 롼링위가 장다민과 결혼하기 훨씬 전에 동거한 죄를 도저히 용서할 수 없었다.

장씨 가문은 전형적인 대가족으로, 장다민의 아버지는 정실부인 외에 몇 명의 첩실을 두었고 장다민의 형제자매를 모두 더하면 열몇 명이었다. 이렇듯 사람이 북적대는 대가족에서 사람을 응대하기란 결코 쉽지 않았다. 장다민과 형 장후이충은 힘을 합쳐 가족들을 설득하여 결국 모든 이들을 설복시켰고 부친 영전에서 결혼식을 거행하기로 결정했다. 결혼식 전날 밤 롼링위는 유달리 차분했으며 이러한 불행과 맞닥뜨리자 감내할 따름이었다. 그녀는 반항할 생각조차 하지 않았다. 머지않아 곧 유린될 한 마리 양처럼 마음은 거울처럼 고요하고 깨끗했으나 실은 달리 뾰족한 수가 없었다.

1927년 3월 모든 친인척과 지인들이 모이자 장다민과 롼링위는 부친의 영전에서 결혼식을 치렀다. 상중(喪中)이어서 모든 것이 간소했다. 롼링위로서는 이런 결혼이 없는 것 보다는 나았고 어쨌든 안도했다. 롼링위는 흰 꽃으로 온통 장식된 영당 앞에 긴소매에 꽃을 수놓은 붉은색 전통 저고리와 검은 비단 치마를 입고 섰다. 경사(敬事)와 전혀 어울리지 않는 처량하고 비통한 분위기 속에서 그녀는 혼례를 마쳤다. 그 시각, 롼링위는 쿤산 공원의 장다민을 떠올렸고 갓 동거를 시작했을 때의 달콤한 때를 떠올렸다. 그녀의 마음은 장다민에 대한 사랑과 또 한 번의 기대로 충만했다. 그는 나를 사랑하고 살뜰하게 보살피며 보호하겠지, 다시는 나를 곤란하게 만들어 걱정시키지 않겠지.

시댁의 모든 이들은 얼굴에 눈물 자국이 가득하여 웃음이라고는 찾아볼 수 없었다. 새색시에게 마땅히 표해야 할 환대와 축복도 없었다. 장남이 손짓으로 그들에게 일어서라고 했을 따름이다. 이때 기대하던 것처럼 그녀의 주변을 오가며 정성스레 어떻게 각종 가풍을 따라야 하는지 알려주는 시어머니도 없었다. 아름다운 새색시의 손을 잡아끌며 친척과 친구들 앞으로 데려가 정식으로 소개해주는 연장자도 없었다. 다만 장다민의 형제 몇이 갓 결혼한 부부를 위해 결혼사진을 찍어주었다. 그리고 그들은 재빨리 상복으로 갈아입고 엄숙하고 경건하게 오가는 손님을 접대했다.

이 결혼은 오랫동안 기대해 마지않던 롼링위에게 새색시라면 마땅히 누려야 할 기쁨보다 훨씬 큰 애처로움을 주었다. 그들의 결혼은 롼링위에게 하나의 시름에 불과했으나 장다민은 십몇만의 재산을 손에 넣은 요행수였다. 장다민은 유산을 분배받자 여전히 도박장에서 돈을 헤프게 쓰고 종일 밖에서 주색에 빠져 방탕하게 지냈다. 롼링위의 희망은 물거품처럼 사라졌다. 실망한 롼링위는 부득불 자신의 장래를 새롭게 생각하지 않을 수 없었다. 그리하여 처량한 혼례가 끝나자 비참한 생활이 시작됐다.

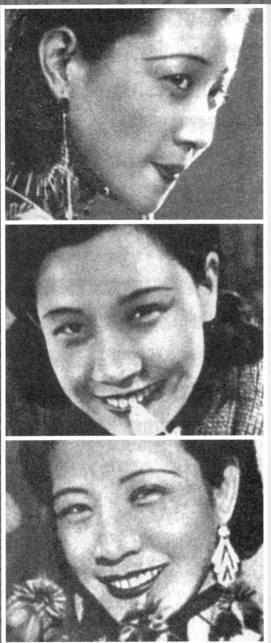

롼링위의 요염한 미
소들.

제4장

밍싱에서 비약(飛躍)하다

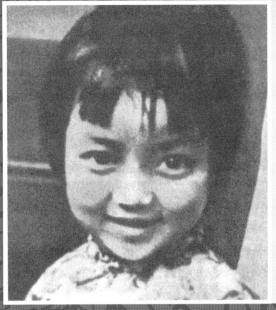

란링위가 18세에
입양한 양녀 샤오위
(小玉).

CENTER
STAGE

un film de
STANLEY KWAN

영화 〈란링위〉 영문
포스터.
장만위(張曼玉)는
이 영화로 이름을
널리 알렸고 1992
년 베를린 영화제
여우주연상을 획득
했다.

1. 밍싱회사의 스타

1926년 상하이의 크고 작은 영화사가 이미 50여 개를 넘었다. 당시 유럽 또는 미국 유학을 마치고 돌아온 지식인들이 격정에 휩쓸려 영화계에 진출하는 경우가 많았는데 진보적인 편이었다. 밍싱회사에도 그런 인사들이 적지 않았다. 막 영화계에 발을 들여놓은 롼링위는 자신의 입지가 아직 불안정하며, 인재가 차고 넘치는 영화계에서 끝까지 버티느냐 못 버티냐는 온전히 자신의 노력에 달렸다는 것을 알고 있었다. 이런 환경에서 자신의 부족한 교양을 보완하기 위해 롼링위는 열심히 공부했고 동서고금의 문예 저작을 두루 읽었다. 또 연기할 때 이따금 소설에서 묘사하는 인물의 심리, 표정, 동작을 빌려 풍부하게 배역을 빚기 때문에 책을 목숨처럼 아꼈다. 당시 상하이 도처에 도서 대여점과 책을 파는 작은 노점들이 즐비했는데 그녀는 그곳의 단골이 되었다. 그녀는 도서 대여점에 매달 1원 5각을 내고 2, 3일 걸려 두꺼운 책을 다 읽고 다른 책으로 바꾸러 가곤 했다. 그녀는 독서광으로, 스튜디오에 갈 때 하녀에게 책을 가져오라고 부탁하고 영화를 다 찍자마자 바로 하녀들 방에 가서 책을 찾았다. 한번은 그녀가 웃음을 참지 못하고 "하녀는 나의 책장이야"라고 말한 적이 있다. 몇 년간 그녀가 읽은 책이 1,000여 권이 되었다.

롼링위는 충더여학교 시절부터 《던컨 자서전》을 매우 좋아했다. 첫 월급을 타자마자 일부러 상우인수관에서 현대 미국 무용가, 이사도라 던컨(Isadora Duncan, 1878- 1927)의 자전 소설을 구입하여 '아침저녁으로 철저하게 연구하고 품고 다녔다.' 《던컨 자서전》은 '무용의 여왕', '현대 무용의 어머니'라 불리는 미국 무용가 던컨의 삶을 기록한 책으로 그녀가 생을 마치기 2년 전 지었다. 던컨은 유년기에 몹시 가난했고, 생계를 유지하면서 춤을 배워야 했기에 부득불 샌프란시스코와 뉴욕에서 잇달아 무용을 배우는 한편 소규모 공연에도 출연했다. 이는 뒷날 그녀가 홀로 천하를 두루 돌아다니게 된 첫걸음이었다. 그녀는 자신의 심미적 이상(理想)을 위해 처음으로 무용계에서 튀튀 발레복과 토슈즈를 버렸다. 그녀는 맨발로 무대에 올라 자유롭게 춤을 췄고 순수하고 자연스러운 춤의 세계를 회복시켰다. 그녀의 무용은 유럽과 미국에서 일시에 인기가 치솟았고 수천수만 관중이 그녀에게 매료되었다. 롼링위는 던컨의 유년생활과 자신이 비슷하여 쉽게 공감했고, 던컨처럼 생동감 있고 자연스러운 창작 원칙을 추구했기 때문에 좋아했다. 그녀는 자유롭고 반항적인 그녀를 숭배하며 자신의 보잘것없는 인생도 던컨을 따라 높이 날아오르리라 여겼다.

밍싱의 책임자는 장스촨으로 본래 증권 거래를 하던 상인이었다. 그는 1921년 이후 외세의 경제 침략으로 중국 민족 공업이 기울어져 투자에 실패했다. 그러자 1922년경 정정추, 저우지엔(周劍) 등 사람들을 모아 상하이 구이저우로(貴州路) 다퉁(大同)거래소가 있던 자리에 밍싱영화주식회사를 열었다. 밍싱이 처음 설립하고 제작한 영화는 익살스러운 단편이 주를 이루었다. 1923년, 정정추가 〈고아가 할아버지를 구하다(孤兒救祖記)〉를 제작했는데 불티나듯 표가 팔려 밍싱회사의 재정을 일시에 개선했다. 정정추는 '문명희(文明戲, 20세기 초 상하이에서 유행한 현대극으로 노래와 대사를 번갈아 하던 전통극과 달리 대사를 위주로 한다-옮긴이)'를 하던 사람으로 영화에 자신만의 견해를 갖고 있었다. 당시 중국 영화는 유럽식을 뒤따르고 있었으나, 정정추는 최대한 유럽풍을 피하고 순수하게 중국식을 추구하여 새로운 본토(本土) 풍격이 열렬한 환영을 받았다. 롼링위가 처음 밍싱회사에 들어갔을 때가 바로 정정추풍의 영화가 대환영을 받던 시기였다. 롼링위가 주연한 첫 영화 〈이름만 부부〉 역시 전통 가정 윤리를 반영한 그런 종류였다.

롼링위는 10년이 채 안 되는 활동 기간 중 연이어 29편의 영화에 출연했는데 모두 무성영화였다. 신체 언어와 연기만으로 영화를 설명해야 하므로 그녀가 연기에 들인 노력이 얼마나 컸는가 알 수 있다. 롼링위는 밍싱에서 2년 동안 다섯 편의 영화에 출연했다. 〈이름만 부부〉 이외에 〈피눈물 비석(血淚碑)〉〈양사오전(楊少眞: 일명 〈북경양귀비〉로도 불린다)〉〈낙양교(洛陽橋)〉〈백운탑(白雲塔)〉 등이 있다. 이 영화들은 다소 반봉건적이고 자유 결혼을 쟁취하려는 뜻이 있긴 하나 구성과 줄거리가 비교적 진부하고 상투적이었다. 촬영 기법 역시 판에 박힌 듯 규격화하고 인물이 비슷비슷하여 사회에 그리 큰 영향을 미치지 못했다. 롼링위가 진지하고 엄숙하게 연기를 하고 영화 역시 자못 일상생활을 반영했으나, 끝내 당시 밍싱의 소시민 분위기를 탈피하지 못했다.

어쨌거나 롼링위는 자신의 생활과 영화가 여기까지 온 것이 결코 쉽지 않았으며, 만약 자칫 한 걸음 잘못 내딛어 실패한다면 그 결과는 상상할 수 없었다! 롼링위는 아름다운 이상(理想)뿐 아니라 생활비를 위해서 "반드시 매번 맡은 역을 잘 연기해야 해"라고 다짐했다. 그녀는 새로운 배역을 맡을 때마다 방문을 걸어 잠그고 준비했고, 배역의 심리, 동작을 분석하며 웃었다 울었다 했다. 집까지 찾아오는 팬들과 기자의 지나친 방해를 피하기 위해, 그녀는 종종 대본을 들고 친구의 빈집을 빌려 영화를 준비했다. 어떤 사람이 그녀에게 물은 적이 있다. "집에서 배역을 준비할 때나 촬영장에서 실제 촬영할 때 어떻게 그렇게 진심에서 우러나오는 듯 웃었다가 또 금방 진짜처럼 울 수가 있습니까?" 롼링위는 "연기는 곧 미치는 것과 같아요. 배우는 미치광이에요"라고 답했다. 그리고 그녀는 창조의 희열에 들뜬 표정으로 말했다. "제가 바로 미치광이죠."

2. 다중화회사(大中華公司)로 옮기다

장스촨은 호소력 있는 인기 스타의 중요성을 역설하고 인재를 끌어모으는 데 힘을 아끼지 않았다. 1928년, 회사의 여성 스타로는 양나이메이(楊耐梅), 딩쯔밍(丁子明), 자오징샤(趙精霞), 롼링위 등이 있었고 새로 후뎨(胡蝶)와 후산(胡珊)을 채

용했다.

란링위는 〈이름만 부부〉에 이어 〈피눈물 비석〉과 〈양사오전〉 두 편의 주연을 맡았는데 모두 정정추가 직접 감독했다. 〈피눈물 비석〉은 민국(1911~1949년까지 지속된 중화민국의 약칭-옮긴이) 초기를 배경으로 하여 구식 가정의 자매를 그렸다. 언니 량쓰바오(梁似寶)는 여장한 나쁜 남자에게 걸려 정조를 잃고 구차하게 살기 싫어 자살한다. 란링위가 연기한 동생 량쓰전(梁似眞)은 반항 정신이 있는 여성으로, 한 청년과 자유연애를 하나 봉건적 가정의 방해로 헤어지고 끝내 억울하게 죽음에 이른다. 〈양사오전〉에서 란링위는 당시 '요염한 스타'로 불리던 양나이메이의 조연으로 출연했다. 이 영화는 학식 있는 사교계의 꽃이 돈에 유혹되어 타락하기를 거부하고, 정직하고 유망한 청년과 연애하는 이야기이다. 주인공은 봉건가정의 협박과 속임수에 넘어가 한 군벌(軍閥)에게 시집가나 온갖 고난을 겪은 후에 마침내 애인과 다시 합친다.

1928년에 란링위는 다시 두 편의 영화를 찍었다. 그 가운데 한 편이 〈백운탑〉으로 란링위와 후뎨가 공동 주연을 맡았다. 밍싱회사가 〈백운탑〉을 제작하게 된 동기는 후뎨의 입사였다. 〈백운탑〉은 천렁쉐(陳冷血)의 원작을 개작하고 장스촨, 정정추가 감독했다. 대강의 줄거리는 추(秋), 스(石), 푸(蒲)씨 성을 가진 세 광산 자본가 사이의 복잡하게 얽힌 은원(恩怨)과 사랑이다. 스빈(石斌: 주페이[朱飛] 분)과 펑쯔(鳳子: 후뎨 분)는 서로 사랑하는 사이였으나 푸뤼지(蒲綠姬: 란링위 분)의 방해로 헤어진

다. 뒤에 펑즈가 '낙엽 도령(落葉公子)'으로 변장하여 뤼지를 유혹하는데, 뤼지는 곧 스빈을 버리고 그를 좇다 진상이 다 밝혀지자 부끄러워 백운탑에서 뛰어내려 자살한다. 후뎨는 외모가 아름답고 피부가 고우며 행동거지 또한 침착하여 동양인의 심미안(審美眼)에 몹시 잘 맞았고, 모습 또한 온화하고 귀티 나는 대갓집 규수 역에 썩 잘 어울렸다. 그녀는 영화 전반부에서 펑쯔 역을, 후반부에서 낙엽 도령 역을 연기했다. 롼링위는 영화에서 푸뤼지 역을 맡았는데, 앞머리를 눈썹까지 가지런히 내리고 장삼을 입고 날씬하고 아름다운 자태가 자연스러웠다. 롼링위와 후뎨는 동일한 비중으로 다뤄졌다. 그녀들과 남자 주연 주페이가 서로 호흡을 맞춰 연기하니 그야말로 출중한 인물들이 모여 서로 어울려 빛을 내는 격이었다. 그러나 밍싱은 후뎨가 일반 관중에게 더 호소력이 있다고 판단하여 편파적으로 광고에 후뎨의 이름을 롼링위보다 윗줄에 적었다.

1928년 북벌전쟁(손문이 이끄는 국민혁명군이 군벌세력을 격파하기 위해 1926년부터 벌인 전쟁–옮긴이)이 실패로 돌아간 후, 혼란스러운 중국 영화계는 현실과 동떨어진 상업화의 길을 걸었다. 각 회사는 소시민 관중의 입맛과 남방 상업 영화계의 요구에 영합하여 무협물과 요괴 영화를 대량으로 찍었다. 밍싱의 정정추 역시 당시의 조류에 저항할 수 없었다. 회사의 생존을 고려하여, 그는 평강불초생(平江不肖生: 본명이 샹카이란[向愷然]으로 1920년대 말 중국의 대표적인 무협소설가–옮긴이)이 지은 무협소설 《강호기협전(江湖奇俠傳)》을 개편하여 〈홍련사를 불태우다(火燒紅蓮寺)〉제1편을 찍었다. 둥커이(董克毅)가 촬영을 맡고 정샤오추(鄭小秋)와 샤페이전(夏佩珍)이 주연이었는데, 같은 해 5월 영화가 개봉하여 열렬한 환영을 받았다. 이때부터 밍싱은 더욱 무협류 영화의 광풍에 휘말렸고 제3편부터 주연 배우로 샤페이전 이외에 새로 후데를 투입했다.

이 기간에 롼링위가 찍은 또 다른 영화는 〈장원급제한 차이(蔡)가 낙양교를 세웠네(蔡壯元建造洛陽橋)〉로 사극이 제멋대로 범람할 때 유일하게 참여한 사극이다. 이 영화는 지방극 〈낙양교〉에서 소재를 취했는데, 선행과 기부를 즐겨 하던 차이가 장원급제하고 재색을 고루 갖춘 규방의 아가씨가 결혼한다는 이야기이다. 고대에서 소재를 따왔으나 배우들은 현대극 의상을 빌리고 머리 역시 현대식을 따랐다. 게다가 롼링위와 함께 일하는 남자 배우가, 당시 '플레이보이'라 불리던 주페이였다. 주페이는 당시 영화계의 각종 악습에 두루 빠져 촬영 작업에 지극히 불성실하고 무책임했다. 그는 감독 장스촨에 대한 반항으로 머리를 삭발하여 불만을 표시하기조차 했다.

촬영할 때 주페이는 연기와 대사가 따로 놀았다. 그가 입으로는 헛소리를 하고 동작은 극 줄거리와 맞지 않아, 그와 짝을 이뤄 연기하는 롼링위는 갈팡질팡했다. 게다가 미신을 믿는 감독 장스촨은 촬영하는 도중 연기자가 연기를 못할 때면 스태프에게 밖에서 폭죽을 터뜨려 음(陰)한 기운을 제거하도록 명령했다. 이렇게 감독과 배우가 손발이 맞지 않는데 롼링위가 어떻게 연기를 잘 할 수 있겠는가! 장스촨은 롼링위를 매우 못마땅해하고 냉대하여 그녀에게 꽤 오랫동안 배역을 주지 않았다. 영화를 찍지 못하자 롼링위는 경제적으로 손해를 보았고, 그녀가 마음속에 간직한 '스타'의 꿈을 밍싱에서 이룰 수 없다고 느꼈다. 그녀는 1928년 말 다중화 바이허 회사로 이적했다. 그녀는 이때부터 영화에서 비약하기만을 희망했으나 오히려 더욱 난처한 '수렁'에 빠지고 말았다.

1925년 6월에 설립한 다중화 바이허가 촬영, 제작한 영화는 전부 '유럽풍' 영화와 요괴, 무협물이었다. 이미 다중화에 입사한 롼링위는 몸이 자유롭지 못하여 이 시기에 따분한 트렌드 영화와 무협류를 몇 편 찍었다. 〈은막의 꽃(銀幕之花)〉은 롼링위가 다중화로 이적한 후 촬영한 첫 영화로, 주서우쥐(朱瘦菊)가 각본을 쓰고 정지둬(鄭基鐸)가 메가폰을 잡았다. 이 영화는 순수한 유럽풍 작품으로, 롼링위가 연기한 소녀의 치파오(旗袍: 중국 여성이 입는 원피스 모양의 의복. 원래 만주족 여인들이 입었으나 후에 여성복으로 대중화되었다—옮긴이)를 제외하고, 배경인 서구식 정원은 물론 배우의 옷, 분장, 풍습 등이 완전히 서구풍이었다.

롼링위가 연기한 두 번째 영화는 리핑첸(李萍倩) 감독의 〈전란 뒤 외로운 기러기 신세(劫後孤鴻)〉로, 그녀는 전란으로 갈 곳을 잃은 여자가 기녀로 전락하게 되는 역을 맡았다. 그다음 영화는 〈정욕보감(情欲寶鑑)〉으로 비교적 농후한 유럽식 작품이다. 감독은 영화 관중을 끌어모으기 위해 화가가 모델의 초상화를 그리는 장면을 핑계 삼아 모델을 연기하는 배우의 몸을 노출시키는 것도 꺼리지 않았다. 1930년 촬영한 영화는 란링위가 역시 주연을 맡은 〈진주 왕관(珍珠冠)〉으로 줄거리와 인물의 사상, 행동, 분위기 등 완전히 할리우드풍이었다.

　같은 해 회사가 주서우줴 각본의 〈구룡왕을 대파하다(大破九龍王)〉 촬영 작업에 참가하라고 요구하자 란링위는 더 난감했다. 〈구룡왕〉은 신괴(神怪) 무협 영화이다. 이 영화는 상하 두 편으로 구성되었는데, 상편은 〈구룡왕을 대파하다〉, 하편은 〈구룡산을 불태우다(火燒九龍山)〉이다. 영화 줄거리가 매우 황당하며 출연 배우의 의상은 더 가소로웠다. 영화 속 남자 악역(惡役)은 창파오(長袍: 중국 고유의 긴 남자 옷-옮긴이)와 마과(馬掛: 창파오 위에 입는 마고자-옮긴이)를 입은 반면, 여주인공은 서양 옷을 입었다. 남자 협객의 의상은 더 우스워 상의는 재킷, 하의는 테두리가 있는 흰색 양복 바지였고, 바지 끝단을 긴 가죽 장화 속으로 쑤셔 넣었다.

　란링위가 밍싱에서 다중화로 옮긴 이유는 두 가지였다. 하나는 돈 걱정을 덜며 무엇보다 자립을 꾀하기 위해서였다. 그 다음은 자신의 연기를 갈고닦고 싶어서였다. 1930년대 연기자들은 월급 이외에 편당 수입을 합하면 수입이 제법 되었다. 다중화 바이허 영화 회사에서 영화 촬영의 기회가 꽤 많아 경제적 여건이 개선되었다. 그러나 제재가 편협하고 사상이나 예술에서 그리 새로울 것 없는 영화에 출연하며, 그녀는 재능을 잘 발휘할 수도 없었고 마음도 매우 괴로웠다.

3. 사라진 동거의 사랑

  롼링위의 연기가 여의치 않아 고전하고 있을 때 생활의 기쁨 역시 사라지고 있었다. 1927년 아직 밍싱에서 영화를 찍고 있던 롼링위가 어느 날 집에 돌아와보니 어머니가 조그만 계집애를 품에 안고 있었다. 원래 이모가 빈민가에서 버려진 애를 하나 주웠는데, 부양 능력은 없으나 조그만 아기를 차마 다시 버릴 수 없어 롼링위 어머니에게 떠맡겼다. 마음 좋은 어머니는 아기를 받아주었다. 롼링위는 크고 예쁜 눈을 가진 여자아이를 몹시 좋아하여 어머니에게 그 아이를 자신을 딸로 삼게 해달라고 애원했다. 당시 롼링위는 18세에 불과했다. 롼링위가 샤오위를 진심으로 좋아한 것은 사실이었으나, 누가 그녀의 또 다른 비애를 이해할 수 있을까?

  당시 롼링위와 장다민은 동거 중으로 정식 부부가 아니었다. 만약 합법적인 신분이 아닌 이때 아이를 가지면 사람들의 무시나 당할 처지였기 때문에, 롼링위는 자신의 아이를 가질 수도, 세상에 보여줄 수도 없었다. 게다가 롼링위는 어려서부터 몸이 약하고 병치레가 잦은 데다 지금 막 밍싱에 들어가 영화 이외에 다른 일에 신경 쓸 여력이 없었다. 샤오위의 출현은 진정 롼링위 인생의 일대 사건이었다.

  롼링위는 장다민과 결혼하고 한때 하이닝로 본가에서 거주한 적이 있다. 장씨 가문은 대가족이고 본가에 여러 형제가 살아 상하 관계가 꽤 복잡했다. 게다가 형제들 모두 교제 범위가 넓어 본가에 매일 사람들이 들락날락하여 몹시 북적댔다. 원래 조용한 것을 좋아하던 롼링위는 도저히 습관이 안 되어 몇 번이나 장다민에게 분가해 나가자고 조른 끝에 상하이 하이닝로 18번지에 새 보금자리를 틀었다. 원래 있던 가구 이외에, 최고급 침대와 전신용 화장대 등을 갖추었다.

장씨네는 형제가 네 명이었다. 맏형 장후이충과 둘째형 장후이민은 무협 영화를 찍어 이름을 날리고, 영화사를 차리기도 하는 등 재주가 있었다. 셋째는 아직 젊지만 몹시 노력하여 안징쓰로(安靜寺路) 주변에 카슨 사진관(Carson Studio)을 열었다. 네 형제 중, 오로지 자신의 남편, 넷째 장다민만 빈둥거리고 놀기를 좋아하며 일정한 직업도 없고 현 상태에서 더 나아지려고 애쓰지 않았다.

롼링위가 베이핑(北平: 베이징의 옛 이름−옮긴이)으로 〈고도춘몽(古都春夢)〉 야외 장면을 촬영하러 가자, 장다민은 그 틈을 타 상하이에서 맘껏 오입질하고 도박을 하여 유산과 그간 롼링위가 온갖 고생 끝에 모아둔 1만여 원을 몽땅 날려버렸다. 더군다나 그는 롼링위가 가지고 있던 300여 원마저 강탈해 도박 빚을 갚는 데 썼다. 며칠 지나지 않아 다시 도박장에서 고리대로 돈을 빌렸으나 그마저 다 잃고 말았다. 그런데도 재차 롼링위에게 돈을 요구했다. 장다민은 여전히 친구와 장사를 하는 데 돈이 필요하다는 핑계를 댔다. 롼링위는 당연히 믿지 않고 따졌다.

"매번 내게 돈을 빌려 장사한다고 하는데, 그럼 당신이 번

돈은 어디 있죠?"

"지난번은 손해 봤어!"

"설마 매번 손해 본 건 아니겠죠?"

롼링위는 장다민이 대답을 못하자, 슬픔과 분노에 휩싸여 참지 못하고 진상을 폭로했다.

"당신이 무슨 돈을 가져가 장사를 한다는 거예요? 도박을 하는 게 분명한데. 아직도 밖에서 도박 빚을 져서 며칠 전 당신한테 준 300원도 빚 갚는 데 쓴 거잖아요?"

장다민은 이 말에 장모가 자신의 잘못을 롼링위에게 말했음을 알고, 자신도 모르게 수치심에 화가 치밀어 장모의 뺨을 두 대 때렸다. 롼링위의 어머니는 울면서 자신의 방으로 뛰어들어갔다. 롼링위는 장다민이 감히 자신 앞에서 어머니를 때리는 것을 보자 화가 치밀어 뭐라 해야 할지 몰랐다.

"좋아, 허튼소리 그만하고, 오늘부터 다시는 어머니를 때리지 않을 테니, 도대체 돈을 줄 건지 안 줄 건지 말해." 장다민은 롼링위의 말을 들을 생각도 안 하고 서둘러 말을 바꾸었다. 롼링위는 대번에 거절하고 싶은 생각이 굴뚝같았으나, 장다민이 다시 어떤 일탈 행동을 할지 모르는 데다 다시는 어머니를 때리지 않겠다는 약속에 말투를 누그러뜨렸다.

"제가 갖고 있던 300원은 탈탈 털어 당신에게 이미 드렸잖아요. 회사에서 이번 달 월급도 아직 안 주었는데 당신 드릴 돈이 대체 어디 있겠어요?"

"당신 베이핑에 영화 촬영 갔을 때 가죽 코트 샀지? 요즘

날도 따뜻하고 어쨌거나 입지 못하니 저당 잡히면 돈을 받지 않겠어? 만약 그 옷이 그리 좋다면 월급 탈 때까지 기다렸다가 다시 찾아오면 될·거야."

장다민은 롼링위의 대답을 채 기다리지도 않고 큰 궤에서 가죽 코트를 꺼내고는 몸을 돌려 그대로 나가버렸다.

그 후 롼링위는 어머니와 함께 좋은 말로 충고했으나 장다민은 예전의 주인 행세를 하며 처음에 꾸짖고 욕하더니 급기야 그녀의 뺨을 때렸다. 롼링위는 줄곧 장다민이 방탕한 생활을 회개하리라는 환상을 품고 있었다. 그러나 그가 내가 너랑 결혼한 이유는 반반한 얼굴 때문이지 진심으로 대단하게 여겨서가 아니다, 내게는 첩에 불과하다, 너는 기분 전환을 위한 심심풀이다 등의 말을 거리낌 없이 내뱉자, 자신의 영혼 한 귀퉁이가 떨어져나가는 듯 느꼈다. 이때부터 롼링위와 장다민의 감정은 완전히 파괴되어 도저히 회복할 기미가 보이지 않았다.

1932년 상하이 1 · 28 사건(1932년 1월 28일 일본군이 상하이를 공격한 사건-옮긴이)이 일어난 후, 롼링위는 장다민과 함께 홍콩으로 피신했다가 몇 달 뒤 롄화의 전보를 받고 혼자 상하이로 돌아왔다. 〈속 · 고도춘몽〉을 찍기 위해서였다. 그녀는 잠시 장다민의 끝없는 소유욕과 자신을 돈줄로 여기며 치근덕대는 태도에서 '해방' 될 수 있었다. 그녀의 마음은 가벼워졌고 속이 확 트였다. 한가로이 할 일이 없을 때면 친구 두세 명과 극장에 가서 창을 듣곤 했다. 한번은 '월극계(粤劇界)의 메이란팡(梅蘭芳, 1894~1961: 현대 중국 경극의 대표적 배우-옮긴이)' 이라고 불리는 쉐줴셴(薛覺先)의 공연을 보러 갔는데, 화려하지 않은 몸에 맞는 기다란 치파오에 엷은 화장을 했다. 어려서 천연두를 앓았던 롼링위는 얼굴에 살짝 곰보 자국이 남았으나, 피부가 곱고 희고 부드러워 그녀의 아름다움을 경감시킨 것이 아니라 오히려 돋보이게 했다. 롼링위가 친구와 함께 극을 구경하며 이야기할 때 목소리가 몹시 작아 가까이에 앉은 이도 그녀가 뭐라고 하는지 알아들을 수 없었다. 그러나 주위 관중에 대한 그녀의 흡인력은 여전히 몹시 컸다. 사람들은 자신도 모르게 무대 위 배우의 노래와 동작에서 눈길을 돌려 그녀를 보았다.

극을 보는 것 이외에 롼링위는 음악과 춤을 매우 좋아했다. 롄화 제1지점은 음악회를 조직했는데, 담당 교수가 청년 음악가 관화스(關華石)였다. 가입자는 흔쾌히 가입한 그녀 말고도 제2지점 주임 리민웨이(黎民偉), 감독 부완창, 배우 진옌(金焰), 린추추(林楚楚: 리민웨이의 부인), 천옌옌(陳燕燕)이 있다. 이는 취미이기도 하거니와 배우의 민감성과 리듬감 훈련에도 꽤 좋았다.

사람의 마음은 항상 복잡하다. 롼링위의 마음 역시 충돌과 모순으로 가득 찼다. 한편으로 그녀는 유머러스하고 활달하며 예술을 적극적으로 추구했다. 다른 한편, 자신의 신세가 처량하고 결혼이 불행하다고 느끼면 그녀는 약하고 비관적이 되었다. 롼링위와 영화 세 편을 찍었던 감독 페이무(費穆)는 이렇게 말한 바 있다.

롼링위는 자주 사람들에게 '여자로 사는 건 너무 힘들어요'라고 말했다. 또 항상 '여자 나이 서른을 넘으면, 아무런 재미도 없지요'라고도 말했다. 거의 모든 여자들이 첫 번째 말처럼 탄식할 수 있다. 그러나 두 번째 말은 그녀만의 특수한 감정이 실렸다. 그녀는 경건한 불교도(佛敎徒)여서 수차례 부처 앞에 가서 향을 피웠다. 쑤저우에서 〈인생(人生)〉을 찍을 때 일행과 함께 후취(虎丘)로 가서 유람한 적이 있었다. 돌아오는 길에 그녀는 또 시위안(西園)에 가서 향을 피우고, 오백나한(五百羅漢) 그림 앞에서 한 기(基)마다 향 한 개를 피웠다. 그녀가 '저를 비웃지 마세요. 감독님이 믿지 않는 거 알아요'라고 말한 것이 꽤 선명하게 기억난다. 사실 내가 어떻게 그녀를 비웃었겠는가. 이는 단지 그녀가 사람들의 비웃음을 피하기 위한 변명에 불과하다. 근본적으로 그녀는 부처 앞에 향을 사르는 행위가 일종의 미신임을 알고 있었으나, 아주 짧은 순간 이런 갈등을 극복하지 못했을 뿐이다. 그녀는 생활에서 겪는 갈등과 마찬가지로 자신의 마음속 모순에 대해 발버둥치고 싸우지 않는 때가 없었다.

4. 죽음의 유혹

1928년 밍싱회사는 〈장원급제한 차이가 낙양교를 세웠네〉

라는 사극을 촬영하기 시작했다. 감독 장스촨은 일반적으로 작은 회사가 으레 그러듯 스튜디오에서 촬영하지 않았다. 그는 거금도 아까워하지 않고 영화 팀을 인솔하여 옛날부터 불교로 유명한 푸타산(普陀山)으로 가 현지에서 야외촬영을 했다. 영화를 찍으며 롼링위는 푸타산의 빼어난 경치를 맘껏 즐기고 정신적으로 잠시 의지할 곳을 찾았다. 이후로 그녀는 몇 차례 푸타에 와 향을 사르고 부처에게 경배를 올렸다.

롼링위는 어려서부터 성인이 될 때까지 단 한 번도 상하이를 떠난 적이 없었다. 이번 산행이 평생을 통틀어 첫 여행이었으므로, 그녀는 길에 나서자마자 신선함을 느낄 만반의 준비가 되어 있었다. 배를 타고 우쑹커우(吳淞口)에 이르자 물과 하늘이 같은 색으로 넓고 멀어 끝이 없었다. 하늘과 구분이 안 되는 대해(大海)에서 그녀가 탄 큰 배도 일엽편주(一葉片舟)에 지나지 않아 파도가 이끄는 대로 홀연히 올라갔다 내려갔다 했다. 번잡한 도시에서 오래 지낸 롼링위는 눈앞의 풍경에 감동을 받았다. 향의 불꽃이 어지러이 휘날리는 푸타에 이르러 사당이 줄지어 서 있는 것을 보자 롼링위는 마음이 경건해져 얼굴이 엄숙해졌다. 한 줄로 이어진 맑고 깨끗한 푸른색이 롼링위의 마음속에 오래 쌓여 있던 답답함을 천천히 녹였다.

판인동굴(梵音洞)은 관세음보살이 직접 나타나 설법하신 곳으로 전해지는데, 많은 이들이 절망에 빠졌을 때 이곳으로 와 최후의 안식을 찾았다. 자신의 생명을 가슴 가득한 번뇌와 함께 출렁이는 바닷물에 맡겨 찰나에 공포를 영원한 해탈로 바꿔버렸다. 그래서 판인퉁은 '자살 동굴'로도 불렸다. 동굴 앞에는 '자살 금지!'라고 쓰여 있다. 롼링위는 동굴 옆에 서자 그녀의 우상 던컨이 한 말이 떠올랐다. "자살은 찬란하게 사람을 끌어당긴다! 일평생 나는 항상 자살을 꿈꾸었으나 매번 다른 일이 나를 되돌려놓았다!" 그곳에 서서 롼링위는 죽음의 유혹이 얼마나 그녀를 잡아끄는가를 깨달았다. 그러나 던컨의 말처럼 그녀는 막 사회생활을 시작했고 끝없는 인생길에서 고작 몇 걸음을 떼어놓았을 따름이었다. 자신의 꿈, 자신의 어머니, 그리고 샤오위가 자신을 기다리고 있었다.

〈장원급제한 차이가 낙양교를 세웠네〉가 개봉되고 뚜렷한 반응을 얻지 못하자 모두들 실망했다. 롼링위가 영화가 잘 안 풀려 몹시 괴로워하고 있을 때, 감정 면에서도 위기가 닥쳤다. 1929년, 장다민은 티위관로(體育館路) 2호를 빌리고 다시 넓은 터를 세내어 열두 필의 말을 사고 사육사와 기수를 초빙했다. 도박의 편의를 위해 차도 추가로 구입했다. 당시 상하이 경마장의 도박꾼 중에서도 장다민과 같은 이는 손가락으로 꼽을 정도였다. 매일 아침 말을 산책시킬 때면, 아침 안개가 희미하게 감싸고 푸른 풀이 요처럼 깔려 있었다. 장다민은 승마복을 차려입고 롼링위에게 고삐를 잡고 옆에 같이 있도록 시켰다. 준마가 역주하고 미인이 짝을 이루니 이렇게 우아한 풍경에 얼마나 많은 행인이 부러워했던가!

그러나 3개월이 채 못 되어 장다민은 한 푼도 안 남기고 다 잃고 큰 채무를 지게 되었다. 장다민은 몇십만 원에 이르는 거액의 유산을 도박으로 탕진하고도, 후회하거나 태도를 바꿔 정당한 직업을 찾아 스스로 살려 하지 않았다. 오히려 끊임없이 롼링위에게 돈을 요구해 도박하기 시작했다. 롼링위의 수입은 가족을 부양하는 정도여서 장다민이 물 쓰듯 하는 돈을 대기는 턱없이 부족했다. 그래서 서로 간의 말싸움이 나날이 격렬해졌다.

한번은 롼링위가 너무 화난 나머지 어머니와 함께 장다민을 떠나 더우러로 퉁칭리(竇樂路同慶里)로 이사 가버렸다. 롼링위는 장다민에게 메모를 남겼다.

다민. 우리가 같이 산 지 2년이 되었네요. 제가 당신에게 일자리를 찾아 일하라고 줄곧 권했으나 당신이 흘려듣고 마음 내키는 대로 해서 오늘 이 지경까지 이르렀습니다. 당신은 물려받은 유산을 중요하게 여기지 않고, 더욱이 나와 우리의 장래를 중요한 문제로 여기지도 않는 것 같아요. 저는 가난한 집 여자로 오로지 바르게 처신하는 것만 생각하고 있습니다. 기왕 일이 이렇게 된 바에야, 이제부터 당신은 당신의 창창대로를 가고 저는 저대로 험난한 외길을 가는 쪽이 좋겠어요. 당신은 정말 저를 너무나 실망시켰어요. 이제 그만 헤어져요. 옛날 저와 제 어머니에게 잘한 것, 늘 감사하게 여기고 있습니다.

장다민이 집에 와서 롼링위의 메모를 보곤 성냥을 그어 불

롼링위阮玲玉,
사람들 시비가 두렵다

살라버렸다. 채무를 처리하느라 정신이 없어 지금 롼링위를 돌볼 겨를이 없었다. 며칠이 지나자 그는 롼링위를 찾아왔다.

"지금 도박장에서 맘대로 되지 못해 힘든데, 당신은 진짜 냉정하게 날 버리고 상관 않겠다는 거야?"

롼링위는 이 말을 듣자 아무 말 없이 눈물을 쏟았다.

장다민은 그녀를 껴안고 굳게 맹세하며 말했다. "나 다시는 도박 안 하리다!" 롼링위는 그를 믿었고 첫 번째 별거는 이렇게 끝났다.

오래 지나지 않아 장다민의 옛 버릇이 다시 도졌고 이번에는 마작에 빠져 하룻밤 사이에 700여 원을 잃었다. 롼링위가 이 사실을 알고 그와 또다시 한바탕 싸움을 벌였고 두 번째 별거를 제안했다. 장다민은 표독스럽게 롼링위가 그와 별거하면, 곧 회사로 가서 난동을 벌여 영화도 못 찍게 만들고 신문에도 기사를 내 망신 주겠다고 위협했다. 롼링위는 회사에서 자신의 이미지가 더럽혀질까 두려웠고 이 때문에 자신의 일이 영향을 받는 게 싫어서 두 번째 별거 역시 깨졌다.

그러나 장다민이 눈곱만큼도 나쁜 습관을 고치지 못하자 롼링위는 세 번째 별거를 제안했다. 장다민이 뻔뻔스럽게 애원했으나 이번만큼은 롼링위의 결심이 매우 확고했다. 다시는 그를 믿지 않게 되었기 때문이었다. 장다민은 독살스럽게 롼링위가 그와 별거하면 그녀를 망신주겠다고 재차 선포했다. 롼링위는 화난 나머지 온몸을 부들부들 떨었다. 어머니가 필사적으로 그녀를 방으로 끌고 들어갔고 그녀는 침대에 엎드려

흑흑 큰 소리로 울부짖었다. 슬픔이 지나쳐 절망에 이르렀다. 롼링위는 어머니 침대에 누워 장다민이 목이 쉬도록 위협하며 했던 말을 떠올리자 마음 가득 슬픔이 고였다. 그녀는 자신도 모르게 죽고 싶어졌다. 침대에서 기다시피 하여 자신의 방으로 돌아가 수면제 한 병을 찾자 차에 타 전부 삼켜버렸다. 다행히 그녀의 어머니가 제때에 발견하여 일본인이 운영하는 푸민(福民)병원으로 옮겨 응급처치를 한 덕에 겨우 위험에서 벗어났다.

롼링위는 죽기를 각오하고 몸부림쳤으나 끝내 장다민으로부터 벗어날 수 없었다. 장다민은 통곡하고 새사람이 되겠다고 맹세하여 사람들의 용서를 받았다. 친구들의 권유로 그녀는 다시 그에게로 돌아갔다. 오래지 않아 장다민은 속마음을 드러내 그들이 함께 살았고 지금은 그의 명의로 되어 있는 훙칭팡의 옛집으로 돌아가자고 요구했다. 싸울 힘조차 남아 있지 않던 롼링위는 이를 장다민의 호의로 해석하고 받아들였다.

조금 뒤 의외의 기회가 롼링위의 예술과 인생에 희망을 가져다주었다. 이는 롼링위의 신산스러운 마음에 어느 정도 위안을 주었다.

제5장
무성영화의 금지

〈도화의 눈물(桃花
泣血記)〉의 스틸컷.

롼링위가 웃음을 띠
고 있는 일상의 모습.
그녀가 이렇게 환한
웃음을 짓는 경우가
정말 드물었다.

1. 〈고도춘몽(古都春夢)〉

뤄밍유(羅明佑)는 뒷날 중국 영화사에서 혁혁한 공을 세운 렌화(聯華)회사의 책임자이다. 뤄밍유는 부친의 도움을 받고 친구 몇 명과 합작하여 베이징에서 영화관 몇 곳을 개장했고, 훗날 영화의 발전 가능성을 보고 1928년 재벌과 거상을 동원하여 베이징에 화베이(華北)영화사를 열었다. 초기에는 영화 상영에 치중했으나 차차 직접 제작하고자 하는 생각을 품게 되었다. 그리하여 당시 사람과 설비는 있으나 자본이 부족했던 민신(民新)회사의 리민웨이와 합작하여 영화를 찍게 되었다. 민신, 화베이 두 회사가 합작해서 만든 첫 영화가 바로 〈고도춘몽〉(1929)이었다. 주스린(朱石麟), 뤄밍유가 제작하고, 쑨위가 감독한 이 영화에서 롼링위가 연기한 기녀는 악역이었으나 몹시 중요했다. 서양식 고등교육을 받은 인텔리 뤄밍유와 쑨위 모두 연기가 진지하고 섬세하며 매력이 풍부한 롼링위를 낙점했다. 당시 이름을 날리던 뤄밍유가 다중화 바이허 영화사의 롼링위를 몸소 초빙하기로 약속하자, 영화와 생활 이중고에 짓눌리던 롼링위는 기쁘게 승낙했다. 〈고도춘몽〉은 줄거리와 소재가 몹시 현실적이다.

군벌이 다스리고 있던 북방 지역의 사숙 선생인 주자제(朱家杰)는 현재 처지에 불안을 느끼고 관리 생활을 꿈꿨다. 그는 처자를 데리고 고향을 떠나 베이핑에 도착한 뒤, 기녀 옌옌(燕

燕)의 도움을 받아 관직을 얻는다. 그는 주색에 빠져 옌옌을 첩으로 삼지만 본처는 이를 참고 받아들인다. 주자제는 과도한 사치로 돈이 부족하자 공금을 횡령하여 경제적인 손실을 메운다. 큰딸마저 옌옌의 유혹으로 타락하고, 부인은 마음 가득 원한을 품고 작은딸과 고향으로 돌아간다. 곧 주자제는 수갑을 차고 감옥에 갇히고 옌옌은 집안 재산을 몽땅 거두어 다른 이와 도망간다. 큰딸 역시 다른 사람에게 버림을 받는다. 석방되고 집에 돌아온 주자제는 뒤늦은 후회를 하며 아내에게 용서를 청하고 현숙한 아내는 다시 한 번 그를 받아들인다. 그로부터 단란한 가정을 함께 누린다.

란링위가 기녀 옌옌 역을 맡았고, 린추추가 여주인공 부인역을 맡았다. 그녀는 차차 감독 쑨위가 이전 감독들과 확연히 다름을 깨닫게 되었는데, 쑨 감독은 그녀가 은연중 감화되어 현실주의 창작 방법에 접근하도록 이끌었다. 란링위는 강한 이해력과 민감한 감수성을 바탕으로, 우선 진정으로 역할을 이해하고 정확한 느낌을 찾아 마음 깊은 곳의 격정을 불러내어 연기함으로써 사람을 깊이 감동시켰다.

〈고도춘몽〉에서 비중은 그리 크지 않으나 없으면 안 되는 배역이 바로 기녀 홍위(紅玉)였다. 영화에서 홍위는 옌옌과 의좋은 자매로 고위 관료의 총애를 입어 남자 주연배우 주자제의 운명이 그녀에 의해 일변하여 성공가도를 달리게 되었다. 이 배역을 성공적으로 연기하느냐 못하느냐가 영화 전편(全篇)

의 신뢰를 결정하는 관건이었다. 쑨위 감독은 몹시 예쁘면서도 속된 맛을 풍기는 여자를 원하여 거듭 몇 명을 보았지만 내키지 않았다. 이제 결정을 못하면 영화 전체의 진행을 그르치게 될 참이라 감독은 매우 초조했으나 그렇다고 눈을 낮춰 배우를 구하고 싶지 않았다. 롼링위는 쑨위 감독이 급한 모양을 보자 갑자기 동향 친구로 무대 가수인 뤄후이주(駱慧珠)가 생각났다. 뤄후이주는 롼링위와 나이가 엇비슷한 연배로, 연기도 해보았으며 노래 솜씨도 좋았다. 롼링위 생각에 어쩌면 뤄후이주가 쑨위의 맘에 맞을지도 몰랐다. 롼링위는 어느 날 촬영이 끝나고 뤄후이주가 노래하는 클럽으로 가서, 막 노래를 끝내고 쉬고 있는 그녀에게 훙위 역을 부탁했다.

다음 날, 롼링위가 뤄후이주를 민신 스튜디오로 데리고 와 쑨위에게 소개해주었다. 쑨위는 뤄후이주를 보고 그녀의 모습과 성격이 훙위 역에 이상적이라고 느꼈다. 뤄후이주는 감독의 요구에 따라 분장하고 몇 장면을 연기했다. 쑨위가 옆에서 지켜보니 느낌이 좀 강하기는 해도 오히려 훙위의 가식적 행동에 딱 맞았다. 쑨위는 곧 훙위 배역을 뤄후이주에게 맡기기로 결정했다. 이제 롼링위가 나서서 뤄후이주의 사장과 담판을 지었다. 사장은 다 듣고 고개를 끄덕이며 동의했으나 곧 두 가지 조건을 걸었다.

첫째, 영화 때문에 매일 저녁 공연에 지장을 주면 안 된다.

둘째, 바로 다른 곳으로 이적할 수 없다. 만약 이적하고 싶다면 가능하나 돈을 지불하고 자유의 몸이 될 수 있다.

뤄후이주는 분을 삭이며 사장의 조건을 받아들이고 찬조 출연 형식으로 〈고도춘몽〉 영화 팀에 합류했다. 다행히 촬영 분이 많지 않아 날마다 민신에 올 필요가 없었다. 촬영분이 있기 하루 전 통지하면 그녀는 꼭 시간에 맞춰 스튜디오에 왔다.

뤄후이주는 금세 영화 팀 사람들의 한결같은 호평을 얻었다. 쑨위는 "뤄는 성격이 명랑하고 담백하고 솔직하며 신의를 중시한다"고 말했다. 오래지 않아 사람들은 뤄가 영화를 다 찍으면 으레 멋진 청년이 입구에서 그녀를 기다려 같이 돌아가는 것을 발견했다. 청년은 성이 궈(郭)씨로 전차 기사였는데 두 사람은 목하 열애 중이었다. 두 사람의 다정한 모습을 보자 롼링위는 부러웠다. 다른 이의 사랑을 그린 영화를 그렇게 많이 찍고도 그녀는 여전히 진지한 사랑을 갈망하고 있었던 것이다.

3월 중순의 어느 날, 뤄후이주는 쑨위 감독에게 곧 멀리 떠나게 되어 아직 남아 있는 열몇 장면을 앞당겨 찍겠다고 했다. 그래서 다음 10여 일 내내 뤄후이주는 회사로 와서 영화를 찍었으나 궈씨가 그녀를 마중하러 오는 모습은 보이지 않았다. 3월 28일, 드디어 영화의 마지막 장면을 찍었다. 그녀가 영화 팀 사람들과 한 명, 한 명 작별 인사를 하는데 눈가에 줄곧 눈물이 맴돌아 모두들 머지않아 이별하기에 슬픈가보다 여겼다.

이틀 후 롼링위는 뤄후이주를 보러 가기로 결심했다. 도대체 무슨 일인지, 자신이 도울 수 있는지 물어볼 생각이었다. 그런데 나이트클럽에 도착해 무대 뒤편의 여가수에게 뤄후이주의 상황을 물어보니 놀랍게도 어젯밤 이미 자살했다는 것이었다. 원래 뤄후이주와 귀씨는 서로 사랑한 지 몇 년 되었으나 귀씨는 그녀의 몸을 자유롭게 해줄 돈을 마련하지 못했다. 얼마 전 두 사람은 사장에게 둘의 결혼을 허락해달라고 간청하며, 결혼해도 뤄가 계속 노래하겠다고 했으나 사장이 강경하게 거절했다. 절망한 귀씨는 희망이 없음을 보고 보름 전 이미 음독자살을 했고, 뤄 역시 어젯밤 자연스레 귀씨를 따라갔다. 이런 연유로 그녀는 촬영 분량을 앞당겨 찍자고 부탁했던 것이다. 뤄후이주의 죽음은 롼링위에게 큰 충격을 주었고 밤새 눈물이 그치지 않고 흘렀다. 이튿날 롼링위는 울어서 빨개진 눈으로 회사로 가 동료들에게 뤄후이주가 자살했다고 알렸다. 뤄후이주의의 죽음은 영화 팀 성원의 마음에 걷히지 않는 그림자를 드리웠다.

1930년 여름, 〈고도춘몽〉은 드디어 제작을 끝내고 정식으로 관중에게 공개되었다. 뤄밍유와 리민웨이는 〈고도춘몽〉이 단번에 인기를 끌도록 시의 적절하게 "국산 영화 부흥하고 국산 영화 개조하세"라는 기치를 내걸었다. 그들은 〈고도춘몽〉을 위해 온 정성을 쏟아 광고문을 만들고 각종 언론 매체에 방송하거나 간행했다. 광고문은 다음과 같았다.

국산 영화를 부흥할 혁명군이요,

수입 영화에 대항할 선봉대라네.

베이징 군벌 시대의 기록물이자,

국가와 가정의 요술 거울(照魔鏡: 마귀의 본성도 비추어 보인다는 신통한 거울로 영화를 빗대어 한 말–옮긴이)이네.

국산 영화를 부흥시키자는 구호는 과연 사람들의 마음을
파고들었다. 게다가 영화의 주제, 줄거리, 인물 형상, 예술 기
법 등이 조잡한 무협물보다 눈에 띄게 수준이 높았다. 관객들
은 확실히 보고 듣는 게 새롭다고 느꼈고 〈고도춘몽〉은 굉장
히 빠른 속도로 각 도시의 매표 기록을 깼다. 전문가들은 여주
인공을 맡은 롼링위가 영화에서 보여준 연기를 이구동성으로
칭찬했다. 그녀는 이른바 타고난 배우에서 성격파 배우로 변
신하는 데 성공했고 〈고도춘몽〉은 마침내 롼링위의 출세가도
에서 이정표가 된 작품이 되었다.

〈고도춘몽〉의 성공은 주도적으로 일한 쑨위, 롼링위, 린추
추 등의 긍지를 한껏 드높였다. 한 기자가 쑨위와 술자리에서
나눈 대화가 그들의 긍지를 잘 보여준다.

"쑨 선생님, 〈고도춘몽〉이 불쑥 등장해 센세이션을 일으킨
것은 사실 선생님의 수준 높은 기법 덕택입니다. 아직 젊
은 감독으로서 이는 무엇을 의미하는지 여쭤봐도 될까
요?"
쑨위는 웃으며 말했다.
"과찬이십니다. 제가 무슨 고도의 연출 기법이 있어서가
절대 아닙니다. 단지 시대가 영웅을 만들었을 뿐입니다.
이른바 '촉(蜀)국에 대장이 없어 요화(廖化)가 선봉이 되었

네(유비[劉備]가 죽은 뒤 적당한 인물이 없어 부족한 요화가 나섰다는 뜻으로 자신을 겸손하게 이르는 말–옮긴이)’와 같은 경우죠.”

기자가 계속해서 물었다:

“그럼 무슨 이유로 〈고도춘몽〉이 일약 유명해졌을까요?”

“사실 현 영화계에 보편적으로 수준 낮은 작품이 많은 덕분에 이 작품의 특색이 도드라졌고 반향을 일으켰습니다. 이 영화는 주제나 인물, 줄거리 등이 모두 당대 사회의 부패상을 반영하고, 예술 수법 또한 매우 진지합니다. 현실 생활에 불만이 많은 사람들의 공감을 불러 일으켜서 광범위하게 지지를 받았습니다.”

“그럼 쑨 감독님, 롼 양과 리 양은 영화에서 어떤 역할을 했나요?”

기자가 집요하게 물었다.

“그건 누구나 다 아는 일입니다. 롼 양은 처음으로 연기의 진정한 의미를 깨달아 전문가들이 한목소리로 칭찬했습니다. 그리고 린 양의 ‘현모양처’ 역은 누구도 흉내 낼 수 없습니다.”

2. 〈기녀(野草寒花)〉

1930년 8월, 화베이회사와 민신회사를 주축으로 하고 곤란한 지경에 빠져 있던 다중화 바이허 영화사도 합병하여, 실력으로 중무장한 영화사를 상하이에서 일으키니 곧 '롄화 영화 제작 및 프린트 주식회사(連華影業制片印刷有限公司)'였다. '롄화'는 갓 설립되자 〈고도춘몽〉을 첫 작품으로 간주하고, '국산영화 부흥'의 모토를 위해 강력한 선전 공세를 펼쳤다. 뤄밍유는 친히 '선언문'을 썼다.

국산 영화가 오늘날 쇠락했으나 사회적 요구가 바야흐로 흥성하고 민중의 관심이 지극히 두텁습니다……. 상하이의 영화사가 한때 우후죽순처럼 많았으나 지금은 늦가을 매미처럼 처량한 신세로, 생산액이 급락했고 평판 또한 몹시 나쁩니다. 그런즉 국산 영화는 진정 제작해야 합니까, 제작하지 말아야 합니까? 일언이폐지하고, 무릇 모든 일에 근본 취지를 따르지 않고 바른길을 버리는 자는 실패하게 마련입니다.

어리석은 저희들이 화베이에서 영화에 종사한 지 10여 년이 다 되어갑니다. 예술을 전제로 삼고 세상에 보탬이 되자는 사명이 곧 저희들이 품고 있는 종지(宗旨)입니다. 이에 맞지 않는 것은 감히 하지도 않고 또 못하고 어리석어 할 수도 없습니다.

지금 저희 회사는 국내 동업자 단체의 도움으로 먼저 상하이 민신영화사와 합작으로 영화 제작을 시작합니다. 저희들의 종지는 네 항입니다. 하나씩 설명드리면 다음과 같습니다.

　1. 사회교육을 보급한다.

　2. 외국 영화의 독점에 대항한다.

　3. 예술 및 도덕을 향상시킨다.

　4. 연기자의 인격을 존중한다.

이상 네 항목은 저희들의 오래된 염원이며, 이 기회에 영
화를 제작할 때의 종지로 삼겠습니다.

〈고도춘몽〉의 성공으로 렌화는 숨 돌릴 틈도 없이 〈기녀〉
의 촬영에 뛰어들었다. 이 영화 역시 "국산 영화를 부흥하자"
라는 주제로 선전했고 '중국의 첫 번째 유성영화'로도 불렸
다. 〈기녀〉는 쑨위가 직접 각본을 쓰고 감독한 영화로, 쑨 감
독은 영화를 통해 더 분명하고 명료하게 자신의 창작 이념과
주장을 펼칠 수 있었다. 1930년 한여름 〈기녀〉는 상하이에서
정식으로 촬영을 시작했다. 실내 장면은 민신의 유리 스튜디
오에서 촬영했다. 한낮의 뙤약볕은 불같이 달아오르고 살갗을
태우는 듯한 햇빛이 유리 천장에서 내리쪼였다. 여기에 뜨거
운 조명까지 더하여 스튜디오 내부는 견딜 수 없이 무더웠다.
감독, 배우, 영화 팀 모두 이러한 환경에서 땀을 비 오듯 쏟으
며 촬영했다.

이 영화에서 롼링위는 옌옌과 전혀 다른 역할을 맡았는데,
총명하고 활발하며 순결한, 꽃 파는 소녀 리롄(麗蓮) 역이었다.
예전에 연기했던 '풍류를 즐기는 여성'과 완전히 다른 역이었

다. 이는 그녀에게 하나의 도전이자 하나의 기회였다.

리롄은 거리에서 꽃을 팔다 하마터면 차바퀴에 깔려 죽을 뻔한다. 다행이 부잣집 아들 황윈(黃雲)이 그녀를 급히 구한다. 이 일을 계기로 둘은 서로 알게 되고, 황윈은 그녀의 목소리가 매우 곱다는 사실을 발견하여 자신이 작곡한 가극 〈형 찾아 만 리 길(萬里尋兄)〉을 부르게 한다. 훗날 리롄이 무대에서 공연하여 사람들의 주목을 끈다.

둘은 사랑하는 사이로 발전하여 약혼까지 하게 되었다. 황윈의 아버지는 신문에 실린 약혼 소식을 보고 극도로 분노한다. 황윈이 아버지의 위협과 유혹에 맞서 결코 동요하지 않자, 이번에는 노련한 고모가 나서서 설득한다. 고모는 리롄을 찾아와 황윈의 앞길을 망치지 말라, 만약 황윈이 리롄을 아내로 맞아들일 경우 그가 속해 있던 상류사회에서 다시는 받아들이지 않을 것이며 그에게 어떤 미래도 없다고 말했다.

황윈을 깊이 사랑하는 리롄은 마음속에 품은 애인이 자신 때문에 앞길을 망치는 것을 보고 싶지 않아서 괴로운 마음으로 이별을 선택했다. 황윈은 격노해서 이성을 잃고 사람들에게 리롄을 천한 노리개라고 욕했다.

그날 밤, 마음이 거의 황폐해진 리롄이 억지로 무대에 올라 〈형을 찾아서(尋兄詞)〉를 부르다, 성대가 파열되어 무대 위에서 기절한다. 황윈은 마침내 모든 걸 알고 집과 완전히 인연을 끊고 리롄에게 돌아온다.

이 영화는 중국식 〈춘희〉였다. 영화에서, 쑨위는 그의 모든 열정을 영화 촬영에 쏟아 부었다. 그가 외국에서 배워온 새로운 촬영 기법은 호랑이에게 날개를 달아준 격이었다. 그는 장면 분할, 렌즈 처리, 촬영 기법에 세심하게 신경 썼고, 상징, 대비, 더블 프린팅, 서막 등 당시 매우 참신한 수법을 채용했다. 배우 발탁은 그만의 혜안을 잘 보여준다. 쑨위가 〈고도춘몽〉에서 처음으로 롼링위를 기용했을 때, 그녀의 연기가 아직 유치하고 그 역시 그녀의 재능을 완전히 이해하지 못했다고 할 수 있다. 그러나 〈기녀〉 촬영을 시작하고 얼마 지나지 않아 쑨위는 롼링위의 천부적인 연기에 진심으로 탄복했다.

> "롼링위는 진지하고 정확한 배역으로 심오하고 감동적인 연기를 창조한다. 그녀는 무성영화시대에 연기 폭이 가장 넓고 가장 성취도가 높아서, '한 시대의 스타'라고 말해도 부끄럽지 않음을 웅변했다."

한편 〈기녀〉에서 황원을 연기한 배우는 쑨위가 직접 발굴한 청년 배우 진옌(金焰: 한국명은 김염-옮긴이)이었다. 그와 롼링위의 성공적인 조합은 영화에 적지 않게 빛을 더했다. 이 영화를 시작으로 롼링위와 진옌은 유명한 영화에서 공동 주연을 많이 맡아 '황금 콤비'를 이루었다. 훗날 롼링위의 명성이 영화계를 뒤흔들 때 진옌 역시 '영화계의 황제'라고 불렸다.

진옌의 본명은 김덕린(金德麟)으로 서울 출생이다. 의사였던 아버지는 한국의 애국지사로, 일본 특무대의 체포를 피해 전 가족과 함께 서울에서 중국 동북지역 퉁화(通化)로 이주하고 중국 국적을 얻었다. 그해 진옌은 갓 두 살이었다. 1918년 아버지가 치치하얼(齊齊哈爾)에서 병으로 죽자 상하이와 톈진(天津)의 두 고모가 진옌을 차례로 맡았다. 그 후 둥팡(東方)대학 부속 중학교, 지난(濟南)의 지메이(濟美), 톈진의 난카이(南開) 중학에서 공부했다. 그가 난카이에서 공부할 때 대혁명이 시작되었는데, 루쉰(魯迅)의 《외침(吶喊)》을 읽고 깊이 감명받아 진쉰(金迅)으로 이름을 고치려 했으나 발음이 쉽지 않아 진옌(金焰: 불꽃이라는 뜻-옮긴이)으로 바꾸었다.

1927년 봄 진옌이 상하이로 남하하여, 종잣돈이 없어도 되는 직업을 찾다 민신영화사에 소개로 들어간 것이 영화계에 몸담게 된 계기였다. 그러나 일이 그리 순탄치 않아 〈목란이 종군하다(木蘭從軍)〉와 〈열혈남아(熱血男兒)〉에서 군중으로 우연히 화면에 등장했을 따름이었다. 그는 매일 외상으로 얻은 국수로 연명하며 가까스로 버텼다. 1928년 그는 부완창의 소개로 난궈서(南國社: 톈한[田漢]이 1928년 창설한 현대극단-옮긴이)에 들어갔다. 난궈서에서 그는 톈한의 정열적인 지도와 도움을 받았고 그와 두터운 우정을 쌓았다. 1929년 정정추가 그를 밍싱에 추천하여 쑨위가 감독한 〈풍류협객(風流俠客)〉을 찍었으나 안타깝게도 이름을 얻지 못했다. 1930년 진옌은 롄화에 입사하고, 다시 쑨위가 〈기녀〉의 남자 주인공역으로 발탁하면서 단숨에 관중의 인정을 받았다.

진옌이 〈기녀〉에서 보인 뛰어난 연기에 대한 쑨위는 지극히 만족했다.

> "우리는 〈기녀〉에서 두 번째 같이 일을 했습니다. 그(진옌)는 뚜렷하게 '전형적인 학생'을 창조했는데, 활발하고 순박한 자연스러운 풍모, 건강미에 균형 잡힌 체격, 청춘의 왕성한 기상을 갖추었습니다. 새로운 유형의 남자 주연 배우가 국산 영화에 출현하자, 십리양장을 가득 채운 '지극히 천박하고 터무니없는' 영화에 등장하는 '교활하고 뻔질대며', '재주 있는 남자나 부랑자' 유형의 남자 주연 배우가 즉시 빛을 바랬죠. 당시 상하이탄에서 은막의 영웅은 농후한 반봉건(半封建), 반식민(半植民) 분위기를 풍기며 '남을 미행하고', '착복하며', '여자를 꾀는 교활한 청년'이었는데 갈수록 많은 관중에게 버림을 받았습니다."

쑨위가 자긍심을 느낀 또 다른 이유는 〈기녀〉가 비록 무성영화이나 중국에서 처음으로 전문적으로 작사한 노래를 영화에 삽입했기 때문이다. 이 영화에 삽입된 〈형을 찾아서〉는 러시아 민요 멜로디에 쑨위가 가사를 붙인 노래로 모두 4절로 구성되었다. 다행히 롼링위와 진옌 모두 목소리가 좋아 노래와 연기를 겸할 수 있었다. 두 사람의 슬프고 감동적인 선율의 노래는 대중화 음반회사에서 취입하고 LP판으로 제작하여 영화 상영 때 틀었다.

영화는 1930년 늦가을, 소슬한 가을바람이 나무 가득 달린 누런 잎을 떨어뜨릴 무렵 상하이와 뤄밍유의 방대한 영화 보급망을 통해 관중에게 선을 보였다. 쑨위는 상하이에서 처음 영화를 개봉했을 때 영화 상영실에서 연이어 3일 동안 눈도 떼지 않고 스크린을 뚫어지게 응시하다, 매번 롼링위와 진옌이 노래하는 대목에 이르면 즉시 전축 바늘을 사전에 표시해둔 레코드에 올려놓았다. 관중들은 난생 처음 국산 영화에서 줄거리와 완전히 들어맞고 극중 배우가 직접 노래하는 노래를 들었다. 그러나 〈기녀〉를 유성영화라고 한다면 아무래도 과장이 아닐 수 없으며 일종의 선전 수법에 불과하다.

〈기녀〉가 상영될 당시 밍싱은 〈홍련사를 불태우다(火燒紅蓮寺)〉 제15편, 톈이(天一)회사는 〈백화대를 불태우다(火燒百花臺)〉를, 유롄(友聯)회사는 〈황량한 강의 여협객(荒江女俠)〉 제4편을 내놓아, 마치 영화계 사방에서 '불길이 일어나' 연기 자욱하게 한판 싸움을 벌이는 형세였다. 때마침 〈기녀〉는 얼굴을 스치는 상쾌한 바람처럼 소재 선택과 구상에서부터 감독의 수법, 배우의 자연스러운 연기까지 모두 관중의 눈과 귀를 아주 새롭게 했다. 특히 지식인 계층과 청년 학생들의 환영을 받았는데, 무협물로 가득 찬 영화계로 인해 다시는 국산 영화를 보지 않으리라 맹세했던 관중의 발걸음을 다시 영화관으로 돌렸다. 그들은 〈기녀〉에 큰 갈채를 보냈고 일시에 삽입곡 〈형을 찾아서〉가 양쯔강(揚子江: 중국을 동서로 잇는 가장 긴 강으로 상하이 북쪽을 지난다-옮긴이) 남북을 뒤덮었다.

란링위는 〈고도춘몽〉과 〈기녀〉에서 더욱 존재감을 과시했다. 〈고도춘몽〉의 옌옌은 전갈보다 더 사악한 탕부이고, 〈기녀〉의 리롄은 활발하며 천진한 아가씨이다. 란링위는 자신의 살아온 삶과 우울한 천성 덕택에 〈기녀〉의 꽃 파는 아가씨 배역을 손쉽게 연기할 수 있었다. 꽃 파는 소녀가 명문세가 자제의 사랑을 받는 장면을 연기할 때면 감격과 기대로 가슴이 벅차올랐으나, 뭐라 말할 수 없는 두려움과 불안한 심정이 들면, 장다민과 서로 사랑할 때의 심정과 거의 같았다. 란링위가 롄화에서 찍은 영화 두 편은 모두 성공을 거두어 당시 국산 영화의 흥행 기록을 갈아치웠고, 그녀는 탄력 있게 배역에 자신을 적응시키는 첫걸음을 내딛었다.

〈기녀〉와 〈고도춘몽〉이 연달아 또다시 영화계를 뒤흔들자, 뤄밍유가 영화 제작에 투신하는 것에 대해 의심을 품었던 부하 직원들과 뤄밍유의 새로운 동업자들은 뤄가 세운 회사의 제작 방침을 믿고 따랐다. 1930년 10월 25일, 뤄밍유는 홍콩에 회사의 총 관리처를, 12월에 이사회를 설립했다. 롄화는 영국 국적의 훈작(勳爵) 허둥(何東)을 이사장으로, 뤄밍유를 총지배인 겸 총감독·제작자로 확정했다. 〈고도춘몽〉이 영화 촬영을 시작하여 '롄화'가 성립을 선언하기까지 채 1년이 안 되는 기간은 란링위가 영화에 종사한 이래 가장 분발한 기간이기도 했다.

〈기녀〉가 개봉되고 얼마 되지 않아 란링위를 끝없이 흥분시킨 또 다른 사건이 있었는데 바로 자신이 은사로 여기던 부완창이 롄화에 입사한 것이다.

3. 〈사랑과 의무(戀愛與義務)〉

1930년 봄 롼링위가 회사에 출근하자 낯익은 얼굴이 눈에 들어왔는데 바로 부완창 감독이 아닌가? 부완창은 감독은 밍 싱회사를 떠나 작은 회사 두 곳에서 영화를 찍었으나 자못 마땅치 않던 차에, 롼링위가 롄화에서 주연한 영화 두 편을 보고 롄화에 정식으로 가입했다.

며칠 후 부완창은 롼링위를 찾아와 시나리오를 한 부 건네 며 말했다.

"롼 양, 이 시나리오를 봐요. 주스린 선생이 집필한 《사랑 과 의무》인데, 주 선생이 오로지 롼 양을 염두에 두고 썼다는 구려."

그날 밤 롼링위는 시나리오를 정독했다.

한창 젊은 대학생 리쭈이(李祖義)와 양나이판(楊乃凡)은 서 로 사랑하는 사이이다. 그러나 평민과 명문가 딸의 신분 격차 가 둘의 순탄한 결합을 방해한다. 양나이판의 아버지가 이들 의 교제를 알게 되자 단호하게 그녀와 리쭈이가 사귀는 것을 반대하고, 그녀를 명문가 자제인 황다런(黃大任)에게 주기로 약속한다.

양나이판은 아버지의 압력에 겁먹고 황다런과 결혼할 수밖에 없었고 이후 아들과 딸을 하나씩 낳았다. 몇 년 후 양나이판은 다시 리쭈이와 재회했는데 그는 여전히 혈혈단신으로 양나이판을 깊이 사랑하고 있었다. 둘 사이에 뜨거운 감정이 새롭게 불타오르고 양나이판은 자식을 버리고 리쭈이를 따라 떠난다. 그러나 그들은 생계를 잇기 어려워 부득불 도시로 돌아와 일을 찾는다. 리쭈이는 가난과 병의 이중고에 시달리다 세상을 뜨고 유족으로 양나이판과 그들의 어린 딸 핑얼(苹兒)을 남긴다. 양나이판은 부끄럽게 생각하지 않고 하녀가 되어 생계를 이어간다.

세월이 흘러 핑얼은 자라서 부잣집 청년과 사랑에 빠진다. 그러나 선대(先代)의 비극이 핑얼에게 되풀이된다. 청년 집에서 양나이판이 "체면을 돌보지 않았던" 과거를 알고, 가문의 불명예라 여기며 결혼을 허락하지 않는다. 양나이판은 괴로움과 절망에 빠져 사리(事理)를 따져보고 오로지 자신이 죽어야 딸에게 강요된 치욕을 씻을 수 있으리라 여겼다. 그녀는 전남편 황다런에게 유서를 써 딸 핑얼을 부탁하고 강에 뛰어든다.

시나리오를 읽고 나니 인기척이 없어진 깊은 밤이었다. 어느새 흐르는 눈물이 쥐고 있는 손수건을 적셨다. 롼링위는 침대에 누웠으나 오래도록 잠들지 못했다. 극본이 그녀의 감수성을 자극했고 기억의 수문(水門)을 열었다. 그녀는 자신도 모르게 어머니를 따라 장 나리 댁에서 일하던 지난날이 떠올랐다.

부완창은 이 영화를 꼭 특색 있는 작품으로 만들고 싶은 생각이 간절했다. 이는 어쨌든 그가 렌화에 입사하고 메가폰을 잡는 첫 영화일 뿐 아니라 렌화가 정식으로 설립하고 촬영하는 첫 번째 영화이기도 했다. 부완창 개인이든 렌화회사이든 모두 반드시 성공해야 하는 영화였다. 1930년 상하이의 겨울은 매서웠으나 롼링위는 열기로 가득 찬 촬영 스튜디오 내에서 겨울을 보냈다. 회사 사람들과 동료들의 노력으로 〈사랑과 의무〉 촬영 작업은 순조롭게 진행되었다. 진옌은 대학생 리쭈이를 〈기녀〉의 황원보다 훨씬 능숙하게 연기했다. 그는 양나이판과 같은 애인이 없었을 뿐, 리쭈이보다 훨씬 힘겨운 세월을 겪었다.

　롼링위는 양나이판의 곡절 많은 인생을 바탕으로, 시기별로 그녀의 특정한 표정과 동작을 지어냈다. 그리고 순서대로 청년 시기의 부잣집 아가씨에서부터 중년의 하녀에 이르는 근 20여 년의 인생 역정을 은막 위에 펼쳤다. 롼링위는 핑얼 역이 어떤 어려움도 없었다. 거의 롼링위 개인의 삶과 일치했기 때문이다. 하녀였던 어머니, 부잣집 아들로 태어난 남편, 가문이 천하다 하여 받은 모종의 굴욕……. 감내하기 어려운 한 장면, 한 장면을 재현할 때마다 롼링위는 점점 깊은 비애로 빠져들었고, 연기가 유달리 진실하고 상황에 꼭 들어맞아 사람의 폐부를 찔렀다.

　〈사랑과 의무〉에서 양나이판과 핑얼의 1인 2역을 맡은 롼링위는 연기를 갈고닦을 좋은 기회를 맞았다. 양나이판이 처음 리(李) 가문의 압력을 견뎌내는 성격과 숙명적 사랑은 롼링위 본인이 이미 경험한 바였다. 또 양나이판처럼 집에서 천금만금처럼 귀하게 자라지는 못했으나, 양나이판과 리가 결합한 뒤 내심 느끼는 고독과 고통은 롼링위와 장다민이 최근 몇 년간 생활에서 가장 크게 느끼고 있었던 터였다. 비록 양나이판처럼 애정과 행복을 쟁취하기 위해 도망갈 의지와 용기는 없더라도 롼링위는 그녀를 이해할 수 있었고 심지어 부러워하고 흠모하기까지 했다. 훗날 양나이판이 핑얼을 키우고 고생을 참고 견디며 남의 집 고용살이를 하는 장면을 연기할 때나, 딸이 부잣집의 멸시를 받을 때, 그 심정과 상황은 롼링위와 어머니의 괴로움을 판에 박은 듯했다. 롼링위는 자신이 연기하고 있다는 사실을 잊고 옛꿈을 다시 꾸는 듯했다. 과거의 여러 불행, 굴욕이 롼링위에게 얼마나 많은 모욕감과 신산함을 불러일으켰던가! 그녀는 어머니에 대한 속 깊은 정(情)과 평상시 다른 이에게 말하기 힘든 은밀한 고통을 온전히 연기에 쏟아 부었다.

〈사랑과 의무〉 촬영을 끝내자마자 롼링위는 숨 돌릴 틈도 없이 새 영화 〈매화가지(一剪梅)〉와 〈도화의 눈물(桃花泣血記)〉 촬영에 투입되었다. 두 편 모두 부완창이 감독했다. 〈매화가지〉에서 부완창은 롼링위와 진옌을 주연으로 기용한 것 외에 린추추, 천옌옌, 류쉬췬(劉續群), 가오잔페이(高占非) 등을 촬영에 참가시켰다. 회사는 영화의 호소력을 높이기 위해 거액을 아까워하지 않고 광저우와 홍콩에서 부분적으로 야외촬영을 했다. 롼링위는 야외촬영 팀을 따라 남하했고 평생 단 한 차례 그녀의 고향, 광둥으로 돌아갔다. 이사장 허둥은 홍콩에서 정성스레 야외촬영 팀을 접대했고 여주인공인 롼링위는 자연스레 더 주목을 받았다.

뤼밍유는 회사의 제작 업무가 주로 상하이에서 진행됨을 고려하여 상하이에 관리처를 나누고, 총 업무를 관장하는 회사를 '롄화 제1지점'(리민웨이의 옛 민신)에 세웠다. 이밖에 '롄화 제2지점'(우싱차이[吳性裁]의 옛 다중화 바이허 회사), '롄화 제3지점'(주스린이 새로 쉬자후이[徐家匯]에 세웠다), '롄화 제5지점'(단두위[但杜宇]의 옛 '상하이영화[上海影戲]'), '롄화 가무반'(리진후이[黎錦揮]의 명월가무단[明月歌舞團])이 있었다. 진정 영화계가 '롄화'를 괄목상대하게 만든 것은 그곳에서 제작된 영화였다. 쑨위, 부완창이 감독을 맡고 롼링위가 주연한 영화를 제외하고, 왕츠룽(王次龍)이 감독한 〈의로운 기러기, 정다운 원앙(義雁情鴦)〉〈애욕의 전쟁(愛慾之爭)〉〈자유혼(自由魂)〉, 스둥산(史東山)이 감독한 〈변치 않는 아가씨(恒娜)〉〈은하수의 쌍둥이별(銀漢雙星)〉, 양샤오중(楊小仲)이 감독한 〈쓰라린 가슴(心痛)〉, 장궈쥔(張國鈞)이 감독한 〈옥당의 봄(玉堂春)〉 등이 있다. 롄화가 내건 '국산영화 부흥'의 호소와 작품으로 인해 롄화는 대중에게 신흥 세력으로 인정받았다. 창립한 지 1년밖에 되지 않은 롄화의 일거수일투족이 영화계에 중대한 영향을 미치게 됨으로써, 1930년대 초 중국 영화계는 '롄화', '밍싱', '톈이' 세 회사가 솥발과 같이 벌여 서는 국면을 형성했다. 그중 롄화가 단연 활력이 넘쳤다.

4. 무성영화의 긍지

란링위의 예술적 재능은 '밍싱'에서 시작하여, '롄화'에서 성숙했다고 할 수 있다. '밍싱'은 창립한 지 오래된 저명한 영화사로 영향력이 크고 실력이 두터웠으나 1920년대 말에 이르러 영·미(英美) 영화와 경쟁하기 위해 〈홍련사를 불태우다 (火燒紅蓮寺)〉 등의 무협류를 찍기 시작했는데, 한 편, 두 편을 찍다 급기야 20편에 이르렀다. 차츰 경영 방침이나 예술상 영리를 좇고 소시민의 취미에 영합함을 종지로 삼아, 쇠락하고 보수적이며 무기력한 분위기에 처했다. 1932~33년, 샤옌(夏衍)을 대표로 하는 영화 소모임이 시나리오 작가 신분으로 밍싱에 입사하며 상황이 근본적으로 변했다. 한편, 1920년대 말에 새로 생긴 롄화는 사상이나 예술 방면에서 진취적이고 혁신적이었고 제재가 현실을 중시하고 수법의 참신함에 신경 쓴 까닭에 도시 영화 관람객, 특히 지식인 청년들의 환호를 받았다.

롄화와 밍싱의 실제 상황을 비교해보면 객관적 상황의 변화가 란링위의 예술 발전에 끼친 중대한 영향을 알 수 있다. 란링위가 밍싱에서 다중화로 옮긴 상황을 보면 평범한 여성 스타와 그리 다르지 않다. 루제(陸潔)와 우싱차이(吳性栽)가 합작한 다중화 바이허 회사가 여배우를 뽑는다고 신문 광고를 내자, 회사로 온 수천수백 통의 응시 원서 가운데 롼링위가 몸소 작성하고 규정에 따라 본인의 사진을 붙인 원서도 있었다. 원서 담당자는 롼링위 본인이 원서를 쓸 리 없다고 자의적으로 판단하고 그녀의 원서를 옆으로 치워놓은 채 아예 거들떠보지 않았다. 뜻밖에 시험 기간이 지나고 롼링위가 직접 다중화 회사로 따지러 왔다. 롼링위는 빈정거리며 말했다. "저는 시험을 보려 했는데, 당신들은 제게 답장도 한 번 안 주니 저를 무시하고 이런 사람 필요 없다는 거죠?" 회사는 솔직하게 그녀가 밍싱처럼 저명하고 영향력 있는 회사를 떠나 신생 회사에 올 리 만무하다고 하자, 롼링위는 자신이 이번에 응시를 원한 것은 진심이라고 명확하게 자신의 태도를 밝혔다. 롼링위의 시원시원한 태도는 회사의 의혹을 해소시켰다. 회사는 즉시 롼링위에게 초청장을 발급하여 그녀를 회사의 간판 배우로 초빙했다. 이는 롼링위의 예술 활동에서 매우 중요한 전환이며 그녀 성격의 과단성과 예술에 대한 진지한 애정을 반영한다.

오래지 않아 다중화는 베이징에서 옮겨온 화베이영화사와 합병하고 롄화영화사로 개명하며 실력과 규모를 크게 확충했다. 감독으로는 쑨위, 차이추성, 주스린, 우융강 등이 있었다. 저명한 배우로는 진옌, 왕런메이, 쉬슈원(舒繡文), 천옌옌, 장이(張翼), 린추추, 리줘줘(黎灼灼) 등이 있었다. 롼링위가 영화계에 데뷔한 것이 부완창의 '혜안'과 협력 덕분이라면, 그녀가 롄화에 입사하고 재능을 드날린 것은 중국 영화계의 원로

롼링위阮玲玉,
사람들 시비가 두렵다

쑨위 감독 덕택이다. 쑨위는 중국 영화계 종사자 가운데 외국에서 처음으로 유학했다. 칭화(淸華)대학을 졸업하고, 미국 위스콘신 대학, 뉴욕 영화 학원과 컬럼비아 대학에서 문학, 드라마, 영화 편집, 촬영, 인화, 편집 등의 학과를 선택하여 이수했다. 1925년 귀국 후, 쑨위는 상하이에서 상영되는 영화가 거의 외국이나 유럽 아니면 미국산이고 국산 영화는 모두 조잡한 원앙호접파의 멜로물과 봉건 미신을 선양하는 무협이나 신괴류임을 목격했다. 이런 까닭에 그는 롄화에서 '국산영화 부흥'의 구호를 내세우게 되었다. 뒷날, 쑨위에게 어떻게 롼링위를 발탁했는가를 묻자 쑨위가 다음과 같이 대답했다.

> "처음, 롼링위가 연기한 연극 몇 편을 보고 여러 방면에서
> 그녀의 조건이 나쁘지 않다고 여겼습니다. 나중에 다른 이
> 들의 추천을 받아 〈고도춘몽〉에서 인기 있는 기녀 역할을
> 맡겼는데, 퍽 성공적으로 연기했죠."

롼링위가 1930년대 초 이룬 예술적 성취는 쑨위 감독의 예술과 나누어 생각할 수 없다. 쑨위는 배우가 너무 인위적이고 부자연스러우면 안 되며 끊임없이 카메라 앞에서 연습할 것을 주문했다. 그는 연기자가 인물의 상상이나 감정을 체험하고 생활의 여러 면을 드러내야 하지만, 그렇다고 자연주의식으로 사소한 생활의 겉모습에 치중해 사물과 인물을 모방하면 안 된다고 주장했다. 쑨위는 실제 촬영에 임해선 영화 전편(全篇)

의 이론을 거론하지 않고, 단지 배우의 성격을 묘사하는 핵심 장면에서만 지시했다. 연기자가 자신의 대체적인 구도(構圖)를 넘어서지 않으면 함부로 간섭하지 않았다. 따라서 쑨위의 지도를 받아 롼링위의 재능은 충분히 발휘되었다. 쑨위가 감독하고 롼링위가 주연을 맡은 영화는 〈고도춘몽〉과 〈기녀〉를 제외하고, 1933년 촬영한 〈작은 장난감(小玩意)〉이 있다. 세 편의 영화를 같이 하면서, 쑨위는 롼링위의 연기에 매우 깊은 인상을 받았다. 그는 다음과 같이 말한 바 있다.

"롼링위에게 연기를 지도하고 영화를 찍는 일은 어떤 감독에게도 가장 유쾌한 일이었다. 촬영 전 조금만 언질을 줘도 그녀는 매우 빨리 감독의 의도를 알아차렸고 대부분 거의 한 번에 촬영을 마쳤다. 다시 찍는 일이 극히 적었다. 그녀가 미리 리허설을 한 장면은 항상 감독이 촬영장에 들어가기 전 상상한 것보다 훨씬 좋았고 훨씬 빼어났다."

롼링위가 세상을 떠나자 쑨위는 마치 살아 있는 것 같은 롼링위의 시신 옆에 앉아 묵묵히 그녀를 응시하며, 극악무도한 세상이 예술적 천재를 삼켜버린 것을 애석해했다. 그는 《롄화화보(聯華畫報)》에 글을 발표했다.

"그녀(롼링위)의 일생은 향상하기 위한 노력과 투쟁을 기록한 한 페이지와도 같다. 롼링위의 비할 데 없이 탁월한 연기는 중국 영화계 십몇 년간 최고의 자리를 차지했다."

란링위가 세상을 뜬 지 20여 년이 지나고 그는 다시 글을 써 란링위를 회고하며 그녀의 연기에 대해 더 높고, 더 정확한 평가를 했다.

"란링위의 천재적 연기는 중국 무성영화 시대의 긍지다."

쑨위와 란링위가 같이 영화 작업을 한 지 50여 년이 지났건만, 그는 아직 소중한 기념 책자 한 권을 간직하고 있다. 그 기념 책자에는 한란건(韓蘭根), 인슈천(殷秀岑), 천옌옌, 천쥐안쥐안(陳娟娟), 진옌 등이 글을 적었고, 정쥔리, 차이추성, 녜얼(聶兒), 왕런메이, 리리리(黎莉莉)의 친필이 남아 있다. 책 한 페이지에 작고 짙은 붉은색의 유포(油布: 책표지나 탁상보로 쓰이는 기름칠한 천-옮긴이)가 붙어 있는데, 그 위에 정교하고 아름답게 '쑨(孫)' 자가 수놓아져 있다. 이 '쑨' 자 옆에 기념 책자의 주인이 예외적으로 몇 줄을 써 놓았다.

> 10여 일 전, 나는 그녀[란링위]에게 오래된 친구[쑨위]의 작은 책자에 몇 글자 적어달라고 부탁했다. 그녀는 잘 생각해보겠다고 했다……. 이제 너무 늦어버렸으나, 〈작은 장난감〉을 촬영할 때 그녀가 밀짚모자에 수놓아준 글자를 여기 남긴다……. 어제 우리의 아름다운 보석이 세상을 떠났

다. 그녀는 갔으되 그녀의 천부적 재능은 영원히 모든 이
의 가슴 깊이 남아 있으리라.

5. 영화 황후보다 더 훌륭하네

1930년대 상하이에서 영화의 영향력이 점점 더 커짐에 따라 영화배우의 지위도 덩달아 높아졌고 광적인 영화 팬들도 출현했다. 각종 고급 사교 모임에서 영화인들이 정부, 재계 요인들과 동등하게 대우받았다. 영화배우 숭배를 부추긴 것은 대중 신문과 대량으로 출현한 영화 간행물들로 이들은 영화와 관련된 행사를 점점 늘렸다. 그 가운데 가장 떠들썩한 사건은 말할 것도 없이 1933년 '영화 황후 선거'였다.

《스타일보(明星日報)》는 상하이 《뉴스신문(新聞報)》의 유명한 편집자 천뎨이(陳蝶衣)가 1933년 1월 창간한, 중국 최초의 영향력 있는 오락 간행물이다. '영화 황후' 선정은 회사 설립 후 얼마 지나지 않아 《다징신문(大晶報)》과 《금속신문(鐵報)》이 연합하여 벌인 행사였다. 천뎨이의 본명은 천저쉰(陳哲勛)으로, 유명한 언론인이자 작사가(塡詞家: 중국 전통 운문체인 사[詞]의 가락에 맞추어 가사를 쓰는 이-옮긴이)이다. 그는 《스타일보》외에 저명한 대중 잡지 《만상(萬象)》 창간인 가운데 한 명이기도 하다. 홍콩으로 이주하고 《추진(秋瑾)》(청말 대표적인 여성 혁명가-옮긴이)이나 《홍루몽(紅樓夢)》(중국 고전 소설의 최고봉으

로 우리나라 《구운몽》에 영향을 주었다-옮긴이) 등의 극본을 창작했다. 〈연인의 눈물(情人的眼淚)〉〈봄바람이 나의 얼굴에 입 맞추네(春風吻上我的臉)〉 등 대표적인 중국어 유행가 가사가 모두 그의 손에서 나왔다.

투표는 《스타일보》 창간일부터 시작되어 2개월 후 마감되었다. 처음에 투표하는 이가 많지 않았으나, 천데이가 다시 수완을 발휘해 투표인, 표를 받은 영화배우 및 득표수를 날마다 신문에 실었다. 생각지도 않게 자신과 우상의 이름이 함께 실리는 것을 보면 독자가 꼬리에 꼬리를 물고 투표하게 만드는 동력이 될 수도 있었다. 결국 투표가 성공적으로 마무리되면서 《스타일보》는 색다른 방법으로 주류에 편입, 오늘날까지 중국 최초의 전문 오락 신문으로 평가받는다. 《스타일보》창간호에 이번 투표 행사의 목적을 "여배우의 진취심을 고취하고 영화 사업의 발전을 촉진한다"고 설명했다. 동시에 투표는 매일 《스타일보》의 신문지상에 인쇄되고 투표 마감은 2개월 후 28일이며 마감일까지 매일 각 스타의 득표수를 공개하겠다고 선포했다.

《스타일보》의 이 행사는 영화 팬들의 관심과 정확히 맞아 떨어져 열렬한 환영을 받았다. 2개월 동안 수만 장의 투표를 받았다. 2월 28일 《스타일보》사는 각계 저명인사와 변호사를 초청해 상하이 베이징로(北京路) 대갈릴레이사(大伽利萊社)에서 발표 행사를 거행했다. 당시 가장 유명한 세 여배우, 밍싱의 후데, 롄화의 롼링위, 톈이의 천위메이(陳玉梅)의 득표수가 매우 엇비슷해서 각 회사의 간판 여배우 간의 경쟁이 각 회사의 경쟁처럼 치열했다. 결과는 후뎨가 2만 1,334표를 얻어 2위 천위메이를 두 배 차로 여유 있게 따돌렸다. 롼링위가 3위였다.

조작이 있었다고 의심할 이유는 없다. 각계 저명인사 40여 명이 공증(公證)했고, 변호사가 개표를 감독했으며 당시 기록을 보더라도 후뎨의 위세는 따라올 자가 없기 때문이다. 그녀의 이름은 담배 상품명으로 등록되었고, 중국을 대표하는 배우로 미국과 유럽 여러 나라를 두루 돌아다니고 귀국할 때 환영 인파가 인산인해를 이루었다. 결과 공표 후 후뎨 본인이 거듭 고사하여 성대한 영화 황후 대관식은 취소되고 경축 행사가 '항공 구국 댄스 대회'를 겸하여 열렸다. 수여식 이름만이 당시의 시대적 배경을 일깨워주는 듯했다. 어쨌든 '항공 구국'은 '영화 황후 대관식'보다 떳떳하여 이 이름을 빌린 댄스 파티에 정·재계 고관들이 구름처럼 모여들었다. 대회는 2월 28일 오후 안징쓰로(安靜寺路)의 대상하이(大滬: 후[滬]는 상하이의 다른 이름―옮긴이) 댄스홀에서 거행되었다. 모임이 구국과 관련되어 댄스홀 사장이 무상으로 댄스홀을 빌려주고 다과를 제공했다. 댄스홀 입구에 '후뎨 여사의 영화 황후 당선 경축, 항공 구국 댄스회'의 플래카드가 가로로 걸려 있었다. 장내는 각계에서 보내온 크고 작은 화분 200여 개가 진열되어 있었다. 채 2시가 되기도 전 입구에 차가 꼬리를 잇고 장내로 사람들이 물밀듯이 밀려들었다. 공부국(工部局: 민국 시기 국가의 공사·교통·수리 등을 담당했던 행정부―옮긴이)에서 경찰 몇 명을 파

롼링위阮玲玉,
사람들 시비가 두렵다

견하여 장내 질서를 유지했고, 소방대가 소방차 한 대를 출동시켜 만약의 사태에 대비했다. 유명 상점 역시 축하의 뜻을 표하는 동시에 광고와 선전을 위해 잇달아 선물을 보냈다. 예를 들어, 푸창(福昌) 담배회사는 신제품 나비(胡蝶: 후뎨의 이름은 나비라는 뜻-옮긴이)표 담배를 내빈에게 나누어주었고, 중시다(中西大)약국은 '스타(明星)' 향수를 보내왔고, 쭝퉁(總統) 회사는 '과이과이 과자(乖乖果)'를, 관성위안(冠生園) 식품점은 초콜릿 사탕을 보내왔다.

후뎨가 마침 눈병을 앓고 있어 5시가 되어서야 비로소 도착했다. 그동안 주최 측은 사교댄스를 추는 간간이 오락 프로그램을 진행했다. 갓 탄생한 영화 황후가 마침내 댄스홀에 모습을 드러내자 댄스홀은 분위기가 한껏 달아올랐다. 사회 저명인사들이 축사를 하고 주최 측은 '영화 황후 증서'를 그 자리에서 후뎨에게 수여했다. 후뎨에게 수여한 증서에는 사륙변려문(四六騈儷文: 네 글자, 여섯 글자를 번갈아 쓰는 중국 전통 운문체로 화려한 수사와 대구가 특징-옮긴이)으로 "그대 이름 으뜸이요, 몸 또한 장원(壯元)이라. 홀연 나타난 천상의 선녀 같아, 사람들의 칭송을 받기에 합당하네" 문구가 있었다. 후뎨는 자신의 사회적 이미지를 매우 중시하여 답사를 하고 〈최후의 소리(最後之聲)〉라는 곡을 불렀는데, 안어(安娥)가 특별히 대회를 위하여 작사했다. 가사는 "우리는 싸워야 한다네, 전쟁은 우리를 해방시킬지니, 목숨 걸고 선혈로 대지를 물들이고, 민족을 위해 싸워 최후의 광명을 맞이하세!"와 같았다. 후뎨는 즉석에서 실크 모자를 돌려 모금했다. 그러나 그날 밤 불과 300여 다양(大洋: 옛날 1원짜리 은화 이름-옮긴이)을 모금했다. 아마 그날 밤 손님들이 '황후대관식'을 일종의 오락으로 여겼기 때문이리라.

반세기가 지나서 후뎨는 회고록에서 자신이 '황후'로 당선되었던 일을 간략하게 적었다.

> 1933년 또 하나 재미있는 일은 영화 황후 선거였다. 미국 영화배우 메리 픽포드(Mary Pickford)가 제2회 오스카 최우수 여우주연상을 받고 '영화 황후'라는 영광스러운 명칭을 얻었다. 그런데 마리가 특별히 상하이를 방문한 후, 《스타일보》가 [이를 따라서 영화 황후 선거를 실시했는데] 매일 신문지상에 투표지를 인쇄하고 거둬들인 투표지를 특별 제작된 상자에 넣었다. 게다가 그 결과를 엄숙하게 대중 앞에서 공표했는데 내가 가장 많은 표를 얻어 '영화 황후' 칭호를 얻었다. 몇십 년 동안 장난 같은 선거로 인한 칭호가 줄곧 나를 따라다녔는데, 이는 관중이 내게 보인 사랑이었기에 나는 함부로 잘난 체할 수 없었다.

사실 중국 영화사에서 이는 '영화 황후'를 뽑은 첫 투표도, 마지막 투표도 아니었다. 일찍이 1920년대 중반 장즈윈(張織雲)이 '황후'의 월계관을 쓴 적이 있다. 그러나 그때는 1933년 초 투표만큼 그렇게 영향력이 크지 않았다. 또 투표에서 롼링위

의 등수가 후데보다 조금 뒤졌으나 결코 연기의 조예가 후데
만 못한 것이 아니라 여러 원인 탓이었다. 첫째, 이번 투표는
비(非)전문가와 비(非)지식인 계층이 제일 많이 투표했다. 그들
의 눈에는 후데가 확실히 다른 이들이 넘볼 수 없는 위치를 차
지하고 있었다. 그러나 롼링위를 좋아하는 많은 인텔리 계층
의 관중은 이런 종류의 투표 행사에 근본적으로 관심을 보이
지 않아서, 롼링위는 득표를 많이 하지 못했다.

둘째, 장스촨, 정정추 등과 같은 명사와 재력으로 기세등등
한 밍싱은 후데를 힘껏 선전했고 다른 배우들에 비할 데 없는
영향력을 갖게 만들었다. 그러나 롄화는 스타가 후데를 떠받
들듯 그렇게 롼링위를 떠받들지 않았다. 이는 후데의 당선을
비교적 쉽게 만들었다.

셋째, 후데가 '영화 황후'에 당선될 수 있었던 것은 영화에
서 보인 그녀의 연기와 분리하여 생각할 수 없다. 그녀가 연기
한 은막의 이미지는 대부분 단아하고 정숙하며 얌전한 숙녀
역이라 규격화된 연기로도 충분했다. 그러나 만약 연기만을
가지고 논한다면 롼링위는 그녀와 필적하기에 충분하다.

롼링위와 후데는 영화배우 가운데 나란히 아름다움으로 이
름을 날렸다. 용모를 논하자면 후데가 롼링위처럼 수려하지
못하고, 롼링위는 후데처럼 장엄하지 못하다. 예술을 논하자
면, 롼링위의 연기는 활발하고 생동감 넘치며 분위기가 낭만
적이어서, 사람들의 사랑을 받기 쉬우나 경시받기도 쉽다. 후
데의 연기는 딱딱하고 어색하나, 태도가 시원시원하여 좋아하

는 이도 있고 싫어하는 이도 있었다. 가령 밍싱의 사장, 장스촨의 부인인 허슈쥔(何秀君)은 밍싱에 몇 년간 몸담았던 롼링위에 대해 다음처럼 객관적인 평가를 했다.

> "롼링위의 성격은 외곬이고 감정이 자유분방했습니다. 촬영장에서 울고 싶으면 울고, 웃고 싶으면 웃었어요. 매우 진솔하고 영화를 찍으면 표정이 자연스러웠지요. 그러나 그녀는 스촨과 같은 대감독의 지도를 절대 듣지 않았어요. 스촨은 그녀 때문에 골머리를 앓았고, 이로 인해 그녀를 그다지 중시하지 않았습니다."

정작 롼링위 본인은 '영화 황후' 선정 행사를 전혀 신경 쓰지 않았고, 다만 친구 후뎨가 당선되자 그녀 역시 기뻐했다. 사실 '영화 황후'를 선정한 1933년 초, 롼링위와 후뎨는 아직 연기의 정점에 다다르지 못했다. 그들 연기를 대표하는 가장 성취도가 높은 작품은 그로부터 만 2년 후 제작되었다.

《스타일보》의 '영화 황후' 선거 이외에, 1932년부터 1933년 사이에 치러진 《전자음향일보(電聲日報)》의 영화 선정 행사 역시 몹시 떠들썩한 사건이었다. 《전자음향일보》의 선거는 중국 10대 영화배우, 외국 10대 영화배우, 외국 10대 우수 영화를 뽑았다. 그 가운데 중국 10대 영화배우 선거 결과는 득표수대로 나열하면 후뎨, 롼링위, 진옌, 천옌옌, 왕런메이, 가오잔페이, 리쥐쥐, 천위메이, 정쥔리, 리리리였다. 《전자음향일보》의 10

대 영화배우 선거는 기본적으로 영화배우의 지명도와 그들의 관중 속 위상을 반영한다고 볼 수 있다. 또한 남녀 불문하고 순위를 매겨 열 명 순위 안에 들어가는 것이 더 어려웠고 비교적 공평하다고 할 수 있다. 진옌은 3등이었으나 남자 배우 가운데 가장 득표수가 많아 그 후 '영화 황제'라는 칭호를 얻었다.

〈도화의 눈물〉의 스
틸컷.
롼링위와 진옌.

〈도화의 눈물〉의 한
장면.
진옌(金焰).

〈도화의 눈물〉의 한
장면.
롼링위와 진옌.

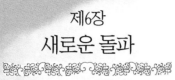

제6장
새로운 돌파

〈신성한 여인(神女)〉의 스틸컷. 눈물 흘리는 장면.

〈신성한 여인(神女)〉의 스틸컷. 경찰에게 쫓기는 여주인공을 숨겨준 대신 동침을 요구하는 건달에게 담배를 얻어 피우는 장면.

위의 장면을 재연한 장만위의 〈롼링위〉의 한 장면.

1. 원숙함에 이르다

일반적으로 1930년대 초 중국 영화는 아직 유치한 수준이었고, 여배우는 남자 배우보다 늦게 출현하여 초기에 여자 배역을 남자 배우가 맡는 일이 흔했다. 또 정작 여배우가 은막에 등장하자 대부분 용모나 자태로 관중의 환심을 샀고 인물 묘사 역시 실제와 많이 동떨어졌다. 그러나 란링위는 중국 영화 사상 각종 여성상을 진실하게 묘사한 최초의 여배우 가운데 하나였고 그 가운데에서도 뛰어났다.

란링위는 이즈음 활동이 가장 왕성했고 연기가 가장 성숙한 시기에 들어섰다. 짧았던 생애 중 마지막 4, 5년간 70여 편의 영화에 출연했고(현재까지 18편이 알려졌으나, 〈아내의 마음(婦人心)〉과 같은 영화는 사정상 정식으로 상영되지 못했다), 대부분 주연을 맡았다. 무엇이 란링위의 왕성한 활동과 원숙한 연기를 촉진했을까? 중요한 요소 가운데 하나가 막 전개된 좌익 영화 창작 운동을 꼽을 수 있다. 좌익 문예와 영화 영향을 많이 받은 작품으로는 1930년 이후 출연한 〈세 모던 여성〉 〈사랑과 의무〉 〈작은 장난감〉 〈신성한 여인(神女)〉 〈신여성(新女性)〉 등이 있다.

중국 영화가 유성영화로 점점 전환하고 있던 1930년대 초는 영화사상 중요한 연구 과제로 남아 있다. 이때 외국에서 이미 유성영화가 발명되었고(첫 작품은 미국에서 1927년 나온 〈재즈 싱어(Jazz Singer)〉이다), 중국 역시 세계 영화 흐름에 발맞춰 시험 삼아 첫 유성영화인 후뎨 주연의 〈여가수 홍모란(歌女紅牧丹)〉을 제작했다. 그러나 유성영화 제작 기술이 아직 유치한 단계에 머물고 있었다. 1930년부터 1935년 사이, 중국 유성영화는 아직 미국처럼 촬영과 동시에 소리를 레코드에 담지 못하고, LP판으로 따로 녹음하여 내구성도 떨어지거니와 완벽하지 못했다. 게다가 감독과 연기자 대부분 무성영화에 익숙하여 촬영장에서 발음과 대사에 대해 왈가왈부 말이 많았다. 무성영화는 필요할 때 대사를 자막으로 표시해 연기자가 반드시 대본대로 말할 필요가 없었다. 그러나 유성영화는 배우가 레코드에 녹음한 표준어(북방어)에 맞춰 재연(再演)하므로 매우 곤란했다. 감독은 스톱워치를 들고 정확히 시간을 재며 배우의 입 모양과 동작을 지휘하는 한편, 벨 소리를 다르게 울리고 이를 신호로 삼아 시간과 배우의 입 모양을 맞추어야 했다. 따라서 연기자는 연기의 제약을 받았고 동작이 굼뜨고 마음은 급하여 실수가 잦았다.

란링위 연기의 최고봉은 무성영화의 황금기에 도달한 것이다. 〈이름만 부부〉부터 촬영한 10여 편의 영화가 비교적 좋은 성적을 냈으나, 스크린에서 시간이 조금만 흘러도 배우가 곧 사라져 지나치게 다급한 표정과 동작을 드러냈다. 1931년 촬영한 〈도화의 눈물〉은 매초 16프레임(frame)으로 촬영·제작되었다. 영화에서 란링위는 가난한 양치기 소녀 린구(琳姑) 역할을 맡았는데, 주인집 도련님 진더인(金德恩, 진옌 분)이 첫눈에 반한다. 영화는 란링위를 근경 렌즈로 촬영했는데, 머리가 좌우로 흔들거리고(무성영화에서 배우는 말할 수 없으므로 보통 큰 폭의 동작으로 극중 효과를 강화한다) 빠르게 전개되는 줄거리로 인해 관중은 인물의 섬세한 표정과 심리적 변화를 살필 기회가 없었다.

조금 뒤 촬영 속도가 매초 16프레임에서 24프레임으로 늘어남에 따라 롼링위의 연기도 이에 적응하고 변화했다. 가령, 같은 해 촬영한 〈매화가지〉에서 사람들은 롼링위의 동작이 속도가 고르지 않고 표정과 엇박자라고 느꼈다. 그녀가 분한 묘령의 아가씨는 영화가 시작하고 얼마 되지 않아 손에 조그만 노래책을 들고 노래하면서 뛰는데, 동작의 리듬이 과거 16프레임 속도에 맞춰져 있어 동작의 폭이 크고 표정이 과장되었다. 1932년부터 시작하여 롼링위는 차츰 무성영화 초기의 폐단을 극복하고 연기가 점점 완숙한 경지에 이르렀다.

중국 초기 영화의 편집자, 감독, 배우가 대부분 현대 연극을 하는 집안에서 배출되었기 때문에 상당 기간 영화의 연출은 문명희 방식을 따랐다. 또한 초기 현대 연극과 영화계에 거의 전문 여성 배우가 없었고, 1932년 이후로 영화의 발전에 따라 왕한룬, 장즈원, 후뎨, 롼링위와 같은 여배우 무리가 잇따라 나왔다. 롼링위는 여러 번 무대 공연에 참가했는데 대부분 과외 활동의 성격으로 아직 전형적인 영화 연기를 하지 못했다. 그녀의 연기력은 거의 매년 카메라 앞에서 촬영했던 2~4편 정도의 영화를 통해 쌓였고 차츰 영화의 특성에 걸맞게 변화했다. 다른 한편, 롼링위의 연기는 무성영화 시대를 초월했다. 본격적인 유성영화의 시대가 되면서 무성영화에서 사투리를 쓰는 배우들이 자연스럽게 도태되었다. 어쩔 수 없이 연극배우를 대량 고용하게 되자 영화계에 갑자기 연극식 표현이 유행하게 되었다. 이 때문에 사람들은 롼링위의 연기가 무성영화 시기는 물론 뒷날 유성영화와 비교해도, 한층 자연스럽고 질박할뿐더러 영화 연출의 특성에 적합한 연기임을 깨닫게 된다.

롼링위가 렌화로 이적한 뒤 영화 작업은 순조롭게 진행되어 경제 상황도 한결 나아졌다. 당시 롼링위의 월급은 이미 700원에 이르렀고 이 밖에 영화를 찍을 때마다 사례금을 한몫씩 받아 중상류 계층 이상의 생활을 누리기에 충분했다. 롼링위가 작은 자가용을 소유하고 기사를 둔 것을 보아도 이를 짐작할 수 있다. 다만 다른 스타와 비교해 롼링위는 유명세를 얻은 뒤에도 꽤 검소했다. 그녀의 옷차림은 유행을 따랐으나 스타일이나 재단에 신경을 썼을 뿐 고작 한 자에 2원짜리 천을 사용했다. 일반적으로 스타들은 하이힐을 신는 것을 최신 유행으로 여겼으나 롼링위는 평굽에 자수를 놓은 신을 신었다. 평상시 인품 역시 겸손하고 온화했다. 롼링위가 기자에게 말했듯이 "오늘날 제 한 몸이 행운을 누리지만 초라했던 과거를 끝내 잊을 수 없"었던 것이다.

롼링위阮玲玉,
사람들 시비가 두렵다

2. 〈세 모던 여성〉

1932년 4월 롼링위는 딸 샤오위를 데리고 상하이로 돌아왔다. 이때 상하이의 전쟁은 이미 사그라졌다. 설립한 지 겨우 2년 된 롄화는 이미 겹겹의 어려움에 부닥쳤다. '롄화 제4지점'이 포화에 타버린 것이다. 설상가상으로, 롄화 내부에 분열이 일어나 황이춰(黃漪磋)가 롄화를 탈퇴해 홀로 이롄(藝聯)회사를 세웠다. 한때 번성했던 '롄화 가무반'이 해체를 선언했고 베이핑 지점이 도산했다. 곤경에 처한 롄화는 흥행이 확실한 영화를 찍기 위해, 설립 후 롄화 이름을 내세우고 찍은 첫 영화 〈고도춘몽〉의 속편을 찍기로 결정했다. 첫 편에 나왔던 배우를 그대로 쓰고, 줄거리에 '혁명'의 내용을 보탠다는 생각이었다. 롄화에 돌아온 롼링위는 즉시 〈속·고도춘몽(續 古都春夢)〉 촬영에 투입되었다. 영화의 내용은 다음과 같다.

주자제는 북벌군에 참가하고 옌옌과도 재회한다. 주자제는 북벌군을 위해 정보를 보내던 중 군벌의 습격을 당한다. 이때 옌옌이 용감히 나서서 그를 보호하다 총을 맞아 희생되고, 주자제는 구조된다. 북벌이 승리를 거두고 온 가족이 다시 모인다.

이 영화는 순전히 편집자가 마음대로 이야기를 지어내고 그리 대단한 현실적 의의도 없었다. 시장의 반응 역시 〈고도춘몽〉과 달리 뜨뜻미지근했다. 도대체 어떤 소재의 영화를 찍어야 다시 관중의 환영을 받을 것인가? 렌화의 사장과 편집자, 연출자들은 모두 괴로운 탐색전에 들어갔다.

렌화와 마찬가지로 탄탄한 실력을 갖춘 밍싱 역시 괴로운 선택에 직면하고 있었다. 상황을 보아하니 새로운 피를 주입해야만 했다. 1932년 5월 밍싱의 지략가 홍선(洪深)이 때마침 작풍(作風)을 새롭게 하여 좌익 작가 몇을 초빙한 후 시나리오 고문으로 삼았다. 이리하여 영화사에 깊이 영향을 미친 좌익 영화 운동이 탄생할 조건이 무르익었다. 샤옌(夏衍), 아잉(阿英), 정보치(鄭伯奇)가 밍싱에 입사했다. 이 시기를 전후로 또 다른 좌익 작가 톈한은 렌화와 합작을 시작했다. 그는 같은 해 그의 대표작이라 할 시나리오 《세 모던 여성》을 썼다.

이 영화의 발단은 렌화회사, 롼링위, 진옌 등과 모두 밀접한 관계가 있다. 톈한의 회고에 의하면 다음과 같다.

'1·28' 전야에 나는 자베이(閘北) 교외의 한 황폐한 별장에 피신 중이었다. 전쟁이 일어나 별장이 흔적도 없이 타 버리고 지하실에 보관하던 책 몇 상자마저 모조리 포화에 불살라졌다. 그때 진옌 동지가 그곳에서 한동안 머물렀던 것이 생각난다. 진옌은 렌화 기숙사에 살고 있었는데, 부완창, 우융강 등과 아침저녁으로 만났고, 어떨 때는 그들이 영화 촬영하는 데 가서 구경했다.

이렇듯 톈한과 렌화의 배우, 직원들은 우정을 다졌다.

1932년 봄에서 여름으로 바뀌던 무렵 어느 날 밤, 톈한과 진옌 등은 함께 영화배우 모임에 참여했다. 톈한은 롼링위 외에도 후뎨, 후핑, 그리고 가무(歌舞) 배우 량씨 자매도 보았다. 톈한은 롼링위나 후뎨와 같은 미인을 보자 자신도 모르게, 모던 여성은 사상이나 혁명적 행동으로 시대의 첨단을 걷지 않고 외모나 꾸밈에만 신경 쓰고 스스로 몰락할 계급의 장식품이 된다는 사회 통념이 떠올랐다. 물론 그는 롼링위나 후뎨가 아니라 '예쁘장하기만 한' 여성을 의미했다. 그는 머리가 텅 빈 미인들을 매우 불쌍히 여기고 '모던'이란 호칭을 아까워했다. 시나리오를 한 편 써서 젊은 여성들이 마땅히 갖추고 쟁취해야 할 진정한 '모던함' 또는 '현대성'을 보여주겠노라 결심했다. 제목은 일찌감치 정했으나 소재가 많이 부족했다. 톈한은 마침 진옌의 거처에 머물고 있었는데, 가슴이 터질 듯 답답하면 진옌이 촬영 나갈 때마다 그에게 온 팬레터를 읽었다.

진옌은 일찍이 다음과 같이 회고했다.

> 톈 선생은 영화 팬들이 보내온 팬레터를 매우 좋아했다. 그때 상하이에서 마침 전화교환원의 첫 파업이 일어났다. 그래서 그는 세 여성의 상황을 같이 연결시키고 일정한 허구를 더해 시나리오를 집필했다. 한 명은 낭만을, 한 명은 애정을, 다른 한 명은 혁명을 대표한다. 시나리오가 완성된 후, 롄화는 일류 감독 부완창에게 감독을 맡겼다. 세 모던 여성은 각각 리줘줘, 천옌옌, 롼링위가 연기했다.

세 '모던 여성'의 연기자가 모두 결정되자 톈한은 흡족했고 감독 부완창 역시 기뻐했다. 리쥐쥐는 리민웨이의 조카딸로, 부완창이 그녀에게 배역을 부탁하기 전 이미 알고 지내던 사이였다. 그녀는 신체가 건강하고 성격이 '신비'하여 영화배우가 되기에 이상적인 조건을 갖추고 있었다. 부완창은 일찍부터 리쥐쥐를 주시하여 〈사람의 길(人道)〉(1932년)을 감독할 때 그녀를 발탁했다. 당시 부완창은 그녀에게 매우 감동받아 '내가 감독을 한 이래 진정한 첫 발견'이라고 했으며 톈한 역시 리쥐쥐가 '대배우가 될 자질을 지녔다. 단, 충분한 발전 기회만 있다면'이라고 여겼다.

톈한은 젊은 여배우 천옌옌에 대해선 '당시 매우 청순한 젊은 여성'이라고 여겼다. 1, 2년 전, 롼링위, 쑨위가 베이핑에서 〈고도춘몽〉야외 장면을 촬영할 때 공교롭게도 천옌옌의 아버지가 개업한 둥안(東安)호텔에 머물렀다. 천은 어려서부터 아버지가 경영하던 중앙대극장(中央大戲院)에서 연극을 보며 연기에 푹 빠졌던 차에, 상하이 영화사가 와서 영화를 찍자 온종일 배우들을 따라다니며 눈이 짓무르도록 구경했다. 어느 날 해 질 무렵, 천은 혼자서 몰래 리민웨이 주임을 찾아가 연기를 하고 싶다고 말했다. 천의 아버지는 옌옌이 장차 타락할까 우려하며 허락하지 않았으나, 집에서 반대하는데도 〈고도춘몽〉팀이 야외 촬영을 마치고 상하이 남행 열차에 올랐을 때 천옌옌도 몸을 실었다. 그때 그녀의 나이는 열일곱 살로 결

롼링위阮玲玉,
사람들 시비가 두렵다

국 〈고도춘몽〉의 작은 계집종 역할로 은막에 데뷔했다. 천은 북방 태생이나 본래 닝보(寧波) 사람으로 남방인 특유의 총명함과 수려함을 지녔으며 조용하고 여성스러웠다. 그녀는 동양인 특유의 검은 눈동자와 입 주위에 큰 검은 반점이 있었다. 은막에서 그녀의 이미지가 영화 팬의 큰 환영을 받았는데 특히 청년 학생들이 그녀를 '아름다운 새'라고 불렀다. 세 모던 여성 중 리쥐쥐, 천옌옌 외에 롼링위를 더하니, 출연 배우의 진용이 서로 어깨를 겨루고 빛냈다.

롼링위는 〈세 모던 여성〉에서 혼자 힘으로 생활하고 이상과 신념이 있는 신여성상, 수징(淑靜)을 맡았다. 수징은 '9·18사변'(만주 사변이라고도 하며, 1931년 9월 18일 일본이 남만주 철도를 폭파하고 아시아 침략의 거점을 마련했다─옮긴이)이 일어나자 어머니를 보호하여 상하이까지 모셔온 뒤 전화국 시험을 치루고 교환원이 된다. 수징의 동향인이자 약혼자 장위(張楡)가 공교롭게 상하이에 있었는데 영화 스타가 되어 뛰어난 용모로 이름을 떨친다. 그는 사교계의 꽃 위위(虞玉)와 깊이 사귀자 일편단심인 수징을 잊는다. 수징은 장위가 스크린에서 연기하는 것을 보고, 또 전화를 연결할 때 때때로 장위와 위위의 끊이지 않는 속삭임을 듣고 불안과 고통을 깊이 느꼈다. 그녀는 사랑하는 약혼자를 잃어 슬퍼하는 한편, 장위의 앞길 또한 몹시 걱정한다. 국난의 시기에 장위는 멍하게 시간을 보낸다. 수징은 장위에게 거절당할 때 상처받을 여성의 자존심은 괘념치 않고 전화로 솔직하게 충고하나, 장위는 오로지 제멋대로 행동하고 수징의 충고를 듣지 않았다.

'1·28' 사변이 일어나자 장위는 애국심이 발동하여 위위와의 애정을 뒤로하고 열정적으로 민중의 항일선전공작에 뛰어들었다. 장위는 공작을 수행하며 수징과 접촉하게 되었는데, 수징의 정확성과 투철한 정신, 비범한 순결함에 끌려 그녀야말로 당대의 진정한 모던 여성이라고 여기고 예전에 없던 흠모의 마음이 생겨난다. 그러나 수징은 장위에게 이미 상처를 받았기 때문에 이런 감정을 받아들이고 싶지 않았다. 맨 마지막 장면에서 전화국 파업 활동의 일환으로 수징이 대중 연설을 하던 중 악한에게 공격받아 병원에 실려가 입원하는데, 장위가 밤새 병상을 지켜 끝내 수징의 애정을 얻게 되었다.

톈한은 시대의 선두에서 걷는 신여성을 진정한 '모던 여성'이라고 보았다. 그는 영화에서 관능과 향락을 좇는 위위와 뤄잉(若英)의 '모던함'을 비판한 반면, 자기 힘으로 삶을 개척해나가고 대중의 이익을 위해 힘껏 싸우는 수징의 '모던함'을 칭송했다. 현실이 톈한의 시나리오에게 풍부한 소재를 제공했다. 위위와 같은 여성이 상하이의 유한계급 가운데 매우 많았고 진옌 집으로 온 적지 않은 여성들의 열정적인 팬레터가 곧 뤄잉의 소재로 변했다. 또 당시 상하이 공공조계의 전화회사에서 한창 파업의 물결이 고조되어 여 교환수가 곧 수징을 형상화하는 데 영감을 주었다. 〈세 모던 여성〉의 시나리오가 렌화 명감독 부완창의 손에 넘어가자 남자 주연 배우가 가장 쉽게 결정되었다. 장위는 당연히 진옌이 아니면 안 되었는데, 톈한이 진옌을 모델로 삼아 썼기 때문이다.

위에 적은 진옌의 기억이 틀리지 않으나, 다만 롼링위가 〈세 모던 여성〉의 주연을 맡은 것은 사실이지만, 하마터면 그녀가 주연을 놓고 다툴 뻔한 사실은 말하지 않았다. 부완창은 〈세 모던 여성〉 여주인공 선정에 뜸을 들였다. 과거에 여주인공 으뜸 순위가 모두 롼링위였고 롼링위의 연기력을 가장 먼저 이해한 이도 바로 그였다. 그런 그가 처음으로 주저했다. 영화에서 여성 주연은 의심할 바 없이 여공 저우수징이었는데, 이는 중국 영화사상 완전히 새로운 인물이었다. 그런데 롼링위가 이전에 〈백운탑〉〈정욕보감〉〈고도춘몽〉 등에서 성공적으로 연기한, 교활하며 경망하고 방탕한 여성이 사람들에게 준 인상이 너무 강해서 탈이었다. 만약 그녀가 연기한다면 '경박한' 여공 이미지가 되기 십상이었다. 저우수징은 소박하고 정직하며 두려움 없는 젊은 여공인데 롼링위가 잘 연기할 수 있을까? 저우수징은 이렇게 의지가 굳고 선진적인 사상을 지닌 신여성인데 롼링위가 적절할까? 부완창은 선뜻 결정을 내리지 못했다. 만약 롼링위가 저우수징을 연기한다면 실패할 가능성이 높았다. 이때 롄화는 이미 두 번 다시 실패하면 안 될 상황이었다. 게다가 만약 자신이 연기자를 잘못 선정해 이렇게 좋은 시나리오를 망친다면 그 역시 애석한 일이었다. 결국 부완창은 롼링위에게 주연을 맡기지 않겠다고 결정했다.

한편 롼링위는 〈세 모던 여성〉의 시나리오를 읽고 극작가의 새로운 예술관과 사상의 지평에 감복되었다. 롼링위는 영화

속 세 여성 인물 가운데 위위가 제일 연기하기 쉬웠다. 부득불 사교계에 나와야 하는 영화 스타로서 늘 위위와 같은 여자를 보았고 비슷한 배역을 이미 연기했기 때문이었다. 하지만 롼링위는 수징이라는 배역에 깊은 관심이 생겼다. 매일 주변에서 발생하는 일이 롼링위를 자극하고 그녀의 사상을 변화시켰다. 연기를 통해 사회에 조금이나마 이바지하고 싶었던 차에 수징의 형상이 마침 좋은 계기가 되었다. 하물며 줄곧 배역 유형을 바꿔 연기의 폭을 확대하기를 바라고 있었던 참에랴.

그러나 부완창은 예전처럼 손에 새 시나리오를 쥐자마자 롼링위를 찾지 않았다. 롼링위는 부완창의 태도가 맘에 걸렸으나 그의 생각을 짐작했고, 그녀 역시 몇 년간 연기를 통해 명배우가 되려면 반드시 연기의 폭을 넓혀야 한다는 점을 알고 있었다. 롼링위는 수징에게서 자신의 그림자를 보았다. 한때 저우수징처럼 미움을 받고 속임을 당했으나 지금은 그녀처럼 자립의 길을 가고 있었다. 저우수징이 선행을 베풀고 대의 (大義)를 올곧게 파악하면서도 남녀의 감정에 휘말리지 않는점이 마음에 들었다. 저우수징의 성품이 고귀하다고 느끼자그녀를 연기하고 싶은 강렬한 욕망이 생겼고 자신이 잘할 수있으리라는 자신감도 생겼다. 그래서 그녀는 적극적으로 부완창을 찾아가 간절히 자신의 소원을 말했다.

"부 선생님, 저우수징 배우가 정해졌나요? 제가 그 배역을 맡고 싶어요. 그 배역은 제게 너무 소중해요. 완전히 새로운 인물을 연기하고 싶었거든요. 만약 영화가 실패한다면, 저로 인해 생긴 손해 전부를 책임지겠어요."

부완창은 롼링위가 원래 배역을 두고 다른 이와 다투지 않는다는 것을 알고 있었다. 그런데 이번만큼은 그녀도 고집을 부리니 어떻게 한다? 부완창은 곤란했으나 롼링위의 끈질긴 간청에 감동하여 그녀가 배역을 차지하도록 있는 힘을 다했다. 롼링위는 자신의 간청으로 저우수징 배역을 얻자 사력을 다해 저우수징의 사상과 감정을 탐구했다.

〈세 모던 여성〉은 1932년 12월 29일, 상하이의 베이징대극장(北京大戲院)과 상하이대극장(上海大戲院) 두 곳에서 동시 개봉되었다. 영화 자막에 시나리오 작가는 천위(陳瑜)라고 소개되었는데 이는 사실 톈한의 필명이었다. 〈세 모던 여성〉은 1933년 초 영화계를 뒤흔든 작품이 되었고 사면초가에 몰린 롄화회사에 새로운 활력을 더해주었다. 영화평론가들은 영화를 호평하는 한편, 세 여배우의 연기에 대해서도 다음과 같은 평가를 했다.

롼링위: "매우 뛰어남"

리쥐쥐: "보통"

천옌옌: "노력했으나 오버액션"

또 다른 평론가의 평은 이러했다.

〈세 모던 여성〉은 마치 폭탄처럼 중국 영화계에 투하되었고 [뒤를 이어] 새로운 영화가 관중 앞에 출현하기 시작했다. 특히 롼링위의 연기는 더욱 풍부하고 빛나며, 영화에서 깊은 애국심과 자립하고 분투하려는 여성상을 완전하게 빚어냈다.

〈세 모던 여성〉은 중국 영화사상 그 무엇으로도 바꿀 수 없는 독특한 지위를 차지하며 좌익 영화운동의 자부심을 높인 작품으로 역사에 기록되었다. 3개월 뒤, 밍싱에서 샤옌이 제작·편집하고 후뎨가 주연한 〈미친 물결(狂流)〉이 상영되었다. 이 영화는 중국 농촌의 계급 모순을 정면으로 묘사한 첫 좌익 영화로 평가받는다.

롼링위는 영화를 찍을 때마다 과거의 배역을 떨쳐내려 애썼고 새로운 배역에 빠져 참신한 형상의 아름다움을 추구했다. 예를 들어 〈세 모던 여성〉에서 롼링위가 수징이 전화기를 연결하는 장면을 연기할 때의 차림과 태도를 보자. 머리는 파마를 했으나 소박하고 얌전하게 빗었고, 면(綿) 치파오는 정갈하고 단정했으며 눈동자는 침착하고 성실하며 깊은 의미를 담고 있었다. 기쁠 때는 얼굴에 흐뭇한 미소를 띠나 예전 영화에서 보였던 '교태스러운 웃음'이나 '눈웃음'과 달랐다. 그녀가 이 배역으로 사람의 마음을 홀리려 하지 않는다는 메시지를 강하게 전달했다.

롼링위는 연기 생활 내내 상대 남자 배우의 장단점을 논하지 않았다. 남자 배우가 가끔 겁을 먹고 뒷걸음질치는 경우도 있었으나, 그녀는 항상 대담했고 훨씬 주동적이고 적극적이었다. 진실하게 배역 속으로 들어가 눈빛으로 깊은 정을 전해야 할 때는 그렇게 하고 안아야 할 때는 몸을 던져 안고, 영화를 다 찍고 난 뒤 영화 스틸을 찍어야 할 때도 거리낌 없이 진지하게 사람들을 이끌었다. 〈다시 만나자, 상하이여(再會吧, 上海)〉 촬영 당시, 동료가 영화 촬영이 끝난 뒤 스틸컷을 찍자고 하자 (1933년 허페이광[何非光]의 말에 따르면) 롼링위는 곧 남자 주연 장이(張翼), 허페이광을 끌어와 다정히 함께 기댔다.

〈세 모던 여성〉은 1년 전 페이무가 감독한 〈도시의 밤(城市之夜)〉과 함께 1935년 미국 뉴욕 영화사에 거액에 팔렸고 미국에서 상영하여 크게 히트를 쳤다. 두 편 모두 상영 시기를 보름 연장했으나, 사람이 계속 몰려들어 즐거운 비명을 질렀다. 당시 뉴욕의 각 신문은 중국 무성영화가 심오하고 혁명적 색채를 지니고 있다고 대서특필했다. 동시에 롼링위의 천부적인 연기력을 칭찬하며 그녀의 요절을 애석해했다.

3. 〈작은 장난감(小玩意)〉

쑨위 감독은 롼링위와 〈고도춘몽〉〈기녀〉를 찍은 뒤로 좀처럼 같이 일할 기회를 찾지 못했다. 이때 롼링위는 영화계에서 한창 주가를 올리고 있어 이름난 감독들이 잇따라 그녀에게 영화를 찍자고 부탁했다. 롼링위와 〈이름만 부부〉를 처음 찍었던 감독 부완창은 1932년 〈사랑과 의무〉〈매화가지〉〈도화의 눈물〉을, 1932년 〈속·고도춘몽〉〈세 모던 여성〉을 찍었다. 명감독 주스린은 1931년 그녀와 함께 〈자살계약서(自殺合同)〉를 찍었다. 1933년 쑨위는 그의 구국(救國) 3부작 〈들장미(野玫瑰)〉〈작은 장난감〉〈대로(大路)〉를 각색, 감독했다. 롼링위는 그에게 다시 한 번 같이 일할 의사를 밝혔고, 쑨위는 흔쾌히 그녀가 여주인공 예 형수(葉大嫂) 역을 맡는 데 동의했을 뿐 아니라 양녀 샤오위를 예 형수의 딸, 저우얼(周兒)로 캐스팅했다(어른 저우얼 역은 리리리[黎梨梨]가 연기했다).

예 형수는 '작은 장난감'을 만드는 민간 수공업 기술자이다. 영화는 제1차 세계대전 이후부터 '9·18', '1·28 사변'에 이르는 십몇 년간의 격변기를 다룬다. 롼링위는 아가씨에서 중년 부인에 이르는 예 형수의 약 45년 세월을 연기했다. 예 형수의 일생은 비통하고 고난으로 찬 삶이다. 제국주의의 침략, 군벌의 혼전과 국민당의 암흑 통치 시기에 그녀는 파산하며 남편과 자식의 죽음으로 연이어 타격을 입고, 최후에 외동딸마저 항일 전쟁 속에서 잃는다.

롼링위는 무턱대고 인물의 고통과 그에 대한 연민을 연기하지 않고 대범하고 선명하게 인물의 꺾이지 않는 낙관적 성격을 그려냈다. 쑨위 감독은 그녀가 배역을 창조하는 잠재력을 깊이 신뢰하며 영화 촬영 중 인물의 성격을 드러내는 동작

롼링위阮玲玉,
사람들 시비가 두렵다

을 정해주었다. 가령, 그들은 중국 전통극의 손짓을 눈물을 흘리는 두 장면에 응용했다. 첫 장면은 다섯 살 난 저우얼이 울 때 예 형수가 울지 말라고 달래는 장면이다. 예 형수는 새끼손톱으로 저우얼 눈가 밑으로 흐르는 눈물을 찍은 다음 몸을 돌려 방 안의 뚱뚱한 장난감 불상을 향해 튕기는데, 눈물이 공교롭게 부처 눈 밑에 붙어버리는 바람에 저우얼이 울다가 웃음을 터뜨리게 만들었다. 둘째 장면은 1 · 28 사변 와중에 저우얼이 크게 다치자 예 형수는 딸을 껴안고 눈물을 흘린다. 저우얼은 작은 손가락으로 엄마의 눈가에 흐르는 눈물을 받아, 부서진 집에 걸려 있는 사진 한 장에 살짝 바르고 천진한 미소를 띤 채 세상을 뜬다. 목숨이 경각에 처한 저우얼이 어머니의 눈물을 닦자 그녀는 딸 앞에서 꿋꿋하고 굳센 불굴의 모습을 드러낸다. 안색이나 동작, 표정, 심리가 찰나에 신속하고 강렬하게 대비를 이루며 변화했다.

롼링위는 이 영화에서 훌륭하게 연기한 것에 그치지 않고 알맞은 때에 저우얼을 연기한 배우 리리리를 도왔다. 리리리는 일찍이 다음과 같이 회고했다.

당시 나의 배역에 대한 이해는 매우 얕았어요. 저우얼이 중상을 입었으니 상처가 몹시 아픈 게 당연하겠지 생각하고 양미간을 찌푸려 아픈 모습을 지어 보였죠. 이 장면을 몇 번이나 찍었지만 감독이 매우 불만스러워했습니다. 제 연기는 좋지 않고, 영화는 매우 급하고 해서 저는 몹시 곤

란했죠. 이때 롼링위가 저를 일깨우며 말했죠. '지금 네가
표현해야 할 것은 얼마나 아픈가가 아니라, 어떻게 엄마를
위로하고 슬프지 않게 할까 하는 마음이야. 이래야만 모녀
간의 깊은 정을 인상 깊이 드러낼 수 있어' 라고.

이처럼 겨우 23세에 지나지 않았던 롼링위는 배역의 내면세
계를 어떻게 표현할 것인가에 관해 자신만의 의견이 있었다.

〈작은 장난감〉에서 롼링위의 연기가 입신(入神)의 경지에
이른 부분은 역시 결말이다. 그해 설날, 집이 풍비박산이 나고
예 형수는 춘화(春花) 댄스홀 밖 거리를 헤매고 있다. 돌연 폭
죽이 펑 터지는 소리가 나자 그녀는 적군이 살인하러 온 줄 착
각하고 실성하여 큰 소리로 외친다. "중국이 망한다……. 빨리
가서 구해야 해!" 그녀는 방탕하고 사치스러운 술 취한 남녀들
을 가리키며, "당신들한테 말한 거야!", "바로 당신들 말이야"
라고 말한다. 예 형수의 말은 비록 자막으로 처리되었으나 롼
링위는 그녀가 미쳤어도 침략자에 대한 들끓는 분노를 갖고
있음을 절실하게 보여주었다. 영화는 군중 사이에서 예 형수
의 휘청거리는 몸과 비정상적으로 멍하게 응시하는 눈길을 중
·근경으로 촬영하여 롼링위가 완전히 배역에 몰두했음을 드
러냈다. 그녀의 눈동자를 통해 일본군에게 잔혹하게 살해당하
는 중국인의 참극(慘劇)을 한 장면, 한 장면 재현했고, 그녀가
제작한 작은 장난감, 군인, 무기 등을 가지고 적진으로 돌격하
여 함락시키는 환상을 통해 애국심을 그려냈다. 관객들은 롼

링위가 세심한 감정 변화를 뛰어나게 연기하고 들끓는 격정
또한 남김없이 드러내고 무리 없이 조화시킨다고 느꼈다.

1933년 8월 13일 란링위는 〈작은 장난감〉 촬영을 마치고 피
로하여 푸타산에 가 며칠 쉬었다. 이어서 페이무가 감독한 〈
인생(人生)〉에서 여주인공을 맡았다. 영화는 한 여공이 생활과
환경에 짓눌러 평생 기녀로 생활할 수밖에 없었던 운명을 다
룬다. 영화 제작 시기는 약 4개월 걸렸다. 〈인생(人生)〉은 1933
년 2월 3일 상하이 진청(金城) 대극장에서 개봉하여, 평론계의
관심을 끌었다.

"1934년 중국 영화는 검은 그림자와 우울함에 짓눌렸다. 그
러나 페이무의 〈인생〉은 확실히 중국의 영화 기술이 새 단계
로 격상했음을 표시했다."

란링위는 지금껏 찍은 영화 중 이 영화의 연기가 제일 만족
스럽다고 말한 적이 있다.

4. 〈신성한 여인(神女)〉

놀랍게도 중국 영화사상 경전에 속하는 〈신성한 여인〉은
감독 우융강의 데뷔작이다. 다행히 이 작품은 아직 중국 영화
자료관에 잘 보존되어 있다. 1925년 18세의 우융강은 상하이로
와 바이허 회사에서 미술 디자이너 수습생으로 일했다. 그는
미술 디자이너로 일하며 영화 예술과 기술을 탐구하고, 감독

의 촬영 방식을 관찰하는 한편, 외국 영화를 포함하여 많은 영화를 보며 시야를 넓히고 감수성과 지식을 쌓았다.

1928년 우융강은 다중화 바이허를 떠나 텐이회사의 세트 설치사를 지내고, 1931년 여름 롄화에 입사했다. 그는 텐한 등 좌익 문예계 인사들과 친분이 있었는데 그들은 그의 사상 계발에 큰 영향을 주었다. 특히, 그가 제작, 감독하려는 영화의 움이 싹트도록 도왔다. 〈신성한 여인〉의 극본은 그가 텐이에서 세트 설치사로 일할 당시로 거슬러 올라간다.

텐이회사에서 미술전문학교(당시 그는 상하이 미술전문학교에서 그림을 배우고 있었다)까지 약간 거리가 있어 매일 전차를 타고 오갔다. 전차에서 나는 외롭고 가난하며 의지할 데 없는 여자들이 황혼이 내린 길에서 이리저리 헤매고 있는 것을 보았다. 저 여자들은 뭘 하고 있지? 처음에 나는 알아차리지 못했으나 나중에 그녀들이 화장을 하고 억지웃음을 띤 채 곳곳에서 손님을 끄는 장면을 보고서야 퍼뜩 깨달았다. 그녀들은 생활고 때문에 자신의 몸을 팔 수밖에 없는 '매춘부'였다. 얼마나 비참한 풍경인가. 이 장면을 볼 때마다 나는 분노했다. 나는 이런 불행한 여자들을 동정했고 어두운 사회를 증오했다. 난 불만에 가득 찼고 고민했고 소리 지르고 싶었다.

그러나 당시 나는 한갓 연약한 소자산계급의 지식인에 불과했고 혁명을 할 용기와 힘이 부족했다. 그래서 붓을 들어 당시 인민의 고통스러운 생활을 반영하는 한 폭의 유화를 그릴 생각으로 머릿속으로 구상을 마쳤다. 어둑어둑한 가로등 아래, 립스틱을 바르고 화장을 한 채 수심이 가득한 여자가 한 명 서 있다……. 결국 이 그림은 끝내 완성되지 못했다. 그러나 이 비극적인 여성의 형상이 줄곧 나의 뇌리 깊숙이 새겨졌다.

우융강은 직접 목격한 '장면'을 바탕으로 〈신성한 여인〉 스토리를 구상했다. 어느 도시의 평범한 여성이 자식을 양육하는 무게에 짓눌려 어쩔 수 없이 윤락 행위를 한다. 그런데 한 깡패가 그녀를 차지하고 그녀의 화대 전부를 가져간다. 그녀는 더 이상 참을 수 없어 그를 죽이고 결국 법원으로부터 징역 12년형을 받는다.

처음으로 창작한 청년은 자신이 없어, 극본을 완성하고 동료와 친구들의 의견을 물었다. 어떤 이는 극본의 스토리가 너무 평이하고 차분하여 클라이맥스가 없다고 충고했다. 우융강은 이 말을 듣자 〈신성한 여인〉이 과연 성공할까 의심스러웠고, 최고의 여배우를 선택하는 것이 관건이라는 생각이 들었다. 이때 연기를 잘하고 연기의 폭 또한 넓은 롼링위를 떠올린 것은 자연스러운 일이었다.

그러나 그는 고심에 고심을 거듭했다. 롼링위는 〈세 모던 여성〉 〈작은 장난감〉 등의 영화를 찍은 뒤 주가가 나날이 오르는데 과연 첫 출사표를 던진 젊은이와 함께 같이 일하려 할까? 우융강은 걱정 반, 기대 반으로 기다리던 도중 리민웨이가 전하는 말을 들었다. "롼링위가 매우 열정적으로 '상관없어요. 제가 잘 연기할게요' 라고 대답했습니다."

란링위의 참가로 인해 우융강은 〈신성한 여인〉을 잘 제작
할 수 있겠다는 자신감이 붙었다. 〈신성한 여인〉의 줄거리는
간단하고 매우 극적으로 만들 수 있었으나 감독은 이 비극을
몹시 담담하게 처리했다. 우융강은 처녀작을 단순함에서 진실
함을 구하고 진실함에서 감정을 구하도록 연출하여, 여주인공
의 심리와 감정적 변화를 공들여 묘사했다. 그는 〈신성한 여
인〉이 완성된 후, "내가 쓴 클라이맥스는 실패했다"고 말했다.
그러나 그의 실패가 곧 영화의 예술적 특성이 되었다. 영화의
간결한 묘사가 인물 내면의 복잡함을 더욱 도드라지게 만들었
기 때문이다.

중국과 세계 각국의 영화에서 우수한 여배우들은 불행한
매춘부의 형상을 예술적으로 잘 형상화했다. 매춘녀를 다룬
많은 영화 중 〈신성한 여인〉은 평범하고 속되지 않은 분위기
로 개봉 당시 큰 반향을 불러일으켰음은 물론이거니와 오늘날
까지 지속되는 매력을 갖고 있다. 이름조차 없는 암담한 낮의
하급 매춘부는 그레타 가르보(Greta Garbo)가 연기한 춘희
(Camille)처럼 귀티가 흐르지도 않고, 1940년대 비비안 리
(Vivian Leigh)가 주연한 〈애수(Waterloo Bridge)〉의 마이러
(Myre)처럼 그렇게 눈부시게 아름답고 매력적이지도 않았다.
그녀는 단지 이제껏 사랑을 받아본 적도, 인간애를 느껴본 적
도 없는 하급 매춘부일 따름이다. 용모가 뛰어나지도 않고 옷
차림 역시 화려하지 않다. 이런 여성은 평생 훌쩍대며 우거지

상을 하고 있을 것 같으나, 그녀는 웃음을 띠고 있을뿐더러, 쓸쓸한 미소, 슬픈 미소, 거짓 미소, 처량한 미소 등 각종 다양한 웃음을 짓는다……. 그러나 교장 선생이 그녀를 위로하자 그녀는 울음을 터뜨린다. 영화가 시작하면 그녀가 작은 방에서 몇 걸음 움직이는 모습과 살짝 미간을 찌푸린 얼굴, 채 여미지 않은 옷깃을 비춘다. 그녀는 요람 속 아기에게 입을 맞추고 벽에 걸려 있는 꽃무늬 치파오로 갈아입는데, 감독은 생활고로 인해 몸을 파는 매춘녀의 모습을 담담히 보여주어 관객들의 신뢰감을 얻었다.

〈신성한 여인〉에는 주인공이 길거리에서 몸을 파는 장면이 세 번 나온다.

첫 장면: 1920년대, 그녀는 처음으로 거리에 나서 가로등 아래 도착한다. 롼링위는 눈빛, 얼굴, 걸음걸이, 특히 담배 연기로 도넛 모양을 만들어내는 섬세한 장면에 이르기까지 그녀의 불행한 인생을 진실하게 그려냈다. 그녀는 미세한 순간에 얼굴의 변화와 앙다문 입술을 통해 그녀의 마음속 답답함, 무기력함, 괴로움을 드러냈다. 영화는 이를 쇼트숏(short shot)으로 완성하여 롼링위의 감정 변화가 빠르고 분명한 특성을 반영하며, 인물이 진실성, 깊이와 무게감 등을 갖추게 만들었다. 특히 관중은 롼링위가 마치 음표처럼 정확하고 생동감 있게 걸음걸이를 표현하여 놀랐다. 가령, 그녀가 몸을 팔러 나갔다가 돈을 벌지 못하고 전당포 앞에서 배회하며, 들어가지도 떠나지도 못할

때의 걸음이 그러하다. 특히 추운 밤이 이미 지나고 동이 희미하게 틀 무렵, 그녀가 피로한 걸음을 이끌고 천천히, 무겁게 2층으로 올라갈 때의 걸음걸이를 통해 육체의 피로함과 영혼의 비애를 표현한다. 화면에서 롼링위는 가끔 뒷모습만 비치나 말로 묘사하는 것보다 뛰어나며, 정면으로 촬영한 얼굴 표정보다 몇 배의 감동을 주고 상상력을 자극한다.

둘째 장면: 그녀가 길거리에서 매춘하다 경찰에 체포당할 위기에 부닥친다. 그녀는 정신없이 덩치 크고 우람한 깡패(장즈즈[張志直] 분) 집에 잘못 들어간다. 작은 새 한 마리가 승냥이의 추적에서 벗어나자마자 배고픈 호랑이의 굴에 떨어진 꼴이다. 놀란 가슴이 진정되지 않고 낯빛이 공포로 질렸으나 그녀는 깡패에게 도움을 청한다. 그는 그녀를 엄호하고 경찰을 돌려보낸다. 그러나 그녀의 얼굴에 안도의 빛이 약간 돌자마자 깡패는 그와 함께 밤을 보낼 것을 강압적으로 요구한다. "너, 어떻게 해야 나한테 감사할 수 있겠어? 오늘 집에 가지 마!" 그녀는 그의 말에 말 한 마디 없이 침착한 표정을 짓고 있으나, 마음속 비할 데 없는 굴욕감과 괴로움을 머금고 있다. 롱 테이크(long take)로 찍은 장면에서 그녀는 말없이 안으로 걸어가 훌쩍 책상 위에 걸터앉아 다리를 꼰 채 깡패에게 담배 한 대를 달라고 한다. 손가락으로 담뱃재를 톡톡 털어가며 대담하고 조용하게 담배를 피울 때, 롼링위의 얼굴에서 울음이나 비통한 표정을 읽을 수 없다. 그러나 말없는 몸짓 가운데

그녀의 담담하면서도 준엄한 눈빛은 울음이나 비통함보다 더 깊은 무엇을 느끼게 한다.

　세 번째 장면: 렌즈는 술집으로 가는 롼링위의 걸음걸이를 클로즈업(close-up)한다. 평범하면서도 무심한 걸음걸이는 그녀가 자신의 몸을 팔러 한 번, 또 한 번 나갔고 가장 불행하면서도 가장 치욕스러운 짓을 하고 있음을 암시한다. 영화가 장면마다 배우의 얼굴과 몸을 다 보여줄 수는 없다. 그러나 세부 촬영은 인물의 내면과 긴밀히 관련되어 있다. 감독은 마무리 장면에서 단지 다리 한 쌍만을 클로즈업했으나, 다리가 마치 사람인 양 감정이 있고 생명이 있다. 롼링위는 눈과 표정만으로도 연기를 잘했으나 걸음걸이 역시 몹시 연기력이 뛰어나, 관중은 롼링위가 당시 우는 것 같기도 하고 아닌 것 같기도 한, 애절하고 마음을 끄는 표정을 상상할 수 있다.

　세 번째 장면은 그다지 길지 않다. 롼링위는 제한된 편폭(篇幅:글이나 말의 길이-옮긴이), 말없는 동작, 세밀한 표정 변화에서 전형적인 상하이탄(上海灘) 최하층 매춘부의 피눈물 어린 역사를 생동감 있게 묘사했다. 그녀는 웃음을 파는 매춘부의 직업적 특성을 함축적으로 연기하여 사람의 눈물을 자극하기는커녕 '해탈'의 기운마저 느끼게 했다. 롼링위가 연기한 추악한 생활의 모습은 사람들에게 아름다운 예술을 누리게 해주었다. 이는 바로 그녀의 미학관, 예술관이 나날이 성숙해가고 있음을 반영한다.

란링위는 앞서 〈옥당의 봄〉〈고도춘몽〉〈인생〉 등에서 성공적으로 기녀 유형을 창조했으나, 〈신성한 여인〉에서 철학적 의미가 풍부한 전형을 창조했다. 만약 그녀가 불행하고 치욕스러운 한 면만 연기했다면, 비록 그녀의 연기가 뛰어나고 성공적이라 하더라도, 중국과 세계 영화사상 흔한 매춘부였을 것이다. 란링위가 이 배역에서 추구하고 탐구한 것은 더 중요하고 특색 있는 또 다른 면으로 바로 첫 장면에서부터 정해진 기본 방향인 숭고하고 헌신적인 모성애이다. 그녀의 영혼을 흐르는 이 모성애가 신성한 여인의 형상을 남달리 색다르게 만들었다. 영화에서 아이는 신성한 여인의 기쁨이자, 위로이며, 희망이다. 그녀는 밤마다 거리에서 윤락을 하는 매춘부이나 위대한 모성애가 있는 온유하고 현숙한 여성이기도 하다. 그녀의 육체가 비록 세상의 어떤 남자에 속한다 하더라도 그녀의 영혼만큼은 아이에게 속한다. 그녀가 아이를 꼭 껴안을 때는 영혼이 정화되어 한 점의 불결함도 없는 듯하다. 사람들이 놀라지 않을 수 없었던 것은 란링위가 어떻게 이토록 불행하고 고통스러운 감정과 가장 숭고하면서도 풍부한 모성애를 같이 나란히 두었는가, 어떻게 가장 보편적이고 가장 평범한 일상생활에서 예술미의 경지를 발굴해냈는가 하는 점이다.

감독 우융강이 란링위와 영화를 찍으며 그녀의 연기가 정밀하고 뛰어남을 깨닫게 된 일화가 있다. 〈신성한 여인〉을 촬영할 때 직접 와서 보는 사람들이 끊이지 않았다. 1934년 10월 렌화 총지배인 뤄밍유가 당시 사업부 부장 천공보(陳公博), 상무국 국장 허웨이셴(何煒賢)과 함께 지켜볼 때 롼링위는 웃으며 한 명씩 악수를 했다. 그러나 카메라를 향해 서자 조금도 영향을 받지 않고 바로 영화에 몰두했다. 다른 여배우와 달리 롼링위는 카메라 앞에 서면 사람을 놀라게 할 정도의 신념과 상상력이 있었다. 순식간에 그녀는 배역의 기분과 감정에 빠져들었다. 그녀의 연기가 더욱 돋보이는 다른 일화도 있다. 감옥에 갇히되는 장면을 촬영할 때 공교롭게 광둥 고향 친구들이 구경하러 멀리서 왔다. 그녀는 따뜻하고 친절하게 그들과 이야기를 나누었다. 감독은 현장에서 모든 촬영 준비가 완료되자 그녀가 곧바로 촬영에 들어가지 못할까 우려했다. 그녀는 유쾌하고 개의치 않는 태도로 말했다. "걱정하지 마세요, 시작하죠." 그녀는 감옥의 철창 앞에 서자 곧 마음을 가다듬고, 카메라가 돌아가자마자 바로 배역에 빠져들었다. 분노가 가득할 때면 얼굴에 유달리 처량하고 괴로운 표정이 떠오르고, 가슴이 미어질 때면 두 눈에서 눈물이 주르르 흘러내려 구경하던 고향 친구들이 감동을 받았다. 특히 그녀가 눈물을 너무 자연스럽게 흘린 나머지 참관자들이 자신도 모르게 눈물을 쏟게 만드는 점이 놀라웠다. 우융강은 롼링위의 탁월한 연기에 깊이 감동을 받아 롼링위가 감광(感光)이 민감한 '고속 필름'이라고 불렀다.

어떤 요구건 부탁만 하면 그녀는 곧바로 연기할 수 있었을 뿐 아니라 그렇게 적합하고 정확하고 딱 맞을 수 없었다. 어떤 때는 배역에 대한 내 상상과 요구가 그녀의 세밀하고 진지한 표현보다 못했다. 영화를 촬영할 때 그녀의 감정은 외부 환경의 영향을 받지 않고 처음부터 끝까지 거침없었고 극중 인물 그 자체였다. 마치 물이 흐르는 수도꼭지처럼 틀라 하면 곧 틀고, 잠그라 하면 곧 잠갔다.

미국 영화사는 1930년대 초·중반, 과거 무성영화를 유성영화로 리메이크하는 것이 유행했다. 예를 들어, 〈삼총사〉 〈두 도시 이야기〉 〈노트르담의 꼽추〉 등은 원래 무성영화였으나, 나중에 유성영화로 다시 제작되었다. 우융강 역시 1938년 롄화에서 〈신성한 여인〉의 내용과 거의 완전히 같은 유성영화 〈루주의 눈물(臙脂淚)〉을 제작했다. 이때는 롼링위가 세상을 떠난 지 이미 3년이 지나서, 다른 인기 여배우가 주연을 맡았다. 기타 주요 배역은 모두 원본을 따랐고(예를 들어 깡패 역은 장즈즈가 다시 맡았다), 촬영 횟수나, 장면 분할 등의 처리 역시 〈신성한 여인〉을 충실하게 따랐다.

1934년 12월 〈신성한 여인〉은 관중과 만났다. 이 영화는 각 방면에서 호평과 관중의 환호를 받았고, 그해 최고의 국산 영화 가운데 하나라는 평과 '중국 영화계의 기이한 수확'이라는 평가도 받았다. 세월이 흘렀는데도 이 영화의 예술적 성취는 갈수록 사람들에게 중시되고 롼링위의 연기에서도 정점이자 중국 영화사에서도 흔치 않은 우수작으로 평가받는다. 1995년 중국 영화 탄생 90주년에도 여전히 〈신성한 여인〉은 90년을 통틀어 10대 우수작 가운데 하나로 꼽혔다.

반세기가 흐른 뒤에도 중국 관중과 영화계 종사자들은 여전히 롼링위의 〈신성한 여인〉에 매혹되며 세계 각국의 영화 전문가들 역시 혜성을 발견한 것처럼 롼링위의 〈신성한 여인〉을 칭찬한다. 프랑스의 얀 토판이 꼭 알맞게 다음과 같이 말했다.

> 우융강의 〈신성한 여인〉은 중국 최후의 무성영화 가운데 하나이다……. 여배우의 우울한 아름다움과 진실하고 소박한 연기는 감독의 연출을 통해 빛난다. 담담한 애수가 그녀의 걸음걸이와 눈빛을 따라 가장 빛날 때 사람들은 프랑스 감독 팝스트(Pabst)의 작품을 떠올리게 된다. 그녀가 자신을 동정하는 교장 선생을 만나 자신이 매춘부여서 더 이상 아들이 학교를 다닐 수 없다고 통고받는 장면에서 사람들의 감동은 최고조에 이른다.

이탈리아의 지아니 론돌리노(Gianni Rondolino)의 평가 역시 사실에 들어맞는다.

> 영화 〈신성한 여인〉은 매춘부를 그리고 있는데, 매춘부는 같은 시기에 촬영한 미국이나 프랑스 영화에서 천 번도 넘게 등장한다. 그러나 〈신성한 여인〉은 독창적이고, 매우 '중국적'이다.

전성기의 롼링위.

〈세 모던 여성〉의
스틸컷.
남자 배우는 진옌.

제7장
은막의 비극에서 비극의 인생으로

1934년 말에 촬영된 〈신여성(新女性)〉의 스틸컷.

롼링위와 어머니(오
른쪽 뒤), 양녀 샤오
위(뒤에 서있는 꼬마)

1. 노래가 끝나고 사람들이 흩어지네

제아무리 아름다운 노래도 끝내 그치기 마련이고, 제아무리 슬픔에 흘리는 눈물도 결국 마르기 마련이다. 1931년 봄 어느 날, 장다민이 신문 한 부를 들고 와 롼링위에게 보여주었다. 신문 상단에 눈이 확 뜨이는 뉴스가 실려 있었다. "영화배우 후뎨가 약혼남 린쉐화이(林雪懷)로부터 이유 없이 파혼당하여 고소한 사건이 오늘 개정했는데, 1,000여 명의 방청객이 몰려들어 법원 문이 망가졌다."

롼링위는 멍해지지 않을 수 없었다. 후뎨와 린쉐화이의 파혼은 그녀도 최근에 들었다. 그들의 사이가 좋지 않은 것 또한 알고 있었으나 이 일이 시끄럽게 법정까지 가게 될 줄 몰랐다. 롼링위는 고개를 숙인 채 이 보도를 자세히 읽고 비로소 후뎨가 법정에서 심하게 마음고생을 했음을 알았다. 재판관과 린쉐화이의 변호사가 사생활에 해당하는 질문을 많이 던졌고 후뎨는 마지못해 대답할 수밖에 없었는데, 방청객은 마치 한 편의 영화를 관람하듯 즐거워했다. 더욱이 혼인 관련 소송에서는 당사자 쌍방이 자신의 주장이 옳다고 우기기 마련이라, 재판관 역시 판단하기가 몹시 곤란했다. 재판관은 첫날 재판에서 어떤 결론도 낼 수 없었고, 다음에 심리(審理)를 다시 시작하겠다고 선포한 뒤 폐정할 수밖에 없었다. 신문은 재판이 오래 시일을 끌 테니 볼거리가 더 많이 남아 있을 것이라고 예보했다. 이를 보면서 롼링위는 자신도 모르게 손에 땀이 났다.

옆에서 롼링위의 안색을 살피던 장다민은 롼링위의 얼굴에 우려하는 빛이 떠오르자 속으로 득의양양했다. 그는 반위협조로 거리의 타블로이드 신문이 후뎨 스캔들을 매우 많이 싣는데 자신과 롼링위가 16세부터 동거해온 사실을 타블로이드 기자에게 판다면 후뎨보다 훨씬 더 파장이 클 게 분명하다고 말했다. 롼링위는 몹시 놀라 얼굴빛이 하얗게 질렸다. 타블로이드 기자가 하지 못할 일이 없는 것은 물론이거니와 사생활이 폭로되면 자신이 완전히 사장(死藏)될 것임을 잘 알고 있었다. 나약하고 고립된 채 기댈 곳이 없는 그녀는 이런 타격을 견뎌낼 수 없을 터였다. 롼링위는 이 일로 잠을 못 이루며 이런저런 생각 끝에, 장다민의 체면도 살리고 일정한 수입이 있는 일을 찾아줘야겠다는 결론에 이르렀다. 그렇게 되면 그 역시 행동을 삼가고 자신한테 와서 끊임없이 돈을 요구하지 않으리라.

롼링위는 뤄밍유를 찾아가 장다민을 위해 일을 하나 찾아달라고 요청했다. 뤄밍유는 롼링위를 보고 차마 거절하지 못해, 그를 월급 120원의 광화(光華)극장 지배인에 임명했다. 롼링위는 이 소식에 거듭 감사하다고 말했다. 장다민처럼 잘하는 게 하나도 없는 사람이 이보다 더 좋은 자리는 찾을 수 없었다. 게다가 월급 또한 적지 않았다. 당시 회사의 일반 연기자 월급은 고작 몇십 원이었다. 롼링위는 그날 퇴근하고 집으로 돌아와 기쁜 소식을 장다민에게 전했다. 장다민은 이를 듣자 매우 기뻐하며 극장 지배인이 되었나. 이는 그가 평생 처음 얻은 정식 직장이었다.

장다민이 지배인이 되자 롼링위는 당분간이나마 약간 평온한 날을 보냈고, 후뎨처럼 그렇게 법정과 타블로이드 신문에게 시달리지 않아도 되어 남몰래 안도했다. 롼링위는 시종 타블로이드가 '린-후 파혼 건'이라고 이름 붙인 송사를 주의 깊게 지켜보며 후뎨가 이를 악물고 버틸 수 있을까 몹시 걱정했다. 어쨌든 두 사람은 좋은 친구였다. 롼링위가 일부러 후뎨를 위로차 방문하자 후뎨는 그녀에게 골치 아픈 송사(訟事) 때문에 후회한다고 털어놓았다. 린쉐화이와 파혼한 것을 후회하는 것이 아니라 송사처럼 극단적인 방식을 택해서는 안 되었는데 하는 후회였다. 후뎨는 법정에서 겪었던 난관들과 타블로이드 신문기자들에 대한 원망을 털어놓았는데 그녀의 가슴은 온통 괴로움으로 가득 차 먹먹한 상태였다. 그러나 이미 화살을 쏘았으니 되돌릴 수는 없는 일. 한 방식을 택했으니 끝까지 갈 수밖에. 후뎨의 강인함에 롼링위는 감탄하며 만약 자기라면 어떻게 했을까 상상할 수 없었다. 1932년 12월 2일, 거의 1년이 지나 각종 신문을 들끓던 '린-후 파혼 송사'의 막이 내렸다. 그녀는 1심(一審)의 결과를 전해 듣고 후뎨를 위해 한시름 놓았다. 지루하게 연기된 후뎨의 송사는 롼링위에게 깊은 인상을 주었고 훗날 그녀가 송사를 기피하게 된 한 원인이 되었다.

1931년 만주 사변이 일어나자 국민당 정부는 무저항주의를 채택하여 3개월도 채 안 되는 기간에 북동 3성(중국 북동부 랴오닝[遼寧]·지린[吉林]·헤이룽장[黑龍江]의 3성(省)으로 이루어지는 지방-옮긴이)이 일본의 손에 떨어졌다. 다음 해 1·28 사건이 상하이에서 일어나 일본 제국주의 침략 전쟁이 상하이에까지 미쳤다. 당시 롼링위는 홍콩에 머물고 있었는데 뤼밍유, 리민웨이, 린추추 등과 함께 피란 간 것이었다. 장다민과 딸 샤오위도 그녀와 동행했으나, 어머니는 집을 돌볼 사람이 없어 마음이 놓이지 않는다며 상하이에 남겠다고 고집을 부렸다. 리민웨이 부부는 롼링위, 장다민에게 같이 살자고 적극 권유하며 특별히 집 2층 전체를 그들이 살도록 내주었다. 롼링위는 린추추가 친절하게 동행해주어 다시 롄화 이사장 허둥 작사(나이트작[Knight嚼]으로 이름 앞에 Sir라는 경칭이 붙음–옮긴이)를 뵈었는데, 그 자리에서 그의 제안으로 롼링위는 수양딸이 되었다. 롼링위는 홍콩에 머문 지 얼마 되지 않아 마카오로 옮겼고, 그곳에서 약 4개월가량 지냈다.

상하이의 전세(戰勢)가 차차 안정되자 롼링위는 상하이로 돌아가겠다고 고집을 부렸다. 몸은 비록 홍콩과 마카오에 있었으나 상하이의 정세에 대해 한시도 잊은 적이 없었다. 신문과 방송을 통해 제19로군이 피 흘려 싸우고 있고, 상하이 대중이 용감하게 참전하고 있는 사연을 들었고, 어려운 시기에 자신만 피란 왔다고 몹시 후회했다. 그러나 장다민은 홍콩과 마카오의 향락에 빠져 생각조차 하지 않고 단숨에 거절했다.

"돌아가려면 당신 혼자 가. 나는 가고 싶지 않소."

롼링위는 잠시 생각한 뒤 말했다.

"당신이 이곳을 좋아해서 여러 날 머무르는 것은 상관없지만, 너무 오래 돌아가지 않으면 광화극장의 자리를 지킬 수 없을 거예요."

"허둥 작사가 당신을 수양딸로 삼지 않았소? 그를 찾아가서 홍콩에서 내 일자리 하나를 구해달라고 하지 그래? 홍콩에서 워낙 유명한 양반이라 내 일자리 하나 소개해주는 것쯤은 일도 아닐 텐데."

롼링위는 허둥 작사에게 작별 인사를 하러 갔을 때 완곡하게 장다민의 일자리를 부탁했는데 그가 두말 않고 허락했다. 곧 장다민은 광화극장 지배인직을 내놓고 타이구(太古) 기선회사의 뤼안(瑞安) 기선에서 판매를 담당했다. 그러나 오래지 않아 그는 자주 도박장을 드나들면서 점점 더 많은 돈을 잃자 배표 수입에 손대기 시작했다. 반년도 안 되어 유용한 돈이 1,000원을 넘었다. 장다민은 일이 발각되어 직장에서 쫓겨났고 상하이로 돌아올 도리밖에 없었다.

롼링위는 그에게 철저히 절망한 나머지 다시 보고 싶지 않았으나 그와 완전히 갈라설 용기 또한 없었다. 그녀는 후미지고 으슥한 소도시라면 모를까, 상하이처럼 번화하고 복잡한 환경에서 장다민이 도저히 개선될 수 없음을 알았다. 동시에 마음과 몸이 지칠 대로 지친 롼링위는 장다민이 멀리 가서 다시는 그녀를 괴롭히지 않았으면 했다. 이때 롼링위는 '1·28' 군인 위문 공연을 전후로 알게 된 제19로군 재정처장 판치우(范其務)가 생각났다. 그녀는 판 처장에게 편지를 써 장다민에게 푸지엔성(福建省)의 일자리를 하나 찾아달라고 부탁했다. 장다민은 다시 한 번 롼링위의 노력으로 일을 얻어 푸지엔성

푸칭현(福淸縣)의 세무서 소장직을 맡게 되었다. 장다민은 번화한 십리양장, 상하이를 떠나기 싫었으나, 롼링위의 강온책에는 어쩔 수 없었다. 롼링위는 그에게 그곳으로 가라고 고집스레 요구했고 그가 거기서 마음을 고쳐먹고 새사람이 되기를 바랐다.

장다민은 2개월도 채 안 되어 사흘이 멀다 하고 편지를 써 다시 그녀를 괴롭혔다. 롼링위는 장차 있을지도 모르는 분쟁을 피하기 위하여 변호사 우청위(伍澄宇)를 찾아가 1933년 2월 신문에 성명을 발표했다.

롼링위 여사의 청으로 변호사 우청위는 당사자 롼링위 여사를 대표하여 평상시 법률 고문을 맡았음을 정중히 발표합니다. 이후 롼링위 여사의 명예, 재산 및 기타 모든 권익을 침해하는 자가 있을 시, 본 변호사가 법률에 의하여 보호할 책임이 있습니다. 동시에 롼링위 여사에 의하면, 그녀는 독신주의를 지향하고 어떤 사람과도 정식으로 혼인하지 않았고 현재 누구와도 혼인 관계에 있지 않습니다. [롼 여사는] 친구 제위(諸位)께서 혹 남녀 관계를 오해하고 계실까 염려하여 신문에 사실을 게재하라 청했고, 이에 대리로 성명을 발표합니다.

롼링위는 이 성명이 장차 어떤 결과를 가져올지 짐작하기 어려웠으나, 이런저런 생각 끝에 여전히 망설이며 싣는 것을 허락했다.

한동안 모든 것이 잠잠했다. 그러나 롼링위와 탕지산(唐季珊)이 동거한 뒤 오래지 않아 1933년 4월 9일 장다민이 돌연 상하이에 나타났다. 난징(南京)에 출장 온 김에 상하이 집에 들렀는데 집이 텅 비고 사람이 온데간데없자 깜짝 놀랐다. 그는 이웃이 알려준 새 주소를 들고 황급히 롼링위를 찾아갔으나, 응접실에 위엄 있게 주인 행세를 하고 앉아 있는 탕지산을 보았을 때 비로소 그녀가 자신에게 속했던 과거의 그녀가 아님을 깨달았다. 바로 그 시각 장다민은 롼링위가 이미 오늘 한 걸음을 떼었고 반드시 죽기 살기로 나아갈 것임을 알았다. 만약 타블로이드판 기자를 이용해 그녀를 위협한다면 두려워하겠지만 꼭 돌아오리라는 보장도 없었다. 그렇다면 장다민은 가슴속 가득한 노기를 뿜어내는 것 이외에 하나도 얻을 것이 없다. 롼링위에게 다시 돈을 뜯어내려는 것은 멍청한 망상에 불과했다. 사람도 돈도 다 잃었다는 데 생각이 미치자 장다민은 절로 마음이 허해졌다. 이 기회를 이용하여 롼링위에게 거액을 갈취할 방법을 강구하는 쪽이 더 수지타산이 맞았다. 그래서 그는 잠시 중궈호텔(中國飯店)에 머물며 어떻게 돈을 뺏을까 궁리했다.

장다민의 출현으로 롼링위는 그와의 관계를 어떻게 끝낼 것인가 하는 문제를 고민하지 않을 수 없었다. 장다민의 천성이 어떤지 말하기는 손바닥을 뒤집기보다 쉬웠다. 그가 어디가만히 있을 사람인가. 장다민이 마구 생트집을 잡을 생각만

해도 롼링위는 춥지 않은데 몸이 떨렸다. 롼링위는 우청위 변호사에게 장다민과의 동거 청산 문제를 모두 맡겼다. 4월 14일 시작된 담판은 어려움을 겪었는데 장다민이 우선 동거 청산을 완강히 거부했기 때문이었다. 롼링위는 이것이 그의 진정한 의도가 아님을 알아차리고 장다민이 관계를 청산하는 데 동의한다면 일정한 보조금을 줄 것을 제안했다.

쌍방이 보조금 액수와 기한에 대해 한바탕 협상을 거쳐 마침내 합의에 이르렀다. 두 사람은 우청위 변호사가 작성한 합의서에 도장을 찍었다. 합의서 전문은 아래와 같다.

롼링위-장다민 관계 청산 합의서

롼링위와 장다민(이하 갑을이라 칭한다)은 쌍방이 과거에 사랑하여 한때 동거했으나, 관계를 청산하기로 합의하고 향후 피차간의 분쟁을 피하기 위하여 오늘 관계 청산의 조건을 다음과 같이 정한다.

⑴ 쌍방은 합의에 서명한 뒤 피차 각자 자립을 도모하고 서로 간섭하지 않으며 혼인 역시 쌍방의 자유에 맡기고 이전에 어떤 혼인 관계도 없었음을 공표한다.

⑵ 갑의 경제 상황이 을보다 비교적 우월하기 때문에 을이 만약 생계에 곤란을 겪을 시, 갑은 한때 과거이 정을 감안해 필요한 보조금을 지불할 수 있다. 보조금은 매월 최대

100원, 최장 2년으로 한다. 만기가 되면 을은 어떤 비용도 요구할 수 없다.

(3) 앞 조항에서 갑이 만약 생계를 유지할 수 없을 시, 을은 보조금을 요구할 수 없다.

(4) 을이 만약 갑의 보조금을 필요치 않을 시, 우정으로 실제 상황을 상의할 수 있으되 사실이 아닌 일로 갑을 해치거나 속여서는 안 된다.

(5) 쌍방은 명예를 보장하기 위해 본 합의를 신문에 싣지 않기로 약정한다.

(6) 갑이 보조금을 지불하기로 한 제2조항과 관련하여, 만약 을이 경제적으로 극히 곤란하면 갑의 동의하에 월 보조금 100원을 초과하여 받을 수 있다. 그러나 총액이 여전히 2,400원을 넘지 않는다.

(7) 쌍방이 이전에 합의한 절차는 합의서를 작성한 날부터 무효가 되고 이후 어떤 사항에 대해서도 주장을 할 수 없다.

(8) 본 합의서는 2부를 만들어 쌍방이 한 부씩 증거로 갖는다.

롼링위

장다민

우청위

민국 22년(1933년-옮긴이) 4월 14일

장다민은 푸지엔에 돌아간 지 얼마 되지 않아 다시 실직하고 거의 매달 100원의 보조금으로 살았다.

란링위의 비극은 장다민과의 이별로 끝나지 않았다. 장다민의 그림자가 조금씩 엷어질 무렵 어두운 그림자가 새롭게 그녀를 서서히 뒤덮었다.

2. 버드나무 우거지고 백화가 만발했네

좌익 영화에서 란링위의 연기가 신속히 발전하고 있을 때 그녀의 비극적 운명은 더 빠른 속도로 곤두박질치고 있었다. 란링위를 끊임없이 괴롭히던 장다민의 그림자가 점점 엷어질 무렵, 한 중년 남자가 그녀의 생활 속으로 뛰어들었기 때문이다. 이 중년 남성은 이후 란링위와 동거하게 된 탕지산으로, 그의 어두운 그림자가 그녀 생활의 전경(前景)에 드리웠고 그녀는 이 때문에 피의 대가를 치르게 된다.

탕지산에 대해 이야기하려면 렌화부터 시작해야 한다. 당시 상하이의 영화제작회사는 상호 간 경쟁이 극히 치열했다. 비교적 기반이 탄탄한 회사일지라도 사업을 튼튼히 하고 발전하지 않으면 곧 망할 위험에 처했다. 렌화 제1지점 주임을 맡은 리민웨이는 회사의 영역과 세력을 확대시키기 위해 부유한 차 상인을 끌어들일 구상을 했다. 차화(茶華)회사 지배인 탕지산은 렌화의 주주가 되자, 회사와 임차한 장소에 사교 모임과 댄스파티를 열고 소속 여배우들을 참가시켜 종종 자신의 댄스

파트너로 삼았다. 탕지산은 차 도매를 하는 갑부로 상하이의 전형적인 플레이보이였다. 한때 최고 인기를 누리고 '비극의 여왕'이라 불리던 대스타 장즈윈(張織雲)을 쫓아다닐 정도였으니, 그가 얼마나 여자를 다루는 수완이 있는지 알 수 있다.

장즈윈은 중국 영화가 움트던 시기의 배우로 1925년 다중화 영화사에서 주연을 맡은 〈전쟁의 공로(戰功)〉가 성공을 거두어 여배우로서 입지를 다졌다. 훗날 이름을 국내외에 떨친 후데는 그때 이름 없는 엑스트라 배우였고 롼링위는 아직 영화계에 데뷔조차 하지 않았다. 오래지 않아 그녀는 다시 밍싱 회사의 〈인적 없는 계곡의 난꽃〉〈옥처럼 맑고 얼음처럼 깨끗하다〉〈매화가 지네(梅花落)〉 등의 주연을 맡아 꽤 성공을 거두었다. 그녀의 단아하고 고운 자태와 외모는 사람을 설레게 하여 당대 관중이 몹시 좋아했다. 그녀는 밍싱의 대표적 배우였다. 이때 그녀는 양나이메이(楊耐梅), 왕한룬(王漢倫), 쉬안징린(萱景林), 리밍후이(黎明暉), 한윈전(韓雲珍) 등과 같은 쟁쟁한 여배우와 함께 영화 '황후'의 자리를 다투었는데, 결국 그녀 차지가 되어 중국 영화사상 첫 영화 황후로 기록된다. 자신의 연기 인생에서 황금기를 보내던 장즈윈은 끝내 물질의 유혹에 넘어가 탕지산과 동거하고 그와 함께 세계 영화의 명소 할리우드로 관광을 갔다. 미국에서 그녀의 대외적 신분은 중국 영화배우가 아니라 차 도매상의 부인이었고, 둘은 각종 사교계를 드나들었다. 그런데 귀국 후 탕지산은 본부인과 왕래하고 옛 애인을 만날 뿐 아니라 새 애인까지 사귀었다. 장즈윈이 이

문제로 탕지산과 다투자 탕은 그것을 빌미로 그녀를 버렸다. 장즈윈은 탕지산과 헤어진 후 퍼뜩 정신이 들어 지극히 침통해하며 말했다. "많은 친구와 관중의 사랑을 버린 것은 둘째로 치더라도, 내 황금시대가 이미 청춘을 따라 사라져버린 게 더 애통하다"고. 롼링위와 탕지산이 정식으로 알게 된 것은 1932년 말, 롄화의 한 모임에서였다. 린추추가 그 둘을 정식으로 소개했다.

"이분은 상하이 차 업계의 거물이신 탕지산 선생님이세요. 탕 선생님은 옛날 우리 '민신'의 오래된 친구이시니 당연히 지금 '롄화'의 친구이시기도 합니다. 이 아가씨는 소개할 필요 없겠죠, 탕 선생님께서 진작부터 알고 계실 테니까요."

그들은 예의상 서로 인사를 나누었는데 탕지산은 롼링위에게 아무런 인상을 남기지 못했다. 영화배우인 롼링위는 자주 연회에 참석하여 으레 사회 명사를 소개받고, 사교성 인사말을 나누는 까닭이었다. 그러나 이때 만남을 탕지산은 오래도록 잊지 못했다. 그는 롼링위를 몇 차례 만나 함께 춤을 춘 뒤 그녀를 더욱 열렬히 쫓아다녔다. 롼링위가 처음 탕지산을 대할 때만 해도 일반적인 사업상 접대와 교제를 넘지 않았다. 더구나 장다민이 이틀, 사흘이 멀다 하고 불시에 찾아와 돈을 요구하고 소동을 피우며 마음을 아프게 하고, 영화 역시 한 편 또 한 편 잇따라 찍으니 어디 연애에 신경 쓸 틈이 있겠는가? 그러나 경험 많은 탕지산은 교활한 수단으로 롼링위와 함께 춤추러 갈 때 반드시 온화하고 기품 있게 행동하고, 그녀의 생각이나 감정의 요구를 자세히 관찰하고 이해해주었다. 이즈음 자주 롄화 촬영장에 모습을 드러내던 탕지산은 롼링위에게 매번 꽃다발을 가져오는 것을 잊지 않았다. 시간이 흐르자 롼링위는 점점 그에게 호감이 생겨 탕지산에 대해 경계심을 누그러뜨렸다.

하늘은 스스로 돕는 자를 돕는 법. 탕지산은 〈도시의 밤(城市之夜)〉 영화 팀이 항저우(杭州)로 가서 야외촬영을 한다는 소식을 들었다. 며칠 지나고 롼링위와 〈도시의 밤〉 야외촬영 팀이 항저우에 도착했을 때, 뜻밖에 탕지산이 역 출구에서 기다리고 있는 것을 발견했다. 탕지산은 열정적으로 말했다.

"모두들 여행길이 힘드셨죠? 여기서 여러분을 오래 기다렸습니다. 각자 쓰실 방은 이미 예약을 마쳤고, 여러분을 모시고 갈 차가 역 앞에 있으니 저를 따라오십시오."

탕지산은 사람들이 놀란 빛을 보이자 설명했다.

"며칠 전 영화 팀이 여기 항저우에 와서 영화 촬영을 한다는 이야기를 들었습니다. 제 회사 도매점이 항저우에 있는데, 마침 제가 직접 와서 협상해야 할 일이 있었죠. 제가 벌써 항저우에 왔고 제 가게가 여기 있으니, 반은 항저우 사람이라 할 수 있습니다. 또 여러분과 제가 모두 오래된 친구이니 제가 이 지방 사람의 예를 다하겠습니다."

한바탕 설명을 늘어놓자 모두들 신이 났다. 그 뒤 며칠간 탕지산은 거의 야외촬영 팀을 떠나지 않았고, 촬영 팀은 그가 있으니 자연 여러 가지로 편했다. 여가 시간에 탕지산은 촬영 팀을 위해 다채로운 오락을 준비했다. 야외촬영 팀이 임무를 마치고 상하이로 돌아갈 때 모두 탕지산이 좋은 친구라 여겼으며, 롼링위 역시 저절로 그에게 약간 호감이 갔다.

항저우 야외촬영에서 맺은 우정을 핑계로 탕지산은 스튜디오에서 무위도식하며 롼링위에게 접근할 필요가 없어졌다. 그는 정식으로 방문하기 시작했다. 1933년 봄 무렵 그는 이미 롼링위 집의 귀한 손님이었다. 이때에 이르러 롼링위는 그의 "마음 씀씀이가 깊다"는 것을 알게 되었다. 탕지산이 간절히 쫓아다니자 롼링위의 감정은 '끊으려야 끊을 수 없어' 갈피를 잡지 못하는 지경에 빠졌다. 탕지산은 그녀의 생활에 고집스레 뛰어든 첫 남자였다. 탕지산은 롼링위를 세심한 계획 아래 쫓아다녔고 눈치채지 않게 조금씩 다가가 감동시켰다.

이미 마음이 움직인 롼링위는 우선 탕지산과 장다민을 비교했다. 결론은 말할 것도 없이 어떤 점에서 보더라도 탕지산이 장다민보다 훨씬 월등했다. 사업에서 장다민은 성공한 일이 하나도 없고 도박의 악습에 빠져 혼자 헤어나기 어려웠다. 그러나 탕지산은 사업이 순풍에 돛을 단 것처럼 순조롭고 크게 이룬 사람으로, 비즈니스계의 총아라 해도 지나치지 않았다. 감정을 보더라도 장다민이 롼링위에 대해 갖고 있던 감정은 이미 흩어져 '돈'이 되었다. 장다민은 감정이 무엇인지 이해할 수 없고 감정을 상실한 사람이었다. 탕지산 역시 감정을 놓고 보면 만족시키기 어려웠다. 그는 이미 본처가 있고 장즈원과 동거했으며, 한 사람만 좋아하지 않았던 이력이 있었다.

그러나 이런 일은 어쨌거나 과거지사이고 현재 롼링위를 마음에 두고 있으니 장다민에 비해 훨씬 나았다. 다른 면에서도 탕지산은 장다민과 비교해 조금도 손색이 없었다. 거의 불혹이 된 탕지산은 장다민보다 10여 살 위이나, 성숙한 매력을 풍기고 일거수일투족이 성공한 사업가의 자신만만함과 긍지를 풍기지 않는 것이 없었다. 장다민은 비록 막 30줄에 들어섰으나 도박의 바다에 빠져 생계 문제에 대해서는 눈곱만치도 관심이 없었다. 지난날 부잣집 도련님다운 풍모도 사라진 지 오래되어 거의 무뢰한에 가까웠다. 더욱 두려운 것은 돈이 없어도 여전히 권문세가의 도련님 행세를 하는 것이었다. 그러나 롼링위는 아직 은근히 불안했다. 자신도 결국 장즈윈의 전철을 밟지 않을까 하는 우려 때문이었다. 그렇다고 좀처럼 얻기 어려운 감정을 정리할 결단도 내리지 못했다. 그녀는 전전긍긍하며 깊고 깊은 고뇌에 빠져들었다. 영리한 탕지산은 롼링위의 심사를 꿰뚫어보고 기회가 생길 때마다 그녀에게 중매결혼의 고통을 실컷 겪었다고 호소하는 한편, 조심스럽게 장즈윈과의 과거사를 언급했다. 부모가 정해준 독단적인 결혼을 벗어나 자유와 애정을 추구한 결과 장즈윈과 동거했으나, 그녀의 허영과 사랑에 대한 몰이해 탓에 헤어졌노라고. 탕지산의 그럴싸한 거짓 해명에 의심과 우려를 품고 있던 롼링위는 그에 대한 경계심을 느슨히 했다.

한편 탕지산은 롼링위의 약점을 교묘하게 파고들었다. 그는 롼링위의 어머니와 딸 샤오위까지 마음을 썼다. 탕지산은 란 집을 방문할 때마다 아동용 드레스, 서양 인형 등을 샀고 샤오위는 생각이 단순한 어린아이라 그를 끌어당겨 가족처럼 정답게 굴었다. 탕지산은 어머니에게도 항상 공경스럽게 몸이 땅에 닿을 듯 인사하고, 지극히 아첨하며 떠받들면서 "어머님", "어머님" 하고 끊임없이 불렀다. 상하이의 좋은 옷감이나 간식을 사다주는 것은 물론이고 자주 그녀와 함께 마작을 하고 일부러 돈을 잃어주어 자신에 대한 호감을 쌓았다. 거의 평생을 불안하고 가난하게 보냈던 란의 모친 역시 경제력이 있는 탕지산이 나서서 비위를 맞추자 그를 보면 항상 얼굴에 웃음꽃이 피었다.

처음 탕지산이 롼링위를 촬영장에 데려다주고 데려오겠노라 제안했을 때 거절당했다. 그러나 한쪽은 거절하고 한쪽은 고집을 부려, 탕지산은 바람이 부나 비가 오나 '롄화 영화제작 프린트 주식회사' 간판이 걸린 스튜디오 문밖에 차를 대고 조용히 그녀를 기다렸다. 롼링위는 탕지산이 마중 나왔다는 것을 알지만 촬영이 끝나면 슬그머니 달아나 그를 번번이 허탕치게 만들었다. 만약 한 사건이 발생하지 않았다면, 롼링위와 탕지산의 이런 미묘한 관계는 일정 기간 지속될 수 없었을지도 모른다. 롼링위가 탕지산과 함께하겠다는 결심을 서두르게 된 것은 전혀 뜻밖의 사건 때문이었다.

롼링위와 탕지산이 함께 사교 모임과 연회장에 자주 나타나자 유명 인사의 스캔들을 전문적으로 캐는 타블로이드 기자의 흥미를 불러일으켰다. 그들은 몇 차례 뒤를 밟았고 마침내

롼링위阮玲玉,
사람들 시비가 두렵다

탕지산이 롼링위 집을 자주 드나드는 비밀을 발견했다. 이 같은 비밀을 알게 된 기자는 마치 대중을 향해 던지는 폭탄을 발견한 것처럼 흥분을 참지 못했다. 평소에도 그들은 그럴듯하게 명사의 스캔들을 지어내 독자를 끌어들인다. 그런데 지금 이와 같이 중요한 단서가 있으니 어찌 쉽게 넘어가겠는가. 기자는 있는 말 없는 말 보태어 영화 스타 롼링위와 차 업계의 거상 탕지산의 스캔들로 타블로이드 신문을 뒤덮었고, 한 걸음 더 나아가 그들이 진작부터 동거하고 있다는 암시를 했다.

탕지산은 타블로이드 기자의 뻔뻔함을 소리 높여 비난하며 롼링위를 위로했고, 그녀의 표정을 살피며 기왕 이렇게 되었으니 동거하면 어떻겠냐고 조심스레 이야기를 꺼냈다. 그는 그녀가 명확히 거절 의사를 밝히지 않는 것을 보고 그녀에 대한 자신의 진심을 하늘에 대고 맹세할 수 있다, 또 어떤 결정을 내리건 나는 무조건적으로 따르겠다고 했다. 탕지산의 구애 공세와 타블로이드 가십의 협공 속에서, 롼링위는 사랑과 일시적 충동으로 경솔하게 그와 동거하기로 결심했다. 이때가 롼링위가 탕지산을 사귄 지 3개월을 갓 넘겼을 때였다.

1933년 롼링위는 어머니와 샤오위를 데리고 원래 임대해 살던 하이거로 다성후퉁(海格路 大勝胡同) 127룽(弄: 후퉁과 룽 모두 골목이란 뜻—옮긴이) 22호를 나왔다. 탕지산은 새사람을 맞이한다고 한바탕 위세를 부리며 친위안촌(沁園村) 9호에 새 보금자리를 마련했다. 독립된 뜰이 있고 지은 지 얼마 되지 않은 지하 1층과 2층으로 된 양옥이었다. 대문을 들어서면 그리 크지 않지만 정교하게 꾸민 정원이 있고, 1층은 응접실, 2층은 탕지산과 롼링위의 안방으로 꽃무늬 난간과 타일을 깐 베란다가 있었다. 3층은 롼링위 모친과 샤오위 방이었다.

롼링위는 탕지산이 처음 장즈윈과 연애할 때 계약을 맺어 둘이 각자 한 부씩 나눠 가졌던 사실을 알고 있었다. 그 계약서에는 만약 탕이 장을 버릴 경우, 장에게 손실금 20만 원을 배상한다고 분명히 적혀 있었다. 롼링위는 비록 탕이 새집을 위해 최고의 마호가니 가구, 특제 소파, 침대, 의자 등을 사들이고 자신이 좋아하는 목걸이와 장신구들을 샀으나, 이는 장즈윈 경우와 확연히 다르다고 생각했다. 첫째, 우리는 진솔한 감정이 있고 둘째, 우리는 독립된 인격을 갖고 있고 다른 이의 부속물이 아니야. 어쨌거나 나는 촬영장에 가서 영화 촬영하는 일을 그만두지 않을 테야. 롼링위는 탕지산이 그들의 결합에 대해 불필요하게 떠벌리길 원치 않았다. 당시 영화계에서 그녀의 지위로 볼 때 반드시 험한 중론(衆論)을 들을 게 틀림없었기 때문이다.

3. 인연은 꿈과 같이

롼링위가 장다민을 떠나 탕지산과 동거한 뒤 마음은 잠시나마 평정과 위안을 얻었다. 그러나 잔혹한 현실은 그녀를 무자비하게 산산조각 냈다. 그녀가 탕지산과 결합한 날이 바로 그녀가 사랑에서 두 번째 실수를 저지른 날이었다.

이 시기 롼링위의 명성과 지위는 이미 정점에 이르렀다. 월수입은 넉넉해서(일설에는 매달 1,000원이라고 하고, 또 다른 주장으로는 실제 수입이 700원이라고 한다), 탕지산의 재산을 탐낼 리없었다. 그러나 탕지산은 아름답고 성공한 부인에 대한 마음을 놓지 못하고 롼의 자유를 제한하기 시작했다. 심지어 그녀가 회사에 가서 영화 촬영하는 것조차 엄격하게 심문했다. 당시 그녀의 모든 외부 활동은 그의 동의를 얻어야만 했다.

롼링위의 본성은 맑고 깨끗하며 얽매이지 않은 채 자유를 사랑했다. 게다가 최근 몇 년 일도 순조롭게 풀려 본래 우울했던 성격이 서서히 활발해졌다. 그런데 탕지산이 그녀를 엄격하게 감시하며 영화 촬영 이외의 나머지 시간은 늘 집에 가두고 싶어 안달하자, 이런 생활을 도저히 받아들일 수 없어 사태가 점점 심각해졌다. 어느 날 롼링위가 친구 집에서 마작을 하다 매우 늦게 집에 돌아왔을 때, 탕지산이 갑자기 격노하며 그녀를 쫓아내고 대문을 잠근 뒤 밖에서 밤을 지새우게 했다.

한번은 그녀가 〈눈 속에 핀 향기로운 매화〉를 촬영하다 일이 지연되어 한밤중이 되어서 집에 돌아온 일이 있었다. 이때 대문은 그전처럼 굳건히 닫혀 있었고 탕지산은 롼링위가 문앞에서 흑흑 통곡하도록 내버려두었다. 그날 밤 다행히 이웃에 사는 량싸이전(梁賽珍), 량싸이주(梁賽珠) 자매가 밤에 무대에서 돌아오다 그녀를 발견했다. 량씨 자매가 롼링위에게 자기들 집으로 가서 쉬라고 권유한 덕분에 그녀는 겨우 견디기 어려운 밤을 보낼 수 있었다. 훗날 량싸이전의 기억에 따르면, 이렇게 한밤중에 롼링위의 집 앞을 지나가다 그녀 혼자 문 밖에서 웅크린 채 울고 있는 모양을 두세 차례 더 보았다고 했다. 평안하고 쾌적한 가정을 갖기를 줄곧 원했던 롼링위는 따뜻하고 향기로운 꿈에서 마침내 깨어났다. 막 장다민의 악몽에서 깨어난 롼링위는 다시 한 번 고독과 적막에 휩싸였다.

탕지산은 자신의 부유함을 이용해 여성을 교묘하게 빼앗는 방탕한 습성이 있었다. 롼링위는 배우라는 직업 탓에 꼼꼼히 관찰하는 습관을 갖게 되었는데, 결혼 뒤 얼마 지나지 않아 탕의 변화를 느꼈다. 비록 열정적이고 온 얼굴에 웃음을 띠고 있으나, 마음이 냉랭하고 딴 데 가 있음을 느끼고 그를 잘 살펴보기 시작했다. 어느 날, 탕지산이 면도하고 새로 산 회색 양복을 입더니 우물쭈물 나갔다. 롼링위는 뒤를 밟은 뒤 결국 자신의 예감이 맞았음을 알았다. 탕지산이 인기 있는 무희와 어깨를 나란히 하고 새집으로 들어가는 것을 두 눈으로 목격한 것이다. 롼링위는 이 광경을 보자 심장이 터질 듯하고 손이 부들부들 떨렸으며 눈앞이 캄캄한 나머지 거의 기절할 지경이었다. 그 무희가 몸을 돌렸을 때 가슴에 걸려 있던 루비 목걸이를 보자 그녀의 가슴이 더 쓰라렸다. 며칠 전 롼링위는 탕지산의 행동이 이상하다고 여겨, 그가 잔뜩 취해 곯아떨어진 틈을 타 윗도리를 뒤지자 주머니에서 딱딱한 것이 만져졌다. 꺼내보니 정교하고 아름다운 장신구 상자에 루비 목걸이가 들어 있었다. 롼링위는 자신에게 줄 선물이거니 여기고 기뻐하며 제자리에 놓았고, 탕지산이 자신을 놀래며 내놓기를 기다렸다. 그런데 지금 그 루비 목걸이가 탕지산이 껴안고 있는 무희의 목에 걸려 있는 것이 아닌가.

탕지산의 변화와 변덕은 장다민의 타락만큼이나 큰 타격을 주었다. 과거 롼링위와 장다민의 결혼은 모녀 둘이 남의 집에 얹혀살며 옛 풍습의 굴레를 벗어나지 못한 채 이루어졌다. 당시 가장이 자녀를 대신해 중매를 서고 혼약을 결정한 뒤 예단을 주고받는 일이 많았다. 또 롼링위가 어려서 아버지를 잃은 탓에 어머니가 대신 그녀와 장다민의 혼사를 치른 것도 당시로서는 흔했다. 하물며 그때 롼링위는 미성년이었고 과부 어머니가 그녀의 결혼을 주관했으므로, 현재 이혼했다 하더라도 롼링위를 동정할 여지가 충분했다. 그러나 탕지산과 동거할 때 자신은 22세의 성인인 데다가 이미 한 번 불행한 결혼을 겪지 않았던가.

조금씩 탕지산이 롼링위에게 좋지 않게 대한다는 소문이 친구와 동료들의 귀에 들어갔다. 그러나 당시 영화계는 매우 복잡하여 너는 너대로, 나는 나대로라는 분위기가 짙었고, 동료들끼리 속내를 주고받으며 진심으로 상대방과 이야기를 나누는 일이 극히 드물었다. 모두 롼링위에게 호감을 갖고 있으나 사적인 문제는 많이 묻지 않았다. 동시에 자존심이 몹시 센 롼링위는 생활에서 겪는 고충을 미주알고주알 털어놓고 싶지 않아, 마음속으로만 말할 수 없는 고통을 간직하며 다른 이들 앞에서는 아무렇지 않은 듯 행동했다. 다만 혼자 있을 때 흘러

내리는 눈물을 주체하지 못했다.

당시 롄화 직원 기숙사에 머물던 톈한은 훗날 한 회고록에서 다음과 같이 썼다.

나는 롼링위의 신세에 대해 정확히는 잘 몰랐고, 단지 그녀가 남편의 학대를 심하게 받는다고 들었다. '1·8' 캠페인이 끝나고 한 연회에서 그녀와 차 도매상으로 알려진 그녀의 남편을 보았다. 당시 후뎨, 후핑, 량씨 자매 등이 자리를 같이했다. 연회는 꽤 웅장하고 화려한 저택에서 열렸는데 고즈넉한 정원도 있었던 듯하다. 식사를 마치고 정원에서 쉴 때 모던 여성들의 아름다운 자태가 이끼 낀 나무 사이로 어른거렸다. 그 차 도매상은 시가를 물고 멀찍이 계단 위에 서 있었다. 어떤 이가 내게 그의 성품에 대해 말했을 때 나는 분노를 억누를 수 없었다. 롼링위가 어떻게 이런 서문경(西門慶: 중국의 대표적 음란 서적 《금병매(金甁梅)》의 남자 주인공으로 방탕하고 악랄하기로 유명하다-옮긴이) 같은 사람에게 시집갔을까 이상하게 여겼다.

결국 이 문제는 적지 않은 친구들이 롼링위를 오해하고 거리를 두게 만들었다.

이 시기 롼링위는 답답할 때면 술을 마시기 시작했다. 본래 그녀는 연회에서 술을 입에 대지 않았으나 술의 장점을 발견한 것이다. 롼링위는 술의 힘을 빌려 취하고 정신을 잃고 심지어 아무것도 느끼지 못하기를 원했다. 어느 날 롼링위는 술을 한 잔 마시고 극도의 비통함과 갈등 속에서 친구에게 단 한 마디를 했다. "정말 탕지산을 사랑해선 안 되었는데……."

〈눈 속에 핀 향기로운 매화(香雪梅)〉의 우수에 찬 롼링위의 스틸컷.

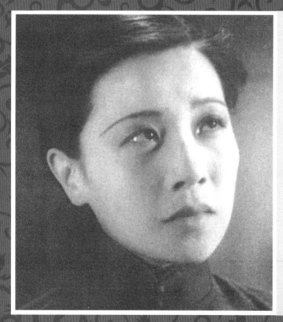

〈신성한 여인(神女)〉에서 눈물을 흘리고 있는 롼링위의 스틸컷.

제8장
사람들 시비가 두렵구나

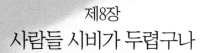

〈신여성〉의 스틸컷.

다양한 성격을 소화
하는 연기 비결에 그
녀는 이렇게 답했다.
"연기는 미치는 것과
같아요. 배우는 미치
광이에요"그리고 그
녀는 창조의 희열에
들뜬 표정으로 말했
다. "제가 바로 미치
광이죠."

1. 최후의 절창, 〈신여성〉

1934년 말 우융강이 〈신성한 여인〉 편집에 들어갔을 무렵 롼링위는 이미 〈신여성〉 스튜디오 촬영을 시작했다. 〈신여성〉은 롼링위 후기, 즉 성숙기의 연기를 대표하는 작품이다. 이 영화에서 그녀의 연기는 새로운 경지에 이르렀다. 스크린상의 웨이밍(韋明: 〈신여성〉 주인공)과 현실의 롼링위는 이미 한 몸으로 녹아들었다. 그녀는 연기를 한 것이 아니라 자신의 피와 눈물로, 자신의 영혼으로 한 예술 형상을 빚어냈다.

20세기 1930년대 여성들은 사회에서 독립적인 생존을 꾀하다가 가끔 음험한 세력의 덫에 걸려들곤 했다. 특히 여배우는 이런 세력이 거의 사방팔방에서 공격해왔다. 롼링위의 자살은 절대 개별적인 사건이 아니다. 그녀의 자살을 전후로 아이샤(艾霞)와 잉인(英茵)이 독약을 먹는 일이 있었다. 아이샤는 재능 있는 배우로 〈봄누에(春蠶)〉〈풍년(豊收)〉〈화장품 시장(脂粉市場)〉〈피맺힌 원한(舊恨新仇)〉 등 영화에 참가했고, 재주 있는 작가이기도 해 〈현대의 한 여성(現代的一女性)〉 시나리오를 쓰고 직접 주연을 맡기도 했다. 구 상하이 십리양장에서는 끊이지 않고 사람이 사람을 잡아먹는 비극이 상연되었다. 1934년 2월 12일, 방년 24세의 여배우는 결국 사랑에 속고 경제적인 궁핍까지 겹쳐 번민 끝에 음독자살했다.

이런 잔혹한 현실은 당시 롄화에서 감독을 하던 차이추성, 리핑첸 등에게 깊은 충격을 주었다. 그들은 아이샤 생전의 좋은 동료였다. 쑨스이는 아이샤 생애를 소재로 삼아 〈신여성〉 시나리오를 집필했다. 차이추성은 이 영화의 감독을 맡았으며, 녜얼이 작곡을 책임지고 〈신여성가(新女性歌)〉를 지었다.

1934년 초 겨울 어느 날 롄화회사의 제작진 한 명이 쪽지를 가지고 왔다.

란 양.
내일 감독 사무실로 오세요. 상의할 중요한 일이 있습니다. 꼭 기억하십시오! 꼭이오!

당일 차이추성 드림.

란링위는 쪽지를 본 뒤 '무슨 일로 나를 찾는 거지? 설마 찍고 싶지 않은 영화를 찍으라고 하는 것은 아니겠지?' 하고 생각했다.

차이추성은 1931년 롄화회사에 입사한 뒤 잇따라 두 편의 작품을 감독했으나 모두 실패했다. 그는 첫 영화 두 편 모두 란링위에게 주연을 부탁했으나, 그녀가 시나리오를 보니 배역이 모두 자신과 맞지 않았다. 게다가 막 감독으로 첫발을 내딛던 차이추성의 능력에도 확신이 없었고, 만약 일이 순조롭게 풀리지 않을 경우 자신이 애써 쌓아올린 명예가 하루아침에 무너질까 두려워 완곡히 거절했다. 차이추성은 두 작품이 모두 실패하자 현실주의 창작으로 방향을 돌려 〈도시의 아침(都會的 早晨)〉(1933년)과 〈어부의 노래(漁光曲)〉(1934년) 을 각색, 감독했다. 특히 〈어부의 노래〉는 그에게 명성을 안겨다준 대표적 작품이다. 어촌에서 자란 차이추성은 어민의 고난에 찬 생활과 중국 사회를 개량하려는 한 청년 지식인의 파멸되어가는 몽상을 사실적으로 묘사함으로써 잔혹한 사회 현실을 고발했다. 1934년 한여름에 개봉한 이 영화는 60여 년 만의 무더위에도 불구하고 수만 관중이 관람했고 연속 84일 상영이라는 공전의 기록을 세웠다.

애초에 롼링위는 그가 제작, 감독하는 영화를 찍겠다는 생각은 없었으나 온화한 성격 탓에 차이추성의 말대로 이튿날 그의 사무실에 나타났다. 차이추성은 그녀를 반갑게 맞이했다.

"차이 선생님, 오늘 저를 보자고 하셨는데, 무슨 일이죠?" 롼링위가 단도직입적으로 물었다.

"롼 양, 아마 올해 초 아이샤의 죽음을 잊지 않았겠죠?"

"물론이죠. 그 이야기는 꺼내지 마세요, 그녀 얘기만 나오면 곧 한숨이 나오니까요. 멀쩡하던 영화계의 재주꾼이 그렇게 가버리다니."

"롼 양, 전 아이샤의 죽음을 스크린으로 옮길 생각을 하고 있습니다. 여주인공 아이샤를 맡아주시길 부탁드려요. 하지만 먼저 시나리오를 읽은 뒤 배역은 다시 결정짓도록 하죠, 어떤가요?"

차이추성은 시나리오를 건네주었다. 롼링위는 〈신여성〉 극본을 읽고 난 뒤 오랫동안 마음의 평정을 찾지 못했다. 어떤 극본도 그녀에게 그렇게 거대한 감동을 준 적이 없었다. 그녀는 열정에 들떠 차이추성을 찾아가 말했다.

"차이 선생님, 〈신여성〉 여주인공 웨이밍을 연기할게요. 여작가의 생활을 잘 알지 못하지만 그녀의 고난과 절망을 진정으로 느낄 수 있어요. 제가 이 역할을 잘 거라고 믿어주세요."

차이추성은 흔쾌히 승낙했다.

〈신여성〉의 여주인공 웨이밍은 아이샤의 화신(化身)으로, 극본은 아이샤의 실생활과 허구가 뒤섞였다. 〈신여성〉 극본의 줄거리는 다음과 같다.

웨이밍은 자주적 결혼을 위해 집을 떠났으나 딸을 하나 낳은 뒤 버림받는다. 그녀는 여성이 남성의 노예가 되어서는 안되며 의미 있게 독립적인 생활을 해야 함을 깨닫고, 곧 상하이로 이사한 뒤 한 여자 중학의 음악 교사로 일한다.

학교 이사(理事)인 왕(王) 박사는 웨이밍의 미모를 보고 온갖 방법으로 유혹하려 하나 여의치 않자 여교장과 공모하여 웨이밍을 고의로 사직하게 만든다. 웨이밍은 생계 수단이 끊어지자 있는 힘껏 글을 써서 창작한 소설을 출판사에 보내 출간하려 한다. 그러나 그녀는 출판사 사장에게 착취당하고, 타블로이드 신문은 그런 그녀를 모욕한다.

웨이밍의 생활이 극도로 가난해졌을 때 끔찍하게 사랑하는 딸의 병세가 위독해진다. 그녀는 사랑하는 딸의 생명을 구하기 위해 갈팡질팡하다, 사창가 기생어미의 조종을 받아 '하룻밤 노예가 되기'를 허락하고 자신의 몸을 딸의 생명을 구해줄 돈과 바꾸기로 결심한다. 그러나 뜻밖에 그녀가 접대해야 하는 오입쟁이가 바로 뻔뻔하기 짝이 없는 왕 박사였다. 분노가 머리끝까지 오른 웨이밍은 왕 박사의 뺨을 때리고 뛰어서 집으로 돌아온다.

웨이밍은 실직의 고통과 딸의 위독한 생명, 부잣집 도련님의 모욕, 친구의 오해, 생활의 압력을 더 이상 견디지 못하고 자신의 소설이 출간될 즈음 독약을 삼킨다. 낯이 두꺼운 타블로이드 기자는 남의 불행을 보고 기뻐하며 '독점 보도'를 쓴다. 웨이밍의 숨이 아직 붙어 있는데 거리에 가득 찬 신문팔이들은 크게 외친다. "여작가 자살 소식 속보요!"

웨이밍은 병원으로 실려와 응급치료를 받고 점점 의식을 회복했으나 그녀는 여전히 살아갈 용기가 없다. 이때 그녀의 친구가 급히 달려와 웨이밍에게 용감히 살아나 악의 세력과 싸우라고 격려하며, 그녀를 비방하고 중상하는 석간신문 '뉴스'를 보여준다. '여작가의 불결한 역사 한 페이지'라는 제목이 돌연 눈에 들어오자 그녀는 분노하고 정신이 들어 전신의 힘을 모아 소리친다. "나는 살고 싶어, 복수하겠어!" 그녀는 의사에게 자신을 구해달라고 애원하나, 이미 늦은 데다 기력이 바닥나서 끝내 한을 품고 세상을 떠난다.

1934년 겨울 첫 한파가 상하이에 몰아쳤을 때, 두 저명한 영화인 차이추성과 롼링위는 영화사상 전형적 모범 사례라 할 수 있는 감독과 연기자의 협업(協業)을 시작했다. 감독을 맡은 차이추성은 능숙한 기교를 발휘하여 여주인공 웨이밍을 통해 억압받고 모욕당하는 인텔리 여성을 한없이 동정하고, 왕 박사와 타블로이드 신문기자 지웨이더(齊爲德)가 대표하는 악의 세력을 힘껏 꾸짖었다.

란링위는 자신의 가슴을 저리게 만들었던 웨이밍에 전심전력으로 몰입했다. 이름난 영화인 정쥔리는 다음과 같이 회고했다.

> 영화 〈신여성〉을 찍을 때 그녀(란링위)가 매우 진지하게 배역 준비를 하여 예전에 촬영장에서 웃고 떠드는 모습과 많이 달랐던 것으로 기억한다. 매 장면 리허설과 촬영 준비를 철저히 하여 감정이 충만했고 조금이라도 소홀히 하지 않았다. 특히 여작가가 자살하는 장면에서 진정 눈물로 하소연하는데, 이 장면을 찍고 나자 마치 그녀의 온 신경이 떨려 견딜 수 없는 듯했다. 이는 아마 란링위의 연기 가운데 가장 힘을 쏟아 부은 장면이었을 것이다. 그러나 여작가의 생활과 결국 거리가 있어 애써 연기해도 익숙한 배역처럼 그렇게 쉽고 자유자재로 되지 않았다. 어떤 장면에서는 그녀의 진솔하고 자연스러운 연기가 오히려 한껏 애쓴 장면보다 더 나은 경우도 있다. 그러나 이 영화는 란링위가 신사상, 신생활과 접촉하는 계기가 되었고, 낡은 것에 대한 증오와 새로운 것에 대한 열렬함이 이렇게 선명하고 강렬하면서도 남김없이 표현된 적이 없었다.

란링위는 〈신여성〉을 촬영하는 틈틈이 뤄밍유가 각색하고 연출한 〈국풍(國風)〉의 촬영도 시작했다. 리리리는 〈국풍〉에서 란링위와 함께 자매로 나왔는데, 란링위가 촬영하는 〈신여성〉을 자주 와서 지켜보며 그녀의 연기를 탐구했다. 그녀는 약을 먹고 자살하는 장면에서 란링위의 자신을 잊은 듯한 절절한 연기에 강렬한 전율을 느꼈다.

뒤에 그녀는 란링위에게 물었다.

"수면제를 먹고 자살하는 그 찰나, 마음속으로 무슨 생각이 떠올랐어요?"

란링위는 잠시 생각하더니 답했다.

"매우 불행하고 나 역시 비슷한 경험이 있지만 죽지는 못했어요. 이 장면을 연기할 때면 자살할 때의 심정을 다시 한 번 체험하죠. 자살하는 그 순간 심정은 극도로 복잡해서 고통을 벗어나고 싶지만 되레 고통만 늘죠. 많은 이의 얼굴이 눈앞에 어른거리는데 그 가운데는 내가 가장 사랑하는 사람도 있고 가장 미워하는 사람도 있어 수면제를 삼킬 때마다 새로운 생각이 마음속에 떠올라요."

〈신여성〉 영화에 대해 가장 만족한 이는 역시 감독 차이추성이라 할 수 있다. 그는 이렇게 말한 바 있다.

〈신여성〉을 촬영하며 우리는 그녀(란링위)의 뛰어난 연기를 셀 수 없이 보았다. 그녀의 말 한 마디, 혹은 영화 속 갈등과 투쟁 속에 표현하는 감정 한 자락을 통해, 그녀가 내심 무엇을 찬성하고 무엇을 반대하며 무엇을 향해 가며 무엇을 추구하는지 볼 수 있었다. 우리는 진심으로 모두 그녀를 존중했고 그녀의 사상이 진보하고 있어 기뻤다. 그러나 그녀가 지나치게 정이 많고 감정이 무른 사람이라 우리는 그녀의 처지를 끝없이 걱정하지 않을 수 없었다.

1934년 말 〈신여성〉 촬영이 시작되었을 무렵, 갓 28세의 청년 감독 차이추성은 혁명을 동경하고 있어 곧 상하이를 떠나 소련에 유학할 생각이었다. 그래서 〈신여성〉은 긴박한 속도로 촬영되었는데, 약 2,3개월에 걸친 짧은 기간에 영화 팀 전원이 심혈을 기울였다. 특히 웨이밍 집에서 중요한 장면을 대량 촬영할 때 꼬박 사흘을 철야로 진행했다. 그 가운데 하루는 롼링위의 촬영 분량이 모두 25회나 되었고, 눈물 흘리는 장면만 14차례나 되었다.

당시의 장면을 묘사한 글이 있다.

촬영하기 전 그녀는 혼자 말없이 있더니 재빨리 연기에 빠져들어 눈물이 그치지 않고 흘러내렸다. 그녀는 눈물을 흘리며 수면제를 삼켰다. 스크린은 그녀의 얼굴을 특별히 클로즈업했는데, 그녀가 삼킨 수면제 한 알, 한 알을 따라 그녀의 눈빛에 복잡하게 얽히고설킨 감정의 변화가 나타나, 자살하는 사람이 생사의 갈림길에서 겪는 모순된 감정, 생에 대한 갈망, 죽음에 대한 두려움, 분노와 비애 등이 남김

없이 드러났다. 그녀 눈빛의 변화에서 누가 그녀를 죽였는
지 알 수 있었다! 그녀가 이 장면을 촬영할 당시 매우 감정
이 격하여 촬영이 끝난 뒤에 한참이나 울었고, 현장에 있
던 다른 이들도 깊이 감동받아 이 비극에 빠져들었다.

약을 먹고 자살하는 장면 이외에도, 웨이밍이 음독자살한
뒤 병원으로 실려가는 장면 역시 매우 감동적이다. 롼링위는
이 장면에서도 완전히 배역에 몰입했다. 감독은 카메라를 많
이 움직이지 않고 웨이밍이 누워 있는 병상을 정면으로 촬영
하여 그녀가 병상에서 느끼는 감정상의 변화를 사실감 있고
철저하게 표현하는 데 힘썼다. 친구 아잉(阿英), 위하이타오(余
海濤)와 웨이밍의 언니가 병상에서 간호할 때, 롼링위는 넋이
나간 멍한 눈빛으로 힘없이 그녀들에게 묻는다. "나를 왜 살려
놓았죠? 내 고통이 아직 부족하다는 뜻인가요?" 상심한 아잉
이 그날 치 석간신문에 실린 웨이밍을 헐뜯는 기사를 가리킨
다. 슬픔과 분노에 찬 웨이밍은 이를 보고 나서 소리친다. "복
수하겠어." 위하이타오는 "지금 죽는다면, 모든 게 다 끝나버
리잖아요" 하며 살 것을 권유한다. 아잉은 또 웨이밍에게 여학
생들이 그녀가 작곡한 〈신여성가〉를 배웠고 이 노래를 몹시
좋아한다고 말한다. 이때 웨이밍의 귀에 마음과 힘을 다해 떨
쳐 일어나는 노랫소리가 들려온다.

신여성은,

생산적인 여성 대중이요.

신여성은,

사회의 노동자라네.

신여성은,

신사회 건설의 선봉대라네.

신여성은,

남자들과 함께

시대의 폭풍을 일으키려니!

폭풍이여, 우리는 민족의 헛된 꿈을 깨우려네.

폭풍이여, 우리는 여성의 영광을 창조하네!

노예가 되지 말라, 천하는 공평하니!

남녀 차별 하지 말라! 세계는 대동(大同)이라!

신여성이여, 용감하게 앞으로 전진하세!

신여성이여, 용감하게 앞으로 전진하세!

노래를 들으면 들을수록 새로운 용기와 힘이 웨이밍의 마음속에 샘솟는 듯했다. 그녀는 있는 힘을 짜내 손을 들어 올려 무언가를 잡으려 했다. 마치 막 익사하려는 사람이 죽을힘을 다해 지푸라기라도 잡으려는 모양이었다. 이런 모습은 웨이밍의 살고자 하는 의지를 강렬하게 드러내나 그녀는 심장병 때문에 결국 소원을 이루지 못한다. 〈신여성〉의 노래가 쟁쟁하게 울려 퍼지는 가운데 웨이밍은 감농석으로 부르짖는다. "나 좀 살려주세요, 살고 싶어요!" 그녀는 곧 죽을 터이나 살겠다

롼링위阮玲玉,
사람들 시비가 두렵다

고 분명하게 소리 지른다. 영화는 사람들이 웨이밍이 자살했다는 허위 소식을 싣고 그녀의 문장을 헐뜯은 신문기자를 무릎 꿇리고, 신여성들이 노래 속에서 전진하는 장면으로 끝맺는다.

란링위는 이 장면에서 감정이 북받쳐 눈물이 샘처럼 솟아올라 촬영기가 정지하고 나서도 여전히 울고 있었다. 그녀는 쉽게 마음의 평정을 찾지 못하고 촬영장의 침대에 누운 채 손으로 흰 이불을 끌어당겨 자신의 얼굴을 가렸다. 그녀는 손수건으로 입을 막고 자신의 감정을 억누르려 했으나, 오히려 통곡 소리가 새어나왔다…….

〈신여성〉은 1935년 섣달그믐 저녁 화려한 진청대극장(金城大戲院)에서 개봉되었다. 하늘도 돕는지 겨울 날씨가 봄처럼 따뜻했다. 극장은 한껏 기대에 부풀어 오랫동안 기다린 관객들로 가득 찼다. 한 차례 또 한 차례 박수가 재촉하자 판(潘)씨 관현악단의 연주가 시작되었다. 란링위와 롄화 합창단은 녜얼 선생의 지휘로 〈신여성가〉를 불렀다. 란링위는 제일 윗줄 가운데 섰다. 노래가 끝나자 감독 차이추성이 관중 앞에 나와 겸손하면서도 유창하게 관중에게 감사의 말을 전하고 여주인공 란링위를 소개했다. 극장이 조용해지고 5분 뒤 〈신여성〉이 상영되었다. 개봉 뒤 많은 언론과 관중은 모두 란링위의 새로운 성취에 대해 열광했다.

그러나 란링위가 꿈에도 생각지 못한 일이 발생했다. 1930년대 초 중국에서 영화내용을 트집 잡아 항의하는 사건이 종종 있었는데, 〈꽃잎 흩날리는 마을(飛花村)〉(1934년 제작: 차이추성, 감독: 정잉스[鄭應時], 배우: 후핑, 가오잔페이)이 당시 모 철도직원이 마약을 판매하고 부녀를 유괴한 범죄를 묘사해 철도직원회의 반대에 부딪힌 것이 한 예이다. 마찬가지로 〈신여성〉에서 신문기자의 뻔뻔한 행동을 다루자 기자조합회의 항의를 받는다.

당시 《타임스(時報)》의 덩수구(滕樹谷) 기자는 새로 마련한 최신식 채색 윤전기로 신문을 인쇄했는데, 매일 붉은색 글자로 큼지막하게 제목을 달고 상세하게 전국체전 소식을 전하여 독자를 끌어모았다. 전국체전이 끝나고 취재거리가 없어지자, 계속 있을 수 없는 일을 지어내어 발행량을 유지했다. 사건만 있으면 조리 있고 실감나게 사건을 전하고 붉은색으로 제목까지 붙였다. 그러나 세심한 독자가 자세히 살펴보면 완전히 날조했음을 발견할 수 있다.

사실이 아닌 것을 사실처럼 거짓으로 꾸민 이른바 '사회뉴스'는 사실상 《타임스》가 발단이었다. 차이추성이 그의 사람됨을 얕봐 쑨스이와 함께 〈신여성〉의 기자 지웨이더를 반면인물(反面人物)로 각색했다. 그러나 덩수구와 같은 유의 사람들은 교훈을 받아들이기는커녕, 영화 관람 뒤 진청대극장을 나가자마자 여관에 방 세 칸을 빌리고 황색 타블로이드판 신문기자를 다수 소집했다. 그들은 재능을 있는 힘껏 발휘하여 대대적으로 비방문을 썼다. 그들은 인심을 어지럽히는 저질의 요사스러운 말을 날조하여 〈신여성〉의 감독과 주요 연기자를 공격하고 모모(某某) 등이 상하이를 욕한다고 떠벌렸다. 그들은 밤새 공격적 문장을 써서 롄화영화사에게 이른바 '최후통첩'을 보냈다.

1. 전국 신문기자에게 사과 성명을 게재하라.
2. 이후 다시 이와 같은 일이 발생치 않도록 약속하라.
3. 〈신여성〉에서 고의로 신문기자를 모욕하는 부분을 삭제하라.

타블로이드 신문기자들은 더욱 차이추성, 쑨스이가 "상하이를 욕했다"고 떠벌렸으나, 쑨스이와 차이추성 등은 꿋꿋하게 이를 반박하는 동시에 기자조합회가 요구한 무리한 조건을 거절했다. 기자협회는 반격을 받자 긴급 대책을 세워 한층 강경한 대응을 내놓았다. '이후 롄화 광고는 한결같이 싣지 말 것, 롄화의 선전 글을 영원히 싣지 않음으로써 협력을 거부함을 분명히 함.'

롄화의 정책 결정자들은 끊임없이 써대는 공격적 문장, 신문기자라는 고상한 이름으로 낸 통첩 및 기자조합의 결정을 심각하게 우려했다. 영화사가 신문에 광고를 낼 기회를 잃는다면 그 결과는 상상할 수 없었다. 롄화 상층부는 양보할 수밖에 없었다. 그들은 쑨스이, 차이추성 등 주요 당사자 몰래 《뉴스신문(新聞報)》의 왕보치(王伯奇), 《상하이 신문(申報)》(선[申]은 상하이의 다른 이름-옮긴이)〉의 마인량(馬蔭良) 등에게 중재를 요청해, 기자조합이 제시한 조건을 받아들이며 신문에 다음과 같은 사과문을 싣겠다는 뜻을 밝혔다.

> 우리 회사 〈신여성〉 영화 가운데 신문기자와 관련된 부분이 상하이시 신문기자조합의 불만을 일으킨 바 있습니다. 우리 회사는 왕보치, 마인량 씨의 조정을 통해 심심히 사과드리는 바이며, 영화에서 적절치 않은 부분을 삭제함으로써 원만한 해결을 보게 되있습니다.

동시에 곧 기자조합에 정식 사과문을 보내고, 기자조합회는 이 사과문을 각 신문에 실었다. 전문은 다음과 같다.

> 삼가 아룁니다. 우리 회사가 제작한 〈신여성〉 영화 중 신문기자를 포함한 부분이 귀 조합의 불만을 일으킨 점에 대하여 깊이 사죄드립니다. 귀 조합이 요구한 두 가지 사항, 즉 이후 다시 이와 같은 일이 발생하지 않도록 보장하라는 둘째 조항 및 관련 내용을 수정, 삭제하라는 셋째 조항을 모두 저희가 준수하겠다는 성명을 회신에서 밝혔습니다. 특별히 상하이 신문기자조합회에 정중한 뜻을 표합니다.

이 같은 우여곡절 뒤 〈신여성〉이 마침내 관중에게 다시 개봉되었다. 비록 몇 장면이 잘렸으나 영화 내용은 여진히 당시 사람들에게 강렬한 감동을 주었고, 진보적 영화 평론계는 호평하는 동시에 기자조합의 행위에 대해 엄하게 나무랐다.

다음과 같은 당시 영화 평론을 들어보자.

〈신여성〉이 모 신문기자의 비루하고 뻔뻔한 행동을 그려 큰 파란을 일으키고 장면 일부를 삭제하고 사과하는 소동이 생겼다. 사실 이는 매우 우스운 일이다.

어떤 직업을 막론하고 품행이 불량한 이는 존재하기 마련이며 조금이라도 생각 있는 자라면 이는 특수한 경우임을 알게 된다. 예술 작품이 어떤 직업 중 부패하고 타락한 무리를 폭로한다고 해서 결코 종사자 전체를 의심할 리 없다. 설령 부패한 직장인을 그렸다 해서 [특정한 직업] 전체를 모욕한다고 여긴다면, 앞으로 영화에는 악인이 등장할 수 없을 것이다…… 천하에 별의별 사람이 다 있고 억지 부리며 소란을 피우는 이들이 도처에 있는 것이 대개 이와 같다. '[부족한 점이] 없으면 더욱 열심히 하고, 있다면 고치라(無則加勉 有則改之)'와 같은 옛말을 그들에게 요구할 수는 없으나, 최소한 그들이 이성을 잃지 않기를 바랄 뿐이다……

이는 중국 영화계의 행운이자 신문계의 행운이기도 하니, 엄격하게 자신의 대오(隊伍)를 조사하여 타락한 무리를 밝히고 제거하라.

영화평론가와 관중은 영화 주연을 맡은 롼링위의 연기에

대해 매우 긍정적으로 평가했다. 《뉴스신문》의 영화 평론은 다음과 같이 평했다.

> 배우의 연기는 몹시 뛰어나다고 할 수 있다. 롼링위가 연기한, 눈물이 그렁그렁한 채 몸을 팔러 가는 장면은 그보다 더 사실적일 수 없다. 관중이 모두 슬픔에 잠겨 눈물을 흘리니, 롼링위의 마력이란!

타블로이드 기자들은 이와 같은 결과에 당연히 불만을 가졌다. 그들은 〈신여성〉을 깎아내릴 수 없었으나 차이추성과 쑨스이가 상하이를 욕보였다고 언성을 높였다. 며칠 뒤, 그들은 두 번째로 한곳에 모여 다시 공격할 방법을 의논했다. 이른바 "무른 감을 찔러본다"는 것이 그들이 짜낸 묘안이었는데 그들은 창끝을 연약한 여성 롼링위에게 겨누기로 결정했다. 그러나 롼링위가 세상을 뜨자 타블로이드 기자들은 자신들의 허물을 덮기 위하여 롼링위의 자살은 자신이 연기한 〈신여성〉에서 계시를 받았다고 주장하는 한편, 태도가 180도 돌변하여 그들이 롼링위의 죽음을 얼마나 동정하는가를 설명했다. 이런 너저분한 무리들의 터무니없는 이야기들은 당시 정의로운 자들의 질책을 받았다.

〈신여성〉은 결코 자살을 암시하지 않았다. 오히려 극작가의 창작 의도는 자살을 반대하는데 있다. 여공 아잉의 입을 통해 극작가의 진정한 의도가 흘러나왔다. 자살을 반대한다는 주제, 바로 이 점에서 그는 성공했다.

〈신여성〉을 편집하고 제작한 쑨스이는 "……그녀 생전에는 비난하더니 죽은 뒤에 동정을 보이는 행태는 매우 앞뒤가 맞지 않는다"며 추도사에서 다음과 같이 분노했다.

> 누구인들 살고 싶지 않으랴. 영화가 사람을 자살하도록 가르쳤다고 했는가? 수많은 지조(志操)가 더럽혀지고 염치가 눈곱만치도 없으며, 양심이 모살(謀殺)되고 정의가 도둑질 당했으나, 의기양양하게 떠들어대는 무리가 어찌하여 여전히 세상에서 안락을 구가하는가? 감히 말하건대 사자(死者)는 사회가 위협하여 죽는 지경에 이르게 되었다. 요란스럽게 떠들어 시비가 전도되고 선악이 헷갈리며 흑백이 불분명하게 되었음을 보라. 그런데도 오히려 여론이라고 떠벌리는 말을 버젓이 영전(靈前)에서 판매한다.

사실 롼링위가 〈신여성〉을 연기한 뒤 상하이 영화 간행물의 발행량은 대량으로 증가하여 각 주요 신문 역시 영화 부록이나 영화와 관련된 글을 싣지 않는 경우가 거의 없었다. 당시 단행본으로 출간하는 영화 간행물 역시 한바탕 광풍이 몰아치듯 계속 출간되어 사람들의 가십거리가 되었다. 특히 각종 타블로이드 신문은 영화 관련 소식을 싣는다는 핑계로 앞다투어

많은 배우와 감독의 사생활을 대대적으로 떠벌려 소시민 독자의 입맛에 영합했다.

2. 가장 아프고 쓰린 것은 감정

현재 발견된 자료는 롼링위 자살의 진정한 원인이 첫째, 얽히고설킨 성(情)과 불행한 결혼 탓이며, 둘째, '이름난 영화 스타'라는 명성에 짓눌려 '사람들 시비가 두려움'을 감당하기 어려워서였음을 말해준다. 롼링위는 죽기 직전 "나는 충분한 증거가 있고 무죄임을 밝힐 수 있다. 그러나 신문에 실리는 이야기는 정말 들을 수 없다"고 말한 바 있다.

1935년 초 롼링위의 사생활은 다시 파란을 일으켰는데 그 진원지는 바로 장다민과 탕지산이었다. 1934년 말 장다민이 사람을 보내 말하기를, 성탄절 지나고 돈을 조금 빌려달라고 했다. 롼링위와 그의 합의가 약 5개월 뒤면 만기가 되는데 최근 수중에 돈이 없으니 나머지 500원을 한 번에 다 계산해달라는 것이었다. 마음 약한 롼링위는 그의 요구에 따라 500원을 주며, 돈 심부름 온 이에게 앞으로는 그와 롼링위 사이에는 아무런 관계도 없다는 말을 전해달라고 했다. 심부름꾼은 돈을 주머니 안에 챙겨 넣은 뒤 비웃는 표정으로 말했다.

"롼 양, 그렇게 딱 잘라 말씀하지 마세요. 이 돈을 지불하면 확실히 장 선생은 당신과 아무 관련이 없죠. 하지만 잊지 마세요. 당신이 애초에 탕 선생과 동거하려 이사 나올 때 본래 장 선생 소유의 옷, 물건, 그리고 가산을 같이 들고 나왔습죠. 그래서 란 양이 갖고 간 재산을 우리가 이미 계산해보았습니다. 적어도 2,000원은 더 나갈걸요."

"2,000원이라, 장다민의 재산이 꽤나 값이 나가는군."

탕지산이 얼굴 가득 조롱기를 머금었다.

"좋소, 그렇다면 내 한번 손해를 보지. 그 돈을 지불하리다. 그러나 장다민은 앞으로 다시는 연락하지 않겠다는 글을 써야 하네."

이틀 후 장다민의 대리인이 다시 와서 그녀가 지불해야 하는 돈이 4,000원이며 그렇지 않으면 글을 써주지 않겠다고 했다. 란링위는 약간 주저했다. 4,000원이라면 4,000원을 주면 그만이지, 내가 조금 절약하면 되니까. 장다민을 벗어날 수 있다면 무엇이든 좋아. 그러나 탕지산이 이를 공갈로 여기고 란링위가 지불하는 것을 허락하지 않았다. 오래지 않아 탕지산은 장다민이 쑨비우(孫弼伍) 변호사를 대리인으로 삼아 보낸 편지 한 통을 받았다.

"재물을 절취하고 의복을 무단 점유한 것이 모두 3,000여 원에 이르며, 사사로이 장씨 명의의 도장을 팠음을 알리는 바입니다."

란링위는 송사를 벌이기 싫었다. 일단 법원에 가면, 법원은 사실의 진위나 시비를 가리고 심문을 벌이기도 전에 일을 통지하여 두루 알릴 터였다. 당시 란링위의 지명도로 보건대 반드시 여기저기서 쑥덕댈 것이 분명했다. 그러나 탕지산은 그녀의 우려를 아랑곳하지 않고, 공소장을 받은 뒤 모두 거짓말이라고 펄펄 뛰며 유명한 변호사 슝훼이(熊飛)를 선임했다. 그는 소장을 상하이 제1 특별구역 지방법원에 내고 '날조된 사실로 명예를 더럽힌다'고 장다민을 고발했다. 법원이 이 소장을 접수하자 어쩔 수 없이 롼링위는 결정적으로 그녀를 파멸에 몰아넣은 일련의 송사에 얽혀들게 되었다. 롼링위는 다른 노리가 없어 변호사를 통해 신문지상에 성명을 발표했다.

당사자 롼링위 양이 밝힌 바에 따라 신문에 실린 탕지산과 장다민의 송사 사건에 관한 내용은 완전히 사실과 다름을 알립니다. 롼링위가 사회적 약자인 여자의 몸으로 횡포한 행위를 당했으나 본래 왈가왈부 거론치 않으려 했습니다. 그러나 명예와 관련되고 실로 참고 견디기 힘들어 부득불 자초지종을 설명하고 진상을 밝힘으로써, 상하이 제위(諸位)께서 정언(正言)을 옹호하고 시비를 가려주시길 부탁드립니다. 장다민 씨가 비록 몇 년 전 링위와 동거한 것은 사실이나 혼인 관계를 맺지 않았습니다. 그가 본래 정당한 직업도 없고 방탕한 성품 탓에 생활을 유지하기 어려워지자, 링위는 가정 경제의 압박으로 어쩔 수 없이 영화계에 투신하여 다달이 얻는 적은 수입으로 생활을 꾸려갔습니다. 그는 여전히 무위도식할 뿐이었습니다. 롼링위는 계속 그가 성공하기를 기대하고, 전전긍긍하며 장씨를 대신하

롼링위阮玲玉,
사람들 시비가 두렵다

여 기선회사와 광둥 푸칭현 세무서 등의 직업을 소개했습니다. 그러나 장씨는 옛 버릇을 고치지 못하고 직업에 충실하지도 못해, 상하이로 돌아와 여전히 링위를 핍박하여 끝없는 욕심을 채우는 것만 능사로 알았습니다. 인생이 이에 이르자 그녀의 애통함이 극심했습니다! [민국] 22년 4월, 쌍방은 우 변호사께 관계 청산의 보증을 간청했습니다. 란링위는 장씨의 영락(零落)을 차마 외면하지 못하고 어떤 의무도 없이 매월 100원의 보조금을 2년 한도로 지급해주기로 했습니다. 2년 동안 진실로 과거의 잘못을 지우고 힘껏 떨쳐 일어나면 어찌 입신양명하지 않겠습니까? 뜻밖에 올해 2년 만기가 다 되어갈 무렵, 장씨는 스스로 잘못을 뉘우치고 향상하려 노력하지 않을뿐더러, 링위가 생활비를 대주던 초심을 잊고, [소송을 걸어] 거리낌 없이 거짓말하고 사실을 바꾸며, 남을 무고하고 모욕함이 극에 다다랐습니다. 그는 법률을 공갈과 협박의 수단으로 삼아 목적을 이루려 하고 링위를 평생 풀 수 없는 올가미로 얽은 뒤 기뻐하고 있습니다. 장씨는 천하의 일이 시비(是非)의 근거가 있고 사실의 진위(眞僞)가 공평함을 벗어나기 어렵다는 점을 모릅니다. 장씨는 어찌하여 진실로 잘못을 깨달아 광명정대한 길로 전진하지 않고, 일찍이 동거 관계를 청산하고 현재 예술로 연명하는 약한 여자에게 달라붙어 괴롭힙니까? 이로써 천하 여자들을 낙심시키고 도덕을 경시하게 만들고 있습니다. 링위는 자신의 법적 이익이 침해받았다

고 여겨 증거를 정리하고 법에 의거하여 재판을 진행하려
하며, 이로 인해 변호사에게 간청하여 신문지상에 싣고 사
실을 알리고자 합니다.

1935년 1월 10일은 롼링위에게 칠흑과도 같은 날이었다. 그
날 상하이 제1특별구역 지방 법원은 탕지산이 장다민을 "날조
된 사실로 명예를 더럽힌다"고 고발한 사건의 심리를 개시했
다. 1월 17일 판결이 선고되었는데, 법원은 탕지산이 증거가
부족하여 장다민의 죄명이 성립할 수 없다고 판단하고 장다민
에게 무죄를 선고했다. 이러한 결과는 탕지산에게 의외였고
분노가 치솟았으나 달리 뾰족한 수가 없었다. 다만 법정에서
많은 관중이 보는 가운데 정면충돌하는 송사를 치른 이상, 장
다민이 더 이상 언론계를 은밀하게 부추겨 자신들을 위협하고
옭아매지 못할 것이라고 롼링위를 위로할 도리밖에 없었다.
롼링위는 이 결과를 받아들일 수밖에 없었다. 그러나 장차 더
큰 폭풍이 엄습해오리라는 것을 어찌 알았으랴.

법원의 판결이 나오고 탕지산과 롼링위는 항저우 등으로
기분 전환을 위해 여행을 떠났다. 가는 길에 탕지산은 인터뷰
하는 기자에게 장다민이 저지른 갖가지 비열한 행위를 호소했
다. 당시 상하이에 머물고 있던 장다민이 이야기를 전해 듣고
속으로 인정하지 않았다. 본래 장다민은 줄곧 송사로 롼링위
를 위협할 생각이었는데 자신이 먼저 소송 제기를 당했거니와
탕지산에게 폭로당한 꼴이 되자 원한이 쌓였다. 그러나 짧은

시일 내에 어떤 효과적인 방법으로 복수할지 생각해낼 수 없었다. 비록 제일 좋은 방법은 눈에는 눈, 이에는 이라는 식으로 롼링위, 탕지산을 고소하는 것이나, 수중에 무슨 확실한 증거가 있지도 않았다. 게다가 지난번 송사로 돈이 바닥나버려, 다시 변호사를 선임하여 송사를 치른다 해도 기소 비용조차 대지 못할까 걱정이었다.

그러던 중 기자 몇 명의 부추김과 원조 아래, 장다민은 1935년 2월 변호사를 선임하고 놀랍게도 특별구역 제2법원의 형사 초급 법원과 형사 지방법원 두 곳에 형사죄로 롼링위를 고소했다. 형사죄로 롼링위를 고소한 것은 장다민의 음험한 계략의 결과였다. 당시 민사소송은 피고가 변호사에게 모두 맡기고 몸소 법정에 나올 필요가 없었다. 그러나 형사소송은 피고가 반드시 법정에 나와 법관석 오른쪽에 세워진 가슴 높이의 사각 나무통 안에 서 있어야 했다. 또 매번 법정 심문이 끝난 뒤 '법정 보석'을 해야 하는데, 이는 피고가 한 점포를 찾아 다음 소환 때 시간에 맞춰 도착할 것을 보증하는 점포 명의(名義)의 보증서를 제출해야 했다. 이렇게 장다민과 타블로이드 기자는 목적을 이룰 수 있었다. 이 소송에서 이기면 더없이 좋고, 이기지 못한다 하더라도 롼링위를 한 차례 철저하게 모욕을 줄 수 있을 게 분명했다.

1935년 2월 25일 롼링위는 처음으로 특별구역 제2법원의 소환장을 받았다. 생애 처음으로 법원의 소환장을 받자 말 못하게 괴로웠다. 공갈을 칠 수 없음을 알면서도 롼링위가 재판,

특히 개인의 은밀한 부분과 관련된 재판을 두려워하는 것을 이용하여, 그녀를 위협하고 법정 관중 앞에서 망신을 주려는 속셈이 뻔했다. 롼링위는 절대로 출두하지 않겠노라고 결심했다. 그러나 법원 소환장은 강제성이 있었다. 법정에 출두할지 안 할지를 롼링위 개인이 결정할 수 없었다. 롼링위의 변호사는 논의 끝에 병을 핑계로 나가지 않기로 했다. 변호사들의 이런 방법이 받아들여질지 아닐지는 법관이 결정했다.

2월 27일 아침 상하이 특구 제2법원 앞은 유례없는 장사진으로 성황을 이루었다. 법정 정문이 아직 열리지도 않았으나 문 앞은 먼저 도착한 방청객으로 가득 찼다. 오전 9시 법정이 개정되었다. 롼링위는 법정에 나타나지 않았고, 법관들은 장차 이 사건을 지방법원으로 이송하여 심리할 의중이었으므로 그다지 관심을 많이 보이지 않았다. 심리는 개정 20여 분 만에 산회(散會)가 선고되었다. 법정에서 문답이 열 개 남짓 오고 갔으나, 다음 날 기자들은 한결같이 장편의 기사를 보도했다. 내용은 대부분 롼링위와 장다민, 탕지산 간의 삼각관계가 주를 이루었다. 그로부터 며칠 동안 이처럼 진실과 거짓이 뒤섞이고, '사생활', '은밀한 비밀' 등을 제목으로 하고, '유혹', '간통' 등의 낱말로 가득 찬 장황한 보도들이 각종 신문을 도배했다. 특히 타블로이드 신문은 제멋대로 롼링위를 무고(誣告)하고 업신여겼으며 공격과 욕질을 서슴지 않았다. 〈신여성〉에서 아픈 곳을 찔린 기자들이 마침내 한껏 필력(筆力)을 발휘한 셈이었다.

법원은 3월 2일 개정하여 심리할 계획이었으나 법원에 한 번 재미삼아 보러 온 방청객이 너무 많아 연기되었다. 3월 초 롼링위와 탕지산은 3월 9일 반드시 법정에 출두하라는 소환장을 받았다. 이와 동시에 신문지상에 이 소송과 관련된 보도가 일순간 거의 폭발적으로 증가했다. 정확히 말하자면 대다수가 소송으로 사람들을 끌려는 무책임한 보도들이었다. 롼링위가 악의를 품고 사건을 보도하는 이들에 대해 이미 마음의 준비를 했으나, 이 정도로 난리법석을 떨 줄 어떻게 알았겠는가.

실로 절망의 구렁텅이에 빠진 롼링위에게 선택의 여지가 많지 않았다. 두 갈래 길만 있었다. 법정에 출두하여 치욕을 감수하든지, 아니면 음모와 죄악으로 가득 찬 세상에서 사라지든지. 그녀는 고심에 고심을 거듭한 끝에 후자, 즉 스스로 목숨을 끊는 길을 택했다. 롼링위는 사랑과 고통의 주위에서 고통스레 몸부림쳤으나 어디를 가든 모두 막다른 골목인 것 같았다. 막다른 골목에서 자살한 것은 롼링위로서 활로(活路)를 찾은 셈이었다. 롼링위는 유서에서 진상을 밝히지 않았다. 사실 "남자는 참으로 사악하다"는 네 글자로도 이미 충분했던 것이다.

차이추성은 원래 아이샤를 기리기 위해 〈신여성〉을 제작했으나, 차츰 그녀와 거의 비슷한 비운(悲運)을 겪는 롼링위를 십분 이해하고 동정하게 되었다. 그는 롼링위가 웨이밍 배역을 성공적으로 소화하는 것을 보고 놀랐고, 연기하며 흘리는 눈물을 보고 그녀가 감정의 소용돌이에서 헤어나지 못하고 있음을 깨달았다. 그는 롼링위가 연기하며 마음속에 하고픈 말이 많음을 느꼈고 그 역시 하고 싶은 말이 많았다. 그러나 둘 다 끝내 묵묵히 상대를 대하기로 했다. 롼링위는 〈신여성〉의 마지막 장면을 촬영한 날 밤, 제작진과 영화 팀에게 작별을 고하고 차마 헤어지지 못해 머뭇거렸다. 이미 밤이 깊었는데 롼링위는 줄곧 머무르며 떠나려 하지 않았다.

두 사람은 똑같이 보잘것없는 처지에서 자기 힘으로 영화계에서 입지를 다졌고, 공통의 예술을 지향하고 예술을 위해 헌신하려는 정신이 있었다. 서로 몰래 사랑하던 남녀는 그날 밤 드디어 마음의 문을 열고 서로의 뜻을 헤아렸고, 지극한 관심을 드러내는 깊이 있는 대화를 나누었다. 그들은 서로 대화하며 결코 말로 전할 수 없는 정을 확인했다. 롼링위는 솔직하고 진실하게 대해주는 유일한 친구에게 처음으로 자신의 신세를 털어놓았다. 안타깝게도 그날 밤, 그들의 마음의 문은 처음 열린 뒤 다시 굳게 닫혔다. 그들 각자는 내면의 열정을 꾹 누른 채 그날 밤을 평생 잊지 못할 일별(一瞥)로 남겨두었다.

롼링위가 죽은 뒤, 차이추성은 그녀의 시신을 응시하며 말 못할 깊은 슬픔을 느꼈다. 그는 우융강이 밤샘할 때 그녀의 머리 한 가닥을 잘라달라, 그리고 비밀을 반드시 지켜달라고 몰래 부탁했다. 오랫동안 우융강은 돌처럼 입을 다물고 다른 이에게 말하지 않았다. 훗날 노년에 이른 우융강이 오래된 일이라 여겨 비로소 다른 이들에게 이 일을 털어놓았다. 차이추성 역시 세상을 뜨고 난 뒤, 이름난 작가이자 영화계 원로인 커링

(柯靈) 선생이 이를 처음으로 밝혔다.

〈신여성〉을 촬영할 때, 두 사람은 서로 마음이 끌려 속마음을 털어놓았으나 각자 고통스럽게 타오르는 열정을 꾹 눌러버렸다. 롼링위가 있는 힘을 다해 운명을 바꾸려 했던 노력도 헛일로 돌아갔다. 그렇지 않았다면 어쩌면 비극은 피할 수 있었을 것이다.

어쩌면 '그대는 부인이 있고', '숙녀는 지아비가 있는' 까닭에 그들은 끝내 자신의 마음속 감정을 버렸을 것이다. 그러나 이는 단지 '어쩌면'이라는 가정일 뿐이고, 이 '어쩌면'의 배후에 어쩌면 더 복잡한 심리적, 사회적, 경제적 여러 원인이 있을지도 모를 일이니 뒷사람들이 마음대로 추측할 수는 없다.

영화 〈롼링위〉에서 롼링위와 차이추성을 연기하는 장만위(張曼玉)와 량자후이(梁家輝).

롼링위의 마지막 영화 〈국풍(國風)〉. 롼링위는 촬영을 다 마치지 못하고 음독 자살했다.

제9장
영원한 아름다움

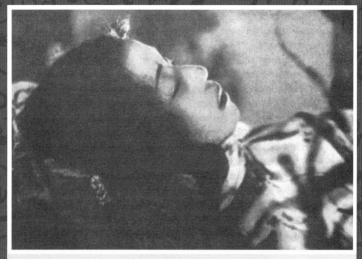

롼링위 마지막 모습.
1935년 3월 8일, 갓 25세의 롼링위는 마음과 몸을 모두 피폐하게 만든 세상을 떠났다.

영화 〈롼링위〉에서 장만위가 재연한 롼링위의 마지막 모습.

1. 최후의 만찬

1935년 3월 7일 어스름한 저녁, 롼링위는 리민웨이와 린추추 집에서 열린 연회에 렌화 직원들과 함께 참석했다. 리민웨이는 당시 중국 3대 영화사 중 가장 강력한 렌화의 사장이었다. 이 연회의 주빈은 영화 음향기사인 미국인 스키너(Skinner)였다. 리민웨이가 특별히 미국 영화 음향기사를 렌화에 초청한 이유는 유성영화를 준비하고 있었기 때문이었다. 만찬회는 뜨거운 열기 속에 성대히 열렸다. 손님은 모두 렌화의 핵심 사업 담당자였다. 리민웨이의 부인인 린추추가, 곧 법정에 출두하여 자신을 변호해야 하는 롼링위에게 연회에 참가하겠느냐고 물어보자 롼링위는 두말 않고 출석하겠노라고 대답했다. 롼링위의 태도를 보고 누가 그렇게 평온하고 영화에서 정상가도를 달리던 아름답고 연약한 스타가 10여 시간 뒤 자신의 몸으로 비극을 연출할 줄 알았겠는가!

7일 밤 만찬회에 롼링위는 몸에 꽉 끼는 초록 바탕에 꽃무늬가 있는 비단 치파오를 입고 굽실굽실하게 파마를 했다. 얼굴에는 얇게 분을 바르고 탕지산이 사랑을 맹세하며 준 루비 귀고리를 달았다. 가늘고 높이 그린 한 쌍의 눈썹, 긴 눈은 말 못할 분위기를 담고 있어 아름다운 자태가 우울한 느낌을 주었다. 연회석에서 롼링위는 줄곧 이야기꽃을 피웠고 종종 옆에 앉은 이들에게 술을 권하며 같이 취할 때까지 마셔보자고 했다. 롼링위가 평소에 아양을 떨거나 남을 속이지 않으며, 붙임성이 좋고 무슨 스타인 체하는 태도도 없어 뭇사람들이 다 그녀를 좋아하고 존경했다. 그래서 그날 밤 그녀가 술을 권하자, 사람들은 기분 좋게 그녀의 말을 따랐다. 롼링위는 근처에 앉은 감독 스둥산에게 살짝 웃으면서 진지하게 말했다. "스 감독님, 다음번에 무슨 영화 하시면 우리 같이 찍어요!" 스 감독은 매우 흔쾌히 그러마고 대답했다.

술을 권하고 나자 롼링위는 과일을 하나하나 리민웨이의 여덟 살 난 아들 리지엔(黎鏗)과 진ㄱ늘에게 던져주고, 리지엔에게로 가 입을 맞추고 또 맞추었다. 리지엔은 롼링위가 영화를 찍을 때 귀여운 짝꿍으로 〈신여성〉에서 롼링위의 아들 역할을 맡았다. 롼링위가 보통 때 그를 매우 귀여워하여 그날 밤 롼링위가 꼬마를 매우 다정하게 대해도 모두들 이상하게 여기지 않았다. 만찬회가 끝나고 롼링위는 린추추의 두 아이, 리지엔과 리시(黎錫)에게 작별의 입맞춤을 했다. 그때 리시는 이미 곯아떨어졌는데 롼링위는 침대 위로 몸을 굽혀 연이어 두 번 입을 맞추고 문을 나선 뒤, 차마 떠나지 못하고 다시 돌아와선 한 번 더 입을 맞추었다. 아무도 이상한 낌새를 눈치채지 못했고 모두들 그녀의 마음이 곱다고만 여겼다.

2. 상하이의 아픔

1935년 3월 8일, 오늘날 신자로(新聞路) 치위안촌 9호 집에서 갓 25세의 롼링위는 "사람들 시비가 두렵도다"라는 유언을 남기고 마음과 몸을 모두 피폐하게 만든 세상을 떠났다. 그녀의 유서는 죽음에 대한 그녀의 생각을 명백히 보여준다. 자신이 죽으면 그간 이루어낸 아름다운 인생이 더럽혀지지 않을뿐더러, 온 도시가 떠들썩하나 변명할 도리가 없는 억울함을 벗어난다고 믿었던 것이다. 그녀는 수면제 세 병을 달달한 잡곡죽에 넣고 휘저은 뒤 태연자약하게 천천히 삼켰다.

탕지산은 롼링위가 독을 먹은 사실을 발견하자 즉시 롼링위 어머니 허아잉을 불러 같이 병원으로 옮겼으나 당직 의사가 없었다. 탕지산은 라오바쯔로(老靶子路)에 사는 의사 천다민(陳達民), 천쉬야오(陳續堯) 형제를 전화로 호출했다. 이때 하늘이 부옇게 밝아와 이미 새벽 5시를 조금 넘겼는데 롼링위가 음독한 지 거의 네 시간이 다 되도록 어떤 응급조치도 받지 못했다. 천씨 형제가 달려오자마자 즉시 응급처치를 했으나 시간이 너무 오래 지나 도무지 돌아올 기색을 보이지 않았다. 탕지산은 사태가 심각함을 느껴 곧 롄화에 연락을 취했다. 마침 리민웨이는 세수 중이었는데, 이 소식을 듣고 너무나 놀란 나머지 자기(瓷器) 치약 그릇 뚜껑을 깨뜨렸다. 훗날 그는 뚜껑이 없는 치약 그릇을 화병으로 바꾸어 탁자 위에 놓고 기념으로 삼았다. 롼링위의 목숨을 구하러 달려온 의사는 도저히 그녀를 되살릴 재간이 없어 그저 눈을 멀뚱히 뜨고 사신(死神)이 그녀를 데리고 가는 것을 바라볼 수밖에 없었다.

1935년 3월 8일 저녁 6시 38분 의사가 롼링위의 심장이 멈추었다고 선고하자, 한 세대의 영화배우는 돌연 세상을 떠났다. 란링위의 죽음으로 상하이를 비롯한 전 중국이 크게 충격을 받았다. 그날 그녀의 유해는 자오저우로(膠州路)의 만국 장례식장에 안치되었고 많은 영화 팬들이 몰려와 조의를 표했다. 어림잡아도 3일 동안 약 10만여 명이 자발적으로 조문 왔다. 당일 신문 기록에 따르면 많은 여학생들이 등교하지 않고 가방을 맨 채 자오저우로로 달려와 란링위를 보려 했다. 자오저우로가 몹시 붐비자 조계는 많은 경찰을 파견해 질서를 유지할 수밖에 없었다.

3. 향기로운 영혼은 모두 흩어지고,
생사(生死)가 영원히 갈리네

상하이 자오저우로 만국 장례식장의 대청 중앙과 사방이 친지와 벗들이 보내온 화환으로 가득 찼고 꽃향기가 진동했다. 란링위의 시신이 이미 2층 1호실에서 1층 대청 서쪽에 위치한 특등실로 옮겨 안치되었다. 머리는 서쪽을, 발은 동쪽을 향했다. 란링위는 생전에 가장 좋아하던 벌꿀색 바탕에 꽃무늬를 새긴 치파오 차림으로 갖가지 꽃송이 가운데 누워 있었는데, 얼굴에 눈물 자국이 있는 듯했다. 정면 벽 한쪽 끝에 란링위가 꽃무늬 치파오를 입고 긴 귀고리를 찬 생전 사진이 걸려 있었다.

리민웨이, 뤄밍유, 진옌, 왕런메이, 리리리 등 영화계 인사들이 시신 옆에서 밤을 지새우며 말없이 슬퍼했다. 롼링위와 여러 차례 같이 영화를 찍었던 진옌의 눈은 울어서 벌게졌고, 롼링위에게 연기 지도를 받았던 리리리는 롼링위 얼굴을 오래도록 바라보다 자신의 머리핀을 빼 흔들거리는 머리카락 위에 꽂아주었다. 롼링위와 〈귀환(歸來)〉에서 공동 주연했던 외국 영화배우 니키티나(Nikitina)도 조문했다. 렌화 동료들은 예술을 위해 몸 바쳤던 연기자에게 최대한 경의를 표하기 위해, 쑨위, 페이무, 우융강 등 저명한 감독들에게 밤샘을 위임했다. 장례식장의 영안실은 화환과 화분, 애도의 글을 쓴 대련(對聯: 시문 등에서 대[對]가 되는 연[聯]으로 흔히 문이나 기둥에 써 붙임-옮긴이)으로 가득 찼는데, 그 가운데 롼링위와 생전에 사이좋게 지내던 량씨 자매의 것이 가장 눈길을 끌었다.

사람들 시비(是非)가 두려우며, 신세가 참으로 가련토다. 시비가 채 가려지지 않았는데, 우물에 빠진 이에게 돌을 던져 화를 푸는 셈. 그대가 죽지 않았더라면 이 혼탁한 세계를 어찌 살았을꼬.
바른 여론 아직 있고 법 또한 사라지지 않았는데, 곡성이 멀리서 또 가까이서 들리는구나. 가가호호 몰려나와 그대 얼굴 바라보네. 영혼도 알리라, 이 뜨거운 추모의 정 보고 상심치 마소서.

3월 11일 렌화는 롼링위의 가족과 탕지산과 함께 만국 장례식장에서 롼링위의 입관식을 치렀다. 시신은 오후 3시에 입관되었다. 먼저 렌화회사 전 직원이 생선을 꿴 것처럼 줄줄이 영구를 모신 방에 들어섰다. 렌화의 여배우 천옌옌, 리리리 등과 '이화(藝華)', 밍싱 및 상하이 예술계의 많은 동료들이 따랐고, 롼링위 가족과 탕지산, 초대 손님이 뒤를 이었다. 탕지산은 흰색 전통 두루마기에 흰색 대를 허리에 두르고 의기소침해 있었다. 엄숙한 장내는 촬영기와 사진기 소리 외에 아무 소리도 들리지 않았다. 진징위(金擎宇)가 개회를 선언하고 렌화 제1지점 책임자인 리민웨이가 추도사를 낭독했다.

> 롼 양은 비할 데 없는 천재적 연기력의 소유자입니다. 그런 그녀가 고단한 일생 끝에 자신의 교양, 자신의 지위, 자신의 인생 경험마저 이렇게 가볍게 저버리고 가다니요?
> 형제 여러분, 제가 오늘 감히 한마디 하겠습니다. 롼 양은 절대 이처럼 바보 같은 사람이 아닙니다. 그녀가 세상을 뜬 것은 자신에게서 벗어나기 위해서가 아닙니다. 그 가련한 여자, 한 약자(弱子)가 마지막으로 사회의 무자비한 압박을 소극적으로나마 보여준 것입니다. 그래서 그녀는 죽고자 했습니다!
> 롼 양의 일생은 투쟁의 일생입니다. 그녀는 가장 미미한 지위에서 출발하여 있는 힘껏 발버둥을 치며 오늘날의 지위에 다다랐습니다. 여러분께서 직접 보셨듯이 그녀가 죽

롼링위阮玲玉,
사람들 시비가 두렵다

은 다음 날부터 오늘까지 3일간, 이미 6만 군중이 그녀의 영전에 와 조용히 그녀를 기렸습니다. 그리고 더 많은 군중이 마음속으로 롼 양을 감싸고 있으리라 믿습니다. 이런 사후의 영광은 그녀가 생전에 투쟁하고 발버둥 치며 얻은 영광입니다. 우리 모두는 압니다, 롼 양이 얼마나 사람의 폐부를 찌르는 영화를 찍었는가를. 그녀의 위대한 천재성, 절대적 예술성은 우리 기억에 남아 있을 것이고, 사람들 또한 그녀로부터 영원히 감동받을 것입니다. 한 예술가의 존재는 정치가보다 훨씬 가치 있는 듯합니다. 그러니 한 예술가의 죽음은 사회를 위해서도, 국가를 위해서도 얼마만한 손실이겠습니까?

아까 언급했듯이 롼 양의 일생은 투쟁의 일생입니다. 그녀가 더 향상하기 위해 애쓰지 않은 날이 하루도 없었으나 그녀를 낙담시키고 괴롭히지 않은 일이 없었습니다. 그런데 사회는 그녀의 처량한 신세와 불행한 결혼에 대해 어떤 비난을 가했습니까? 사람들 시비가 두렵습니다! 사람들 시비가 두렵습니다!

롼 양은 사회가 냉혹하고 무정함을 보았고, 더욱이 여자의 신분으로 반봉건 사회의 제도 아래 영원히 해방될 날이 없음을 알았습니다. 그녀는 자신의 미약한 능력으로 그녀 자신을 구할 수 없거니와, 사회를 개선할 수도 없고 동시에 도탄에 빠진 수많은 여성 동포를 구할 수도 없음을 깨달았습니다. 그래서 그녀는 3월 8일 국제 여성절에 음독자살하고 자신의 시신을 사회 전면에 눕히고, 사회를 향하여 정의를 요구하고 사회를 향하여 여자의 평등, 자유를 요구했습니다! 우리는 오늘 왜 란 양이 자신의 목숨을 가볍게 여겼는가 그녀를 책망할 것이 아니라, 왜 그녀가 이런 핍박 끝에 죽도록 지켜보았는가 우리 자신을 책망해야 합니다.

오늘 우리는 란 양의 시신을 대하고 여기서 한소리로 웁니다. 그녀의 죽음에 특별한 의미가 있음을 느끼고 단순히 한 예술인의 죽음이라고도 생각지 않습니다. 우리는 란 양의 죽음을 항상 기리고 모두 그녀를 죽음에 이르게 한 원인을 없애기 위해 힘써야 합니다. 그리하여 죽음을, 사회에서 여성의 두 번째 자살을 없앤다면, 우리가 개최한 이 간소한 추도식이 비로소 의미를 완성할 것입니다.

리민웨이는 낭독하며 거의 한 줄 읽고 한 번 눈물을 흘렸다. 그의 슬픔에 장내의 린추추, 천옌옌, 량싸이전을 비롯한 많은 동료들이 마음이 아파 눈물을 쏟았다. 뒤이어 쑨위는 란링위의 생애와 업적, 세상을 떠난 경과를 읽어 내려갔다. 세 번째 순서로, 뤄밍유가 영화계 동료를 대표하여 란링위를 칭찬하다 마음이 너무 비통하고 애끓는 나머지, 연설 중간에 울음을 터뜨리고 더 이상 읽지 못했다.

그다음 손님 대표가 그녀를 기리고 가족이 인사한 뒤 전체 손님이 란링위를 향하여 세 번 허리 굽혀 절하고 묵념했다. 실내 조명등의 환한 불빛 아래 유해를 모신 대(臺)가 더욱 빛났다. 가운데 한 폭의 만장이 걸려 있었는데 렌화 제1지점 동료들이 보낸 것이었다. 그 위에 "여성절에 따라 죽었네, 이른바 사람들 시비가 두려워 죽었네. 한 번 죽음 강인하며, 죽음으로 말하는도다!"라고 쓰여 있었다. 또 란푸칭(藍馥淸)이 쓴 "웨이밍 앞에 온갖 어려움이 항상 있더니", "아이샤 뒤에 또 한 사람이 따르네"라는 만장도 있었다. 유해 앞에 높인 유품 또한 사람을 비통하게 만들었다. 유해 오른쪽에는 프랑스식 화장대가 놓여 있었는데, 그 위에 향수, 분, 루주 등의 각종 화장품이 진열되어 있었다. 렌화 직원에 따르면 이 화장대는 특별히 롼링위 집에서 운반해왔고, 화장품은 롼링위가 생전에 놓았던 방식대로 진열되었다.

뒤이어 탕지산은 도사 한 분을 모셔와 제를 올렸다. 강단 위에 제사상과 제사 음식이 미리 차려져 있었다. 도사는 물 한 대야를 계단 위에 놓고 붉은 초에 불을 피우고 작은 단지를 손에 들었다. 그는 탕지산에게 그 단지를 손에 받든 채 계단에 무릎을 꿇라 명령했다. 그리고 파초(芭蕉)로 물을 약간 뜨더니 곧 태우고 서둘러 제를 마친 뒤 탕지산을 부축해 들어갔다. 뒤이어 장례식장의 중국, 서양 운구인이 함께 밝게 빛나는 은회색 동관(銅館)을 운반해 들여와 롼링위를 관에 안치시켰다. 이 관은 장례식장에서 특별히 준비한 동관으로 뚜껑이 이중이었는데, 안 뚜껑에는 바깥 뚜껑보다 약간 작은 두꺼운 유리가 끼워져 있었다. 관 안쪽에는 분홍색 주단이 깔려 있었는데 크레

이프로 짠 꽃무늬가 있어 더없이 아름다웠다. 당시 이 동관은 1,750원으로 연초 봄에 자살한 아이샤의 관이 40~50원 나갔던 것에 비해 몹시 호화롭다고 할 수 있다.

동관이 들어오자 장내는 곡소리가 진동했다. 롼링위의 어머니는 두 손으로 가슴을 쥐어뜯고 통곡하다 목이 메었고, 양씨 자매가 옆에서 극진히 위로했다. 아직 나이 어린 양녀 샤오위 역시 엄마가 영원히 그녀를 떠날 것을 알고 큰 소리로 울음을 그치지 않았다. 한바탕 곡성이 이는 가운데 운구인 셋이 시신을 관에 안치시키니 한 시대의 배우 롼링위는 일순간 세상 사람들과 영원히 작별했다.

3월 14일, 롼링위의 관을 실은 운구차가 자베이의 롄이(聯義) 산장 묘지로 향했다. 오전 11시 만국장례식장 앞 잔디밭에는 롼링위 생전에 절친했던 지인과 친구가 엄숙하게 줄지어 서 있었다. 오후 1시 10분, 리민웨이, 루한장(陸涵章), 쑨위, 차이추성, 페이무, 우융강, 양샤오중, 탄유류(譚友六), 진옌, 장이(張翼), 정쥔리 등 12명이 함께 운구차로 관을 옮겼다. 이날 장례식을 직접 보러 온 이들이 거의 4킬로미터에 이르렀다. 롼링위 생전의 많은 영화 팬들이 발인에 참석하기 위해 심지어 남경, 항주에서 올라왔다. 만국장례식장에서 롄이산장 묘지까지는 약 8킬로미터였는데, 운구차가 가는 길을 따라 늘어선 채 애도를 표하는 자가 30만에 이르렀다.

당시 〈뉴욕 타임즈(New York Times)〉의 상하이 주재원은 이를 보고 지극히 감동하여 특별히 "이는 세계에서 가장 위대한 장례식이다"라고 보도했다. 〈로스앤젤레스 타임즈(Los Angeles Times)〉 역시 상하이에서 치른 롼링위 장례식 뉴스를 보도하며 제목을 "30만 군중이 중국 여스타의 장례를 치르다"라고 붙인 뒤 다음과 같이 말했다.

> 롼 양의 재주를 흠모하여 직접 조문한 이가 10만을 넘는다. 비장하고 열렬한 분위기는 발렌티노(Rudolph Valentino, 1895-1926: 미국의 영화배우-옮긴이)가 죽었을 때보다 더하면 더했지 못하지 않는다. 이는 중국에서 공전의 사태이다.

롼링위는 자베이의 롄이 산장 묘지에 안장되었고, 묘지 번호는 J-122호이다.

롄화의 동료들은 롼링위를 기념하기 위해 추도회를 개최하는 것 말고도, 성금을 모아 약 60센티미터에 이르는 롼링위의 소형 동상을 만들어 쉬자후이(徐家匯)의 촬영장 안에 세웠다. 롼링위의 얼굴을 살아 있는 것처럼 생생하게 하기 위해, 특별히 당시 이름난 예술가 쉬커(許可)에게 부탁하여 유해 안면에 직접 석고를 떠 얼굴 모형을 빚었다. 그들은 이로써 그녀가 예술에 남긴 공헌을 영원히 잊지 않음을 보여주었다.

롼링위가 죽은 뒤 그녀의 생애를 무대와 스크린으로 옮기려는 사람이 많았다. 먼저 상하이에서 〈링위가 향기롭게 세상을 떴네(玲鈺香消記)〉를 공연했는데, 많은 관중이 롼링위 이름을 흠모하여 왔으나 연기가 형편없어 실망하고 돌아갔다. 연극 제작진이 사실성을 높이기 위해, 장즈윈에게 몸소 자신의 역할을 연기하면 매달 수고비로 1,000원을 주겠노라고 했다. 당시 장즈윈은 경제적으로 몹시 쪼들리는 상황이었으나 단박에 거절했다. 동시에 상하이의 각 오락장과 극단이 〈롼링위자살기(玲鈺自殺記)〉 등 비슷한 극을 올렸으나, 남녀 갈등에만 중점을 두고 롼링위의 아명인 아건(阿根)을 마음대로 부르며 연기가 조잡하고 취향 또한 저질이라 롼링위의 이름을 빌리는 모리배에 불과했다.

당시 저명한 예술가 진산(金山)은 이런 상황을 목격하자 매우 화가 나 자신의 셋째 형에게 돈을 출자할 것을 요청하여 영화 텔레비전 회사를 설립했다. 그는 롼링위 연기 일생을 그린 영화를 진지하게 촬영할 심산이었다. 진산 자신이 장다민을, 롼링위와 여러 차례 같이 영화를 찍은 허페이광이 탕지산을, 그리고 당시 유명한 여배우 탄잉(談瑛)이 각각 롼링위를 연기하기로 하고, 감독은 청부가오(程步高)가 맡기로 준비를 마쳤다. 그러나 탕지산이 중간에서 방해 공작을 펴 촬영하지 못했다. 또 1962년 겨울, 톈한이 베이징의 한 병원에 입원해 있을 때 〈롼링위〉 영화 시나리오를 구상하기 시작했다. 노작가 위링(于伶)은 자료를 제공했는데 자신이 몇십 년간 보관했던 연극 대본 〈롼링위(玲鈺)〉와 관련 자료를 모두 가져왔다. 그것은 유일무이한 뛰어난 대본이있으니 후에 이런저런 이유로 영화 창작과 촬영은 흐지부지되었다.

1985년 3월 8일은 롼링위가 세상을 뜬 지 꼭 50년이 되는 날이었다. 롼링위 서거 50주년을 기념하기 위해 중국영화가협회, 중국영화예술연구센터는 베이징에서 '롼링위 서거 50주년 기념 학술토론회'를 개최했다. 토론회는 먼저 다큐멘터리 〈한 세대의 영화배우, 롼링위〉를 상영했다. 영화는 적지 않은 진귀한 사료를 선정해 실감나게 롼링위의 생애와 예술적 성취를 소개했다.

4. 그리움인가, 가식(假飾)인가

롼링위가 비참하게 죽은 그날 저녁, 장다민은 양자강 댄스홀 무대에서 무희들과 미친 듯 놀고 있었다. 한 친구가 롼링위의 부고를 전하자 깜짝 놀라 처음에는 농담이려니 했다. 그러나 그 부고가 사실임을 확신하게 되자 자신도 모르게 마음 한 구석이 켕겼다. 자신이 살인자라는 죄명을 벗어날 수 없음을 명백히 깨달았기 때문이었다. 우선 장다민은 차를 타고 탕씨 집에 갔다. 치위안촌 입구에 도착했으나 탕씨 집에 들어가기 주저하던 참에, 집에서 차 한 대가 나오는 것을 목격했다. 그는 차 안에 탄 두 사람이 롄화 직원임을 알아보았는데 그 가운데 한 사람은 눈물범벅이 되어 있었다.

그는 롼링위의 시신이 이미 장례식장으로 옮겨졌다는 말을 듣고 그제야 롼링위의 죽음을 확신했다. 장다민은 급히 차를 돌려 장례식장으로 향했다. 무슨 일로 오셨느냐는 서양 종업원의 말에 장다민은 영어로 롼링위를 보러 왔다고 대답했다. 종업원이 위층에 있다고 손짓하자 그는 곧바로 나는 듯이 영안실로 달려갔다. 이때 영안실에 아무도 없고 롼링위 시신만 덩그러니 놓여 있었다. 장다민은 롼링위 시신 위에 엎드려 대성통곡했다. 잠시 후 점점 사람들이 오고 롄화 직원들도 왔다. 장다민은 한밤중이 되어 우울한 표정으로 떠났다.

집에 돌아온 뒤 징다민은 충격을 크게 받아 몸을 뒤척이며 잠을 이루지 못했다. 롼링위와 동거한 6, 7년간이 머리에서 영화 장면처럼 하나하나 스쳐 지나갔다. 한순간 장다민의 마음은 칼로 베인 듯 쓰라려, 시간이 몇 시인지도 모른 채 차를 불러 다시 장례식장으로 갔다. 장례식장 종업원들이 그를 알아보고 가로막지 않았다. 그러나 그가 계단을 올라가자 그곳에 있던 롄화 직원 두 명이 장다민을 보고 진입을 막았다. 뒤이어 2층에서 다른 롄화 직원이 내려오고 문을 지키는 순경도 와, 그가 롼링위의 전남편 장다민임을 알고 다시 오지 말라고 했다. 장다민은 혼자 많은 적을 상대할 수 없는 처지라 장례식장을 나와서 인력거를 타고 귀가했다. 동녘이 이미 희부옇게 밝아왔을 무렵이었는데, 인력거가 아직 멀리 가지 않았을 때 퍼뜩 생각이 떠올랐다. 장례식장 계단에서 영안실까지 고작 방한 칸 거리인데, 곧장 영안실로 돌진하면 그들이 나를 어쩌겠는가? 장다민은 다시 인력거를 돌려 세 번째 장례식장으로 갔다. 생각지도 못하게 앞서 두 번 그를 들여보냈던 순경이 있는 힘을 다해 막았다.

장다민은 다음 날 아침 각 신문이 자살 뉴스를 싣자마자 반드시 뭇사람들의 욕을 먹을 터이니 뾰족한 수를 내야 했다. 그는 밤을 꼬박 지새우며 궁리한 끝에 사람들에게 욕을 먹지 않는 가장 좋은 방법이, 그가 여전히 롼링위를 사랑하고 있으며 그가 한 행동은 애인을 앗아간 탕지산에게 복수하기 위해서였다고 믿게 하는 것임을 깨달았다. 다음 날 아침 일찍 장다민은 자신과 잘 아는 기자를 찾아가 스카프 한 장을 꺼내 위에 묻은 붉은 점 두 개를 가리키며, 이는 그가 어젯밤 장례식장에서 롼링위 시신을 보았을 때 입가에 묻은 선혈을 닦은 것이라고 설명했다. 그는 이 스카프를 영원히 간직하여 기념으로 삼겠다고 말하고 스카프를 목에 매고 마치 매우 소중하고 아끼며 위로를 삼는 듯했다.

그는 다른 기자를 만나서는 뻔뻔하게 흰소리를 쳤다.

제가 지금 받은 충격과 정신적 고통은 실로 죽은 자보다 백배나 됩니다. 마음이 너무 어지러워 말로 표현할 수 없고 정신이 없지만, 기자에게 이야기하는 이유는 한마디로, 내가 돈이 없고 교우 관계가 믿음이 없어 아름다운 가정이 오늘날과 같은 결과에 이르도록 했음을 부끄러워하기 때문이지요. 〈인연에 울고 웃다(啼笑因緣)〉 중 천펑시(沈風喜)와 판자수(攀家樹)(〈인연에 울고 웃다〉는 장헌수이[張恨水]가 지은 원앙호접파 소설 대표작이며 천과 판은 소설의 주인공이다—옮긴이)와 같은 성과가 실제 있었다면 대체로 보아 다시 무슨 말을 하겠습니까마는, 다만 대중이 더 공평하게 대함을 바랄 뿐입니다.

이뿐 아니라 롼링위 유서를 어떻게 보느냐는 기자의 질문에 장황하게 말을 늘어놓으며 자신을 합리화했다.

[유서를] 신문에서 보았는데, 필체를 자세히 조사해보니 롼의 필체와 맞지 않습니다. 아직 확신할 수 없지만, 이 사건을 끝까지 추적하고 밝혀내서 범법자가 법 밖에서 활개치도록 내버려두지 않을 것입니다.

당연히 롼링위의 장례에 그는 감히 참가하지 못했는데, 더 비통해지고 싶지 않아 가지 않았다고 둘러댔다.

롼링위가 죽은 뒤, 장다민은 장사꾼이나 행상인처럼 쉴 새 없이 롼링위의 죽음을 팔아 횡재했다. 롼링위의 장례 뒤 '장다민' 세 글자는 점점 사람들에게 알려졌다. 그는 롼링위 생애를 소재로 하는 연극이 오를 경우 어릿광대처럼 무대에 올라 칭찬했다. 훗날 홍콩의 홍신(宏信) 영화사에서 롼링위 영화를 제작했을 때 감독직을 장다민의 친형, 장후이민이 맡았고, 롼링위 역은 광둥 출신 주지엔진(朱劍錦)이 맡았다. 그들은 거액의 돈을 주고 장다민을 초빙하여 징디민에게 모든 영화 줄거리의 소재를 제공해달라고 요청했다. 장다민은 자신의 경험을 이야기하며 사사로운 이익을 취하는 데 일가견이 있었고 마침 궁지에 처한 터라 기뻐하며 응낙했다. 뒤에 그들은 조잡한 광둥어 유성영화 〈정에 흘리는 눈물(情淚)〉을 제작했으나 배척당하여 방영할 수 없었다.

한편 탕지산은 롼링위가 세상을 떠난 뒤, 비통함보다 죄책감에서 벗어나려는 생각이 더 많았다. 이는 유서를 조작한 사건 외에도 롼링위가 음독한 것을 발견한 뒤 최선을 다해 응급조치를 취하지 않은 데서 드러난다. 바비톤(barbitone) 신경안정제를 다량 복용했을지라도, 보통 네 시간 이내라면 약 성분이 아직 깊이 퍼지지 않아서 구할 수 있다. 롼링위가 8일 새벽 3시 전후로 약을 먹었고 탕지산이 이를 발견한 것은 아무리 길어도 30분을 넘지 않는다. 탕지산은 상하이에 오래 거주했고 동시에 약물에 대한 상식이 없는 이가 아니었다. 게다가 평소 그와 안면 있는 의사가 매우 많고 응급 시 쓸 자가용 역시 있었다. 만약 이때 즉시 믿을 만한 의사를 부르거나 적당한 병원으로 옮겼더라면 몇십 분 안에 응급조치를 취할 수 있었을 것이다. 그러나 탕지산은 굳이 먼 곳을 찾아 롼링위를 쓰촨로(四川路)에 있는 푸민(福民)병원으로 데리고 갔다. 그러나 그 병원은 야간에 의사가 당직을 서지 않아 되돌아왔고 그 와중에 시간을 많이 허비하여 벌써 동이 터오려 하고 있었다. 그는 그제야 전화로 천 의사에게 왕진을 부탁했다. 그러나 치료 장비가 부족하여 다시 즈푸로(至蒲路)의 중서요양원(中西療養院)으로 롼링위를 옮겼을 때 시계는 이미 다음 날 정오를 가리키고 있었다.

탕지산은 불명예스러운 소문이 퍼질까봐 두려워했던 것이 틀림없다. 당시 설비가 가장 좋은 광런(廣仁)병원은 탕씨 집에서 상당히 가까웠다. 또 롼링위는 생전에 노엘(Noel) 병원의 단골로 몸이 아플 때마다 그 병원에 가서 치료받곤 했다. 탕지산 역시 그녀와 동행하여 몇 차례 그 병원을 간 적이 있었고, 시설이 매우 좋고 무엇보다 평소 롼링위의 신임을 받았음을 잘 알고 있었다. 그런데도 그는 가까운 병원을 꺼렸다. 그래서 여론은 탕지산의 응급처치가 적절치 못했고 롼링위를 치료할 알맞은 때를 놓쳤다고 꾸짖었다.

이런 연유로 탕지산은 롼링위가 죽은 뒤 장다민보다 훨씬 더 그럴듯하게 연기했다. 그는 롼링위의 죽음이 그의 진면목을 폭로하지 못한 점을 이용하여 크게 글을 써 먼저 각 신문에 '부고'를 실었다.

탕지산 부인(롼링위 여사)이 애통하게 양력 3월 8일 술시(戌時) 상하이 저택에서 숨을 거두었습니다. 이에 3월 11일 신시(申時) 자오저우 만국장례식장에서 입관하고 택일하여 발인하니, 이에 삼가 부고를 알립니다.

'경옥당(敬玉堂)' 탕지산 삼가 아룀

본가에 머리를 얹어준 부인이 버젓이 있었으나 탕지산은 엄연히 롼링위의 남편이라고 자처했다. 또 탕지산이 신문에 부고를 낼 때 '경옥당' 으로 서명했다. 몇천 년 지속된 중국의 종법사회에서 '무슨 무슨 당(堂)' 은 한 대가족을 대표하는 이름으로 봉건사상을 담고 있다. 탕지산의 당명(堂名)은 본래 '경옥당' 이 아니었으나 롼링위의 장례를 위해 임시로 지은 것이다. 이른바 '경옥' 은 롼링위를 존경하고 사랑한다는 뜻으로 해석할 수 있는데, 탕지산이 롼링위를 대했던 태도와 행위를 보면 실로 가소로운 일이다.

롼링위의 입관식 때 모두 비통하여 롼링위의 업적과 성품을 기리며 그리워했으나, 탕지산 홀로 그와 롼링위가 진정한 사랑을 했다고 떠벌리고, 장다민의 소송이 그녀를 죽게 만들었다고 비난하며, 마치 롼링위의 죽음이 자신과 털끝만큼도 상관없는 듯 행동했다. 당시 신문에는 다음과 같은 기사가 실렸다.

> 장례식을 치를 때 탕지산은 특별히 에나멜 배지를 수천 개 제작하여 발인에 참가한 이들에게 주었는데, 배지 위에 '탕씨 부인 롼링위 여사 기념 배지' 라고 새겨 있었다. 그러나 롄화 동료들은 이를 받고 난 뒤 즉시 돌려주거나 칼로 '탕씨 부인' 글자를 파냈다. 발인에 참가한 이들 가운데 여러 방법으로 '탕씨 부인' 글자를 지운 이들이 많았다.

장다민이 롼링위를 고소한 사건은 예정대로 3월 9일 심리를 시작했다. 장다민과 같은 철면피도 이번만은 감히 출두하지 못하여 변호사에게 대리로 출석을 부탁했다. 그러나 탕지산은 온 얼굴에 피해자와 같은 표정을 짓고 꼿꼿하게 피고석에 서 있었다. 당일 법정심문은 아무 소득 없이 끝났다. 3월 17일 또다시 개정했는데, 이때 처음으로 장다민, 탕지산과 각 변호사들이 모두 출두했다. 장다민은 법정에서 쓸데없이 그와 롼링위가 얼마나 사랑했는가 한바탕 늘어놓고 사진 한 장을 꺼내 둘이 결혼 수속을 밟았던 증거로 제시했다. 탕지산은 만반의 준비를 갖춘 듯 딩횡하지 않고 침착하게 답변했다. 그와 롼링위가 정식으로 동거할 때 이미 롼링위와 장다민은 관계 청산의 수속을 마쳤다고 진술하고, 장다민과 롼링위가 공동으로 서명한 관계 청산 합의서를 증거로 제출했다. 3월 22일 법원은 이 사건에 대해 탕지산이 무죄라는 판결을 내렸다. 이유는 장다민이 그녀와 롼링위가 합법적인 부부 관계였음을 증명할 수 없거니와, 관계 청산 합의서에 "사랑하여 동거했다"고 명백히 쓰여 있어서 장다민의 청구는 성립될 수 없다고 했다.

탕지산은 롼링위가 자살하자 "나는 롼링위 죽음으로 인하여 살아갈 의욕을 완전히 잃었다. 이승에서 나는 다시 결혼하지 않고 평생 홀아비로 살 것이다"라고 발표했다. 그러나 훗날 그는 다시 새 부인을 얻었고 오래지 않아 바의 웨이트리스와도 사귀었다. 만년에 탕지산은 경영이 어려워져 마지못해 별장을 팔고 스스로 찻잎을 들고 거리에서 소리쳐 팔다 쓰러져 죽었다. 롼링위 어머니는 탕지산의 부양을 받다 병들어 1962년 상하이에서 생을 마쳤다. 롼링위의 양녀는 뒤에 탕전리(唐珍

롼링위阮玲玉,
사람들 시비가 두렵다

麗)로 이름을 고치고, 역시 탕지산의 도움으로 중학까지 마친 뒤 남편을 따라 태국으로 이민 갔다.

5. 진짜 유서와 가짜 유서

란링위가 세상을 뜬 지 만 66년 만에 사람들이 진품임을 확신하는 란링위의 유서 두 통이 발견되었다. 이로써 반세기 동안 떠돈 이른바 '란링위 유서'와 "사람들의 시비가 두렵다"고 한 유언이 모두 다른 이가 비루한 목적을 위해 위조한 것임이 드러났다. 당시 공개된 란링위의 유서는 탕지산이 건넨 가짜였다. 탕지산은 영화계 인사들의 독촉으로 우선 필체가 조잡한 '사회에 고하는 글'을 건넸는데, 유서에서 란링위는 장다민의 무지막지한 괴롭힘을 나무라고 "사람들의 시비가 두렵다"고 두 번 적은 뒤 '란링위 절필(絶筆)'이라고 서명했다.

란링위는 살아 있을 때 여배우 리리리에게 "장다민은 나를 화수분으로 알고, 탕지산은 나를 전리품으로 여기니, 둘 다 사랑이 뭔지 모른다고요!"라고 호소한 적이 있다. 또 그녀가 자살하기 며칠 전, 린추추가 "운 좋게도 당신을 보호할 탕 선생이 있잖아요"라고 위로하자, 그녀가 처량하게 "린 언니, 저는 정말 절망스럽고 두렵고 마음이 아파요"라고 소리쳤다. 이로써 란링위가 탕지산의 성품을 이미 알아채고 그에 대해 완전히 낙담했음을 알 수 있다. 그러나 탕지산이 건네준 유서에서 롼링위는 매우 그에게 미안해하며 "인연이 있다면 내세에 우리 다시 만나요"라고 썼다. 롼링위는 장다민과 탕지산에게 속고 사랑에서도 절망에 빠졌는데, 어떻게 장다민 한 사람만 잘못했다고 질책하고 다음 생에 탕지산과 다시 만나자고 할 수 있겠는가?

따라서 롼링위를 잘 아는 영화계 동료들이 그녀에게 다른 유서가 있을 거라고 여기고 다시 추궁한 끝에, 탕지산은 어쩔 수 없이 롼링위 입관 후 두 번째 유서를 공표했다. 롼링위가 "당신에게 매우 미안해요, 저 때문에 비난을 받으시니", "내가 죽은 뒤 영혼이 있다면 영원히 당신을 보호할게요"와 같은 논조로 적은 유서였다. 이때부터 이른바 "사람들의 시비가 두렵다"는 롼링위 유서가 지금껏 전해졌다.

그러나 1930년대 이래 영화계에서는 롼링위의 유서 두 통의 진위(眞僞)에 관하여 줄곧 의문을 품어왔다. 첫째, 롼링위가 비록 유명한 영화배우이나 당시 사회적 지위는 그다지 높지 않았는데 어떻게 자살하기 전 '사회에 고함'이란 글을 쓸 수 있었겠는가? 둘째, 어린 소녀 시절부터 롼링위를 독점한 장다민과, 롼링위를 차지한 뒤 많은 여스타를 농락한 탕지산은 그녀를 똑같이 괴롭혔다. 탕지산은 영화계 인사가 보고 있는 앞에서 롼링위를 공개적으로 구타했고 죽기 얼마 전 바람을 피운 것이 들통 났는데 롼링위가 어떻게 "당신에게 매우 미안합니다"라는 유언을 남길 수 있을까? 이는 분명 본말(本末)이 뒤집힌 것이었다. 2001년, 롼링위가 세상을 뜬 지 보름 뒤 출간된

《사명상학보(思明商學報)》에 실린 유서가 우연히 발견되었다. 《사명상학보》는 발행 부수가 몹시 적은 잡지였는데 윗면에 롼링위 유서 두 통이 실려 있었다. 유서에 나타난 심리 상태, 논조, 문체 등을 조사해보니 의심할 바 없이 롼링위의 유서였다. 두 통의 유서는 다음과 같다.

다민, 나는 당신의 괴롭힘 때문에 죽습니다. 어느 누가 이를 믿을까요? 우리 둘이 헤어진 후 매월 100원의 보조금을 주었는데 당신은 이를 [고맙게] 생각지 않네요. 정말 양심이 없습니다. 이제 내가 죽으면 당신은 만족하겠지요! 사람들은 내가 죄를 두려워한다고 여기겠으나 사실 제가 무슨 죄를 두려워하겠어요. 다만 당신들 두 사람이 서로 빼앗으려 쟁탈하는 물건이 되어서는 안 되었는데, 하고 후회할 따름입니다. 그러나 너무 늦었네요!

울 필요 없어요! 나는 살아나지 않을 터이니. 뉘우칠 필요도 없습니다, 일이 이미 이 지경이 되었으니까요.

또 다른 한 통은 탕지산 앞으로 되어 있었다.

지산, 당신이 'xx'에 연연해하지 않았더라면, 그날 밤 나를 때리지 않았더라면, 그리고 오늘 밤 또 때리지 않았더라면, 이렇게 하지 않았을지도 모릅니다!

내가 죽고 나면 장차 당신은 여성을 희롱하는 악마고 저는 영혼이 없는 여자라고 말할 사람이 분명 있겠죠. 그러나 그때 저는 이미 이 세상 사람이 아닐 터이니, 당신 혼자 감당하세요!

과거의 즈원, 오늘의 저, 그리고 미래의 누구이든, 당신 자신이 깨닫기만 하면 된다고 생각합니다.

저는 죽습니다만 감히 당신을 원망하지 않아요. 바라건대 엄마와 딸을 잘 돌보아 주세요. 렌화가 내게 지불해야 할 2,050원이 있으니 부앙비로 써주세요. 당신밖에 의지할 사람이 없으니 세심하게 돌봐주시길 부탁드릴게요.

내가 없으니 당신이 좋아하는 일을 할 수 있겠죠. 저 역시 매우 기쁩니다.

링위 절필

롼링위 유서 중의 'xx'는 탕지산이 롼링위 뒤를 이어 유혹한 스타 가수 량싸이전이다. 《사명상학보》는 롼링위의 유서와 함께 이 두 통의 유서를 제공한 자가 바로 량싸이전 자매임을 밝히는 문장 또한 실었다. 롼링위가 자살하던 날 밤 두 통의 유서를 남긴 것이 사실이나, 탕지산이 넘긴 유서는 아니다. 《렌화화보》에 발표된 유서는 탕지산이 사회의 비판을 두려워하여 량싸이전 동생, 량싸이주를 시켜 쓰게 한 것이었다. 오래지 않아 량싸이주가 양심의 가책을 느껴 진실을 밝히고 원본을 건네주었다. 원본은 극히 짧고 문장 역시 그다지 매끄럽지 않다.

그러나 롼링위의 진짜 유서는 그녀의 실제 생활, 그리고 당시 심정과 아주 잘 맞는다. 유서 가운데 나오는 문장, "그날 밤 나를 때리지 않았더라면, 오늘 밤 다시 때리지 않았더라면, 어쩌면 이렇게 하지 않았을지도 모릅니다!"는 리민웨이가 1934년 1월 30일 쓴 일기로 증명된다. 리민웨이는 일기에서 행화루(杏花樓)에서 식사하다 무슨 까닭에서인지 알 수 없으나 탕지산이 사람들 앞에서 롼링위를 때렸다고 적었다. 또 자살하기 전날 리민웨이 집에서 열린 연회가 끝나고, 롼링위는 유쾌하게 탕지산에게 같이 양자강 댄스홀에 가서 춤을 추자고 청했다. 그런데 귀가하던 도중 송사를 논의하다, 탕지산이 롼링위가 다른 사람과 자신에게 손해를 끼쳤으며 자신의 체면을 떨어뜨렸다고 책망하여 말싸움을 벌인 것을 운전사가 들었다. 그는 귀가해서 다시 롼링위를 구타했고 롼은 유서에 "오늘 밤 다시 나를 때렸다"고 쓴 것이다. 이미 송사와 〈신여성〉으로 인한 박해와 큰 압력에 짓눌리던 롼링위는, 사랑하는 이가 그녀를 야멸치게 대하자 더 이상 참지 못하고 막다른 길로 들어선 것이다.

6. 그녀는 불꽃보다 적막했네(她比煙花寂寞)

롼링위를 거론하면 모르는 젊은이가 많을 것이다. 오히려 관금붕(關錦鵬, 영문명 Stanly Kwan)이 감독하고 장만위(張曼玉)

가 주연한 동명(同名)의 영화가 인상 깊이 남아 있을 터이다.

'그녀는 불꽃보다 적막했네'라는 제목보다 〈롼링위〉 영화에 더 어울리는 것은 없을 것 같다. 이수(亦舒, 1946-: 홍콩의 대표적 여소설가. 인물의 감정을 잘 묘사하는 것으로 유명하다-옮긴이)가 《그녀는 불꽃보다 적막했네》(이수가 롼링위 생애를 바탕으로 써 홍콩에서 베스트셀러가 된 소설-옮긴이)에서 그리는 여주인공 야오징(姚晶)의 좁고 아름다운 어깨에서 사람들이 박복한 운명을 느끼게 한 깃도 이와 같고, 관금붕이 애잔함으로 충만한 렌즈를 통해 장만위를 그린 것도 이와 같으며, 차이추성의 〈신성한 여인〉에서 롼링위가 보인 모습도 이와 같다.

1935년 3월 8일, 그녀가 하필 왜 이날을 골라 자신의 목숨을 끊었는가는 알 수 없다. 그녀가 자살한 이유와 유서에 관해서도 의견이 여러 가지이다. 이처럼 아름답고 유약한 여성이 어째서 한 번, 그리고 또 한 번 졸렬한 남자를 만났는가 역시 이해할 수 없다. 그저 여기서 아리따웠던 민국 시기 한 여성의 휘황찬란하고 슬픔으로 가득 찼던 일생을 기억할 뿐이다.

다음에 나오는 〈그녀는 불꽃보다 적막했네〉의 노래말은 일생 동안 진정한 사랑을 추구했던 또 다른 여성이 부른 것이다. 매염방(梅艷芳, 1963-2003: 홍콩의 유명한 가수이자 배우. 소설 《그녀는 불꽃보다 적막했네》가 홍콩에서 크게 인기를 끌자 같은 제목의 노래를 불렀다-옮긴이)은 이미 세상을 떴으나 현대 여성으로서 그녀는 롼링위보다 훨씬 강했다.

롼링위阮玲玉,
사람들 시비가 두렵다

적막함은 그녀의 마음에서 헛되이 탄식하며 그치질 않네.

원숙한 눈빛은 텅 비었네- 그건 너무 잘 알지.

길을 어찌 떠나리, 마음은 남김없이 가져가버렸는데- 적막과 고독을 어찌할까.

실로 믿음은 점점 사라졌네- 한 송이 향기로운 꽃송이만 남긴 채,

여전히 남몰래 느끼는 슬픔을 부여잡고.

길을 어찌 떠나리, 마음은 남김없이 가져가버렸는데- 적막과 고독을 어찌할까.

과거는 그녀를 지나간 사랑으로 취하게 하네, 파도는 밀려 갔는데, 별은 빛을 잃었는데.

과거는 애수를 더하고 지나간 사랑은 방황하네. 립스틱이 미움을 흩뜨리듯, 향기로운 분(粉)이 재회(再會)를 날리 듯……

이상(理想)을 찾으려나 권태에 겨워 묻네, 어찌 몸을 숨기리, 한때의 미모여- 찬란한 빛은 생기를 잃은 지 오래.

어찌 길을 떠나리, 마음은 남김없이 가져가버렸는데- 적막과 고독을 어찌할까.

피로에 지쳐 환상에 잠겨 불꽃처럼 사라지네.

란링위 장례식 사
진. 묘지로 운구하
는 모습.

"박명하여 종이처럼
찢어지다."
시대만화, 萬古蟾
그림, 1935년.

후기

이 글을 쓸 당시 나는 매우 기이한 점을 발견했다. 그것은 동서고금을 막론하고, 연기력이 뛰어나고 사람들을 감동시키는 영화배우들 가운데 퍽 많은 수가 불행한 가정 출신이라는 점이다. 그들은 부모가 일찍 돌아가셨거나 어린 시절 여러 차례 상처를 받았거나 빈곤하여 밤을 지새워 울었다. 그들의 미간에는 지우려야 지울 수 없는 애수가 깃들어 있다. 그러나 이런 배우들이 천재적 연기력을 발휘하는데, 그건 이미 절절하게 아팠고, 사랑했고, 미워했고, 절망했고, 발버둥쳤기 때문이다. 그들은 생활의 진정한 기쁨과 비애를 맛보았기에 어떤 배역도 손쉽게 연기할 수 있다.

이 책에서 다루는 롼링위가 바로 이런 천재적 인물이었다. 초기에 자료 수집을 하면서 나는 그녀가 20세기 1920~30년대 미친 특별한 영향력을 느꼈다. 그러나 막상 집필을 시작하자 민국 시기 여성의 슬픔과 애처로움이 새삼 가슴에 와 닿았다. '아름다움과 애수' 시리즈의 다른 민국 시기 여성과 비교해도 롼링위는 평범하고 나약한 여자에 불과하며, 그녀의 몸에 그 시대 천만백만 평범한 사람들의 운명과 갈망, 투쟁과 무기력이 집약되어 있다.

나는 사실성을 높이고 독자들에게 롼링위라는 인물을 더 실감 나게 전달하기 위해 사료와 자료를 많이 구하려 애썼고, 편집과 집필 과정에서 선배 학자의 저작과 그 밖에 인터넷 자료의 도움을 많이 받았다. 이 자리를 빌려 감사의 마음을 전한다.

2004년 11월 베이징에서

다이옌

롼링위 기념비. 1998년 4월 26일 상하이 푸서우 능원에 낙성되었다.

"30만 군중이 중국 여스타의 장례를 치르다."
〈로스엔젤레스 타임즈(Los Angeles Times)〉 당시 기사제목.

부록

1. 롼링위의 필모그래피

(1927-1935년 9년간 29편의 영화에 출연)

1. 〈이름만 부부(掛名夫妻)〉, 1927년, 밍싱영화사. 각본: 정정추, 감독: 부완창. 롼링위의 처녀작으로 여학생 스먀오윈을 연기했다.

2. 〈피눈물 비석(血淚碑)〉, 1927년, 밍싱영화사. 각본, 감독: 정정추. 롼링위는 봉건 혼인제도로 사랑을 이루지 못하여 자살하는 여성을 연기했다.

3. 〈양사오전(楊少眞)〉, 1927년, 밍싱영화사. 각본, 감독: 정정추. 롼링위는 심한 모욕과 여러 압력에 의해 끝내 희생되는 여인을 연기했다.

4. 〈낙양교(洛陽橋)〉, 1928년, 밍싱영화사. 각본, 감독: 장스촨. 롼링위는 전설(傳說) 속 여주인공 역을 맡았다.

5. 〈백운탑(白雲塔)〉, 1929년, 밍싱영화사. 각본: 정정추, 감독: 장스촨·정정추. 롼링위는 부잣집 딸 푸뤼지(蒲綠姬) 역을 맡았는데, 결국 부끄러움에 자살한다.

6. 〈정욕보감(情欲寶鑑)〉, 1929년, 다중화 바이허 영화사. 각본: 주서우쥐, 감독: 리핑첸. 롼링위는 사교계의 꽃으로 등장했다.

7. 〈은막의 꽃(銀幕之花)〉, 1929년, 다중화 바이허 영화사. 각본: 주서우쥐, 감독: 정치펑(鄭其鋒). 롼링위는 명예와 이익만을 좇다 타락하는 여배우로 분했다.

8. 〈진주 왕관(珍珠冠)〉, 1929년, 다중화 바이허 영화사. 각본, 감

독: 정치평. 롼링위는 민간 전설의 여주인공을 맡았다. 우여곡절을 겪은 끝에 애인과 마침내 결혼한다는 멜로물.

9. 〈구룡왕을 대파하다(大破九龍王)〉, 1929년, 다중화 바이허 영화사. 각본, 감독: 주서우쥐. 롼링위는 이 무협영화에서 여검객을 맡았다.

10. 〈구룡산을 불태우다(火燒九龍山)〉, 1929년, 다중화 바이허 영화사. 각본, 감독: 주서우쥐. 롼링위는 여검객으로 분했다.

11. 〈전란 뒤 외로운 기러기 신세(劫後孤鴻)〉, 1929년, 다중화 바이허 영화사. 각본, 감독: 주서우쥐. 롼링위는 전란 중에 고생하는 소녀를 연기했다.

12. 〈고도춘몽(古都春夢)〉, 1930년, 롄화영화사. 각본, 감독: 쑨위. 롼링위는 노래하는 기녀 옌옌을 연기했다. 이 영화는 롼링위 연기의 전환점이다.

13. 〈자살계약서(自殺合同)〉, 1930년, 롄화영화사. 각본, 감독: 주스린. 롼링위는 젊은이의 첩으로 나온다.

14. 〈기녀(野草閑花)〉, 1930년, 롄화영화사. 각본, 감독: 쑨위. 롼링위는 목수의 양녀 리롄을 연기했다.

15. 〈사랑과 의무(戀愛與義務)〉, 1931년, 롄화영화사. 각본: 주스린, 감독: 부완창. 롼링위는 소녀 양나이판을 연기했는데, 결말에 강에 몸을 던져 자살한다.

16. 〈매화가지(一剪梅)〉, 1931년, 롄화영화사. 각본: 정정추, 감독: 부완창. 셰익스피어(Shakespeare)의 〈베니스의 상인〉을 각색한 영화로, 롼링위는 감독청 호위대장의 여동생 후주리(胡珠

麗) 역을 맡았다.

17. 〈도화의 눈물(桃花泣血記)〉, 1931년, 롄화영화사. 각본, 감독: 부완창. 롼링위는 양치기 소녀 린구(嫾姑)를 맡았다.

18. 〈옥당의 봄(玉堂春)〉, 1931년, 롄화영화사. 각본: 주스린, 감독: 장궈쥔(張國鈞). 경극(京劇)을 각색한 것이다. 롼링위는 쑤싼(蘇三)을 연기했다.

19. 〈속 · 고도춘몽(續古都春夢)〉, 1932년, 롄화영화사. 각본: 주스린, 감독: 부완창. 롼링위는 다시 옌옌을 연기했다.

20. 〈세 모던 여성(三個摩登女性)〉, 1933년, 롄화영화사. 각본: 톈한, 감독: 부완창. 롼링위는 둥베이(東北)출신 아가씨 저우수징(周淑靜)으로 분했다.

21. 〈도시의 밤(城市之夜)〉, 1933년, 롄화영화사. 각본: 허멍푸(賀孟斧) · 펑쯔츠(馮紫墀), 감독: 페이무. 롼링위는 방직공장 여공을 맡았다.

22. 〈작은 장난감(小玩意)〉, 1933년, 롄화영화사. 각본, 감독: 쑨위. 롼링위는 예 형수 역을 맡았는데, 예 형수는 1 · 28 사변으로 집이 풍비박산 나고 끝내 미친다.

23. 〈인생(人生)〉, 1934년, 롄화영화사. 각본: 중스건(鐘石根), 감독: 페이무. 롼링위는 이름도 성도 모르는 여자가 마침내 천한 기생이 되고 마는 역할을 연기했다.

24. 〈귀환(歸來)〉, 1934년, 롄화영화사. 각본, 감독: 주스린. 롼링위는 상인 구빈(顧彬)의 처로 나온다.

25. 〈눈 속에 핀 향기로운 매화(香雪梅)〉, 1934년, 롄화영화사.

각본, 감독: 페이무. 롼링위는 농촌 아가씨 역할을 맡았다.

26. 〈다시 보자, 상하이여(再會吧, 上海)〉, 1934년, 롄화영화사. 각본, 감독: 정지둬(鄭基鐸). 롼링위는 시골 여교사 바이루(白露)로 분했다.

27. 〈신성한 여인(神女)〉, 1934년, 롄화영화사. 각본, 감독: 우융강. 롼링위는 선량하나 생활고에 시달리고 또 아이를 키우기 위해서 어쩔 수 없이 윤락녀가 된 여성을 연기했다.

28. 〈신여성(新女性)〉, 1934년, 롄화영화사. 각본: 쑨스이, 감독: 차이추성. 롼링위는 여대생 웨이밍으로 나온다. 웨이밍은 끝에 음독자살한다.

29. 〈국풍(國風)〉, 1935년, 롄화영화사. 각본: 뤄밍유, 감독: 뤄밍유 · 주스린. 롼링위는 여동생 장란(張蘭) 역을 맡았으나 촬영 중 음독자살한다.

2. 롼링위 연표(1910-1935)

1910년 출생

4월 26일 롼링위(阮玲玉)는 상하이 주자무치아오 샹안리(朱家木橋 祥安里)에서 출생. 이름은 펑건(鳳根), 아명은 아건(阿根). 아버지 롼융룽(阮用榮)은 호가 디차오(帝朝), 광둥성 광저우부 샹산현(廣東城 光州府 香山縣: 지금의 중산현[中山縣]) 사람으로 당시 상하이 푸둥 아세아 등유 창고 기계부 노동자로 그해 39세였다. 어머니 허(何)씨는 25세.

1914년 4세

가족을 따라 전통극을 즐겨 구경했으며 연기 따라 하기에 몰두함.

1915년 5세

롼링위 아버지 별세. 어머니가 다른 집에 고용살이를 해 버는 돈으로 딸을 부양. 이해 롼링위는 어머니의 의자매(義姉妹) 집에서 컸는데, 큰 병에 걸려 2개월 넘도록 아픈 뒤 완치.

1916년 6세

어머니가 장 나리 댁 하녀로 들어가면서 같이 살게 됨. 요리나 허드렛일을 도우며 작은 계집종 노릇을 함. 장 나리의 대저택에 들어간 뒤 원래 활발하고 명랑하던 롼링위는 점점 말을 잃음.

1917년 7세

란링위는 사숙에 들어가 공부하고 펑건을 란위잉(阮玉英)으로
개명. 이해 몸이 허약하여 여러 번 인후염을 앓음.

1918년 8세

상하이 충더여학교(崇德女敎)에 입학. 재학 중 줄곧 몸이 약하
여 잔병치레를 많이 함.

1925년 15세

충더여학교 2학년, 6월 학예회에서 처음으로 연기에 재능이
있음을 보여줌. 같은 해 란링위와 장 나리 넷째 아들 장다민
(張達民)이 연애하여 어머니가 장 나리 댁에서 쫓겨남. 란링위
는 학교를 자퇴하고 장다민과 동거를 시작함.

1926년 16세

란링위로 개명. 경제적으로 자립하기 위해 밍싱영화사에 입사
시험을 치고 들어감. 〈이름만 부부〉 주연.

1927년 17세

하이닝로로 이사. 밍싱회사에서 〈북경 양귀비〉 〈피눈물 비석〉
등 두 편의 주연을 맡음. 이때 샤오위(小玉)를 양녀로 맞음.

1929년 19세

다중화 바이허 영화사로 이적하고 〈정욕보감〉의 주연을 맡음. 이해에 롼링위와 장다민은 세 차례 별거를 했으나 끝내 헤어지지 못함. 그동안 롼링위는 어쩔 도리가 없어 음독자살하나 다행히 구조를 받음.

1930년 20세

롄화에서 〈고도춘몽〉 〈기녀〉 〈사랑과 의무〉 〈도화의 눈물〉 등의 주연을 맡아 영화계에서 지위를 확고히 함. 〈매화가지〉 야외촬영을 위해 처음으로 광저우와 홍콩 방문.

1931년 21세

롄화에서 〈옥당의 봄〉 등을 주연함. 뤄밍유에게 부탁한 장다민이 광화(光華)극장 지배인직에 취직하도록 함.

1932년 22세

톈한의 〈세 모던 여성〉 영화에서 민주 혁명을 깨달은 여공의 형상을 성공적으로 빚어냄. 롼링위는 대중이 가장 좋아하는 영화 스타가 되었고 이해 겨울 탕지산을 처음 알게 됨.

1933년 23세

롼링위는 계속하여 〈도시의 밤〉 〈작은 장난감〉 등에 출연했고 자연스럽고 뛰어난 연기 덕택에 한 시기를 풍미하는 톱스타로 등극함. 4월, 롼링위와 장다민은 헤어지기 위한 수속을 밟았다. 8월, 탕지산(唐季珊)과 정식으로 동거 시작.

1934년 24세

〈인생〉 〈귀환〉 〈눈 속에 핀 향기로운 매화〉 〈다시 보자, 상하이여〉 〈신성한 여인〉과 〈신여성〉 등을 촬영. 그 가운데 〈신성한 여인〉으로 롼링위의 연기는 정점에 이르렀다. 롼링위의 연기가 출세 가도를 달리고 있었으나, 감정 상태는 지옥을 넘나들었다. 그녀는 "여자로 사는 것은 너무 괴롭다", "여자는 30세가 넘으면 아무런 재미도 없다" 등과 같은 말을 달고 살았다.

1935년 25세

〈국풍〉을 촬영하는 가운데 롼링위는 장다민과 탕지산의 삼각관계를 둘러싸고 복잡한 공방전을 벌이고 이로 인해 끝없는 압력을 받았다. 또 기자조합의 무리한 공격과 황색 타블로이드 신문의 비판을 견디지 못하고 자살로 이를 벗어나니 당시 25세였다.